AS GAROTAS DE GRIMROSE

LAURA POHL

AS GAROTAS DE GRIMROSE

Volume 1

TRADUÇÃO: Solaine Chioro   G GUTENBERG

Título original: *The Grimrose Girls*

EDITORA RESPONSÁVEL
Flavia Lago

EDITORAS ASSISTENTES
Natália Chagas Máximo
Samira Vilela

PREPARAÇÃO DE TEXTO
Samira Vilela

REVISÃO
Gabriela Colicigno

ILUSTRAÇÃO E PROJETO GRÁFICO DE CAPA
Ray Shappell

ADAPTAÇÃO DE CAPA
Juliana Sarti

DIAGRAMAÇÃO
Waldênia Alvarenga

Dados Internacionais de Catalogação na Publicação (CIP)
Câmara Brasileira do Livro, SP, Brasil

Pohl, Laura
   As garotas de Grimrose / Laura Pohl ; tradução Solaine Chioro. -- 1. ed. -- São Paulo : Gutenberg, 2023. (As garotas de Grimrose ; 1.)

   Título original: The Grimrose Girls

   ISBN 978-85-8235-711-8

   1. Romance norte-americano I. Título. II. Série.

23-160117   CDD-813.5

Índice para catálogo sistemático:
1. Romances : Literatura norte-americana 813.5

Eliane de Freitas Leite - Bibliotecária - CRB 8/8415

A **GUTENBERG** É UMA EDITORA DO **GRUPO AUTÊNTICA** ⓐ

São Paulo
Av. Paulista, 2.073 . Conjunto Nacional
Horsa I . Sala 309 . Bela Vista
01311-940 . São Paulo . SP
Tel.: (55 11) 3034 4468

Belo Horizonte
Rua Carlos Turner, 420
Silveira . 31140-520
Belo Horizonte . MG
Tel.: (55 31) 3465 4500

www.editoragutenberg.com.br
SAC: atendimentoleitor@grupoautentica.com.br

Este livro contém menção a suicídio, abuso parental físico e emocional, além de morte de pais. Há representações de ansiedade, TOC e cenas envolvendo violência e sangue.

Para minha irmã Clara, que acrescentava
princesas em todas as histórias que contávamos.
Aqui vai uma com quatro delas.

PARTE I

ERA UMA VEZ

1

ELLA

O primeiro dia de aula começou com um funeral.

Isso, claro, não era o normal na Académie Grimrose para Alunos de Elite, onde a maior parte do corpo estudantil vinha a comandar conglomerados corporativos ou receber um Oscar, o prêmio Nobel e outras bobagens do tipo, vivendo até os 80 anos. Portanto, todos estavam espantados, e os cochichos eram ouvidos em cada canto do castelo, da torre da biblioteca até o dormitório das meninas no quinto andar.

Os cochichos seguiam especialmente Eleanor Ashworth, conhecida pelas amigas apenas como Ella.

Olhando para cima com timidez, Ella apertava as alças da mochila.

– Quanto tempo acha que isso vai durar?

Ella era uma garota pequena de 17 anos, de cabelos loiro claro cortados na altura do queixo, olhos castanhos igualmente claros, bochechas rosadas, sardas por todo o rosto e braços, com roupas que já haviam tido dias melhores. Os cochichos a tinham perseguido antes, mas nunca com tanto empenho.

– Um mês, se tivermos sorte – respondeu Yuki, a melhor amiga de Ella, franzindo a testa.

– Nem existe isso – Rory balbuciou, encarando um grupo de meninas mais novas que ousavam lançar olhares na direção delas. – Estão olhando o quê, hein?

— Você nota que essa atitude chama ainda mais atenção, né? — disse Yuki, erguendo uma sobrancelha.

— Pelo menos vou ter um motivo para brigar. — Rory deu de ombros, satisfeita.

A Académie Grimrose era exclusiva não apenas pelo nome, mas também pela reputação. A localização na Suíça e o preço exorbitante garantiam que apenas os mais ricos e poderosos pudessem frequentá-la. Ficava em uma das colinas mais lindas dos Alpes e ostentava um castelo grandioso de contos de fadas, com quatro torres, acabamento em mármore branco, jardins que se estendiam pelas montanhas ao redor e um lago de água cristalina completando a paisagem.

Estudar em Grimrose era uma garantia para o futuro. Quando se estudava em Grimrose, nada nunca podia dar errado.

Exceto que, na véspera do primeiro dia de aula, uma das alunas mais excepcionais da Académie havia se afogado no lago da escola. Sozinha.

Para a maioria dos alunos, isso significava um alvoroço. Para a Académie, significava ligar para os pais, garantir a segurança dos alunos e manter a morte longe dos jornais.

Mas para Ella, Yuki e Rory, não era apenas outra tragédia. Ariane Van Amstel era a melhor amiga delas.

Ella evitava os olhares e cochichos, ciente de que todos os alunos queriam perguntar a mesma coisa. Ariane era suicida? Sabia nadar? Ella sabia que a amiga estava triste? E por que não a tinha ajudado?

A última pergunta era a pior, um lembrete doloroso. Como ela podia não saber se uma de suas melhores amigas havia feito o impensável? Ariane era feliz, filha de um rico empresário holandês, com um futuro brilhante pela frente. Assim como todo mundo na Académie.

Bem, todo mundo, exceto Eleanor Ashworth.

A pior parte dos olhares era como a faziam se sentir envergonhada. Porque ela deveria ter feito algo. Ela deveria ter agido. Ela deveria ter salvado a amiga, porque é isso que uma amiga faz.

Ella deu um passo adiante na fila do refeitório, olhando para a mesa vazia delas no canto. Todo o resto do lugar vibrava, com amigos se reunindo pela primeira vez depois de três meses, grupos se juntando para murmurar com animação – talvez por estarem com saudades uns dos outros, talvez para falar sobre a notícia chocante. Porém, para elas, faltava algo na mesa. Stacie reparou seu olhar nostálgico e Ella acenou suavemente com a cabeça para a filha de sua madrasta.

Stacie e Silla, as filhas gêmeas de sua madrasta, pertenciam à Grimrose de uma forma que Ella nunca havia pertencido. As duas pagavam a mensalidade completa. Ella tinha uma bolsa de estudos.

Na verdade, Stacie e Silla haviam sido admitidas na escola por causa de Ella. A Académie convidara a garota pessoalmente, mas Sharon, sua madrasta, decretou que ela só iria se tivesse lugar para suas duas filhas. Isso fora cinco anos antes. Sharon disse que, se Ella quisesse ir para uma escola cara, ela tinha que *merecer*.

Rory jogou a bandeja com força na mesa quando todas se sentaram. Parecia grande demais para elas agora. Havia um espaço onde Ariane deveria estar, na mesa que ela mesma tinha escolhido. Parecia que uma parte de Ella estava faltando, e não havia nada grande o bastante para mascarar essa ausência.

As três garotas comeram em silêncio. Ella terminou o almoço e abriu a bolsa, pegando um par de agulhas de tricô.

– Já está tricotando? – perguntou Rory, mastigando de boca aberta.

– É que... – Ella começou a falar. – Eu prometi para a Ari. Não consegui terminar semana passada porque a Sharon ficou me atormentando, então agora eu tenho que terminar antes que... antes que...

Ela não terminou a frase, soltando uma bufada de frustração. Sabia que estava num falatório. Que estava presa em um ciclo. Ela tinha que terminar seu presente de despedida. Se não o fizesse, então...

O lado bom era que a mente ansiosa de Ella não podia imaginar uma consequência pior do que a realidade.

– O memorial é hoje à tarde – disse Ella. – Eu prometi. Vou fazer. Ella Ashworth não decepciona suas amigas.

Nem mesmo se elas estiverem mortas, pensou.

2

YUKI

Yuki Miyashiro esperava pelas amigas no jardim.

Estava perfeitamente imóvel enquanto os alunos passavam. Eles encaravam sua figura alta e solitária, com a pele branca como marfim e cabelos pretos como as penas de um corvo recaindo sobre os ombros, mas viravam a cabeça quando encontravam seus implacáveis olhos pretos.

O memorial estava acontecendo no jardim, o único local capaz de acomodar todos os alunos, apesar de ser inconvenientemente perto do lago onde Ariane havia se afogado.

Quando Rory e Ella apareceram, as três caminharam juntas em silêncio. O jardim estava verdejante, coberto por flores e radiantes tons de verde, os últimos toques do verão.

– Vocês estão bem? – perguntou Ella, e por um momento o estômago de Yuki se retorceu com a culpa.

Era ela quem deveria estar fazendo essa pergunta.

Ella era sua melhor amiga desde o primeiro dia de aula, quando declarara que os sapatos de Yuki eram a coisa mais linda que já tinha visto, e por isso as duas precisavam ser amigas. Mais tarde, Ella confessou que não tinha gostado tanto assim dos sapatos, mas achava que elogiar pessoas era sempre a melhor forma de fazer amigos.

Yuki não saberia dizer. Ela não tinha muitos amigos.

– Eu estou bem – respondeu Yuki, mesmo sendo mentira.

Ella puxou as agulhas da bolsa. Sempre precisava fazer algo com as mãos. A garota respirou fundo, e Rory olhou para as duas.

– Tem tomado seus remédios? – perguntou Rory.

– Sim – respondeu Ella. – Espera, acha que não tenho tomado?

– Não foi isso o que ela disse – interrompeu Yuki.

– Eu estou tomando.

Rory encarou Yuki em busca de conforto, mas ela não podia oferecer nada. Ella tinha sido diagnosticada com TOC severo e ansiedade um ano antes, e ainda estava se adaptando.

Foi uma caminhada curta. Todos os alunos estavam usando o uniforme, com saias e calças azul-marinho, camisas brancas, gravatas prateadas e blazers violeta, uma multidão azul passando pelo caminho. A chuva havia parado, mas as nuvens permaneceram, e o céu estava cinza como os cumes das montanhas. Os alunos começaram a preencher o lugar, amontoando-se na parte da frente, mas Yuki preferiu ficar atrás.

Os pais de Ariane estavam na primeira fileira. Não havia caixão – eles levariam o corpo para casa, selado, para que ninguém visse o radiante vermelho flamejante de seus cabelos. Mas havia uma foto dela. Yuki evitou o retrato e os olhos de Ari, encarando o chão.

Ella se sentou em uma cadeira de plástico. Yuki fechou os olhos, mas havia os cochichos: sobre o corpo inchado, sobre o afogamento de Ariane, seu corpo afundando no lago, e sobre como a encontraram, virada para cima, quase irreconhecível. Acidente. Suicídio. Não importava. Ela estava morta.

Quando Reyna Castilla subiu ao púlpito, Yuki ficou quase contente por ouvir a voz da madrasta.

– É com grande pesar que nos reunimos aqui hoje – começou ela. – Uma de nossas alunas mais promissoras, amada por todos, foi tirada de nós abruptamente. É difícil descrever o quanto sua perda é terrível...

Yuki se desligou de tudo. Reyna não conhecia Ariane o bastante para entender de verdade o que significava perdê-la. A perda dela era pura, imaculada por conhecer e amar Ariane.

A perda de Yuki não era pura.

Quando ergueu a cabeça, viu outro rosto da multidão. Edric, o ex-namorado de Ariane. Apenas uma semana depois que ele e

Ari terminaram, ele já estava com outra garota, agarrando-se pelos corredores.

Yuki desejou poder assisti-lo morrer engasgado.

Para se acalmar, recitou o que sabia.

Ariane não sabia nadar. Ariane não chegaria perto do lago à noite. Ariane não sairia sem dar boa-noite. Ainda assim, não haviam descoberto nenhuma atividade suspeita.

O tributo de Reyna terminou e o pai de Ari tomou o microfone, fazendo outro discurso para agradecer a todos. Todos os alunos da escola haviam sido corteses o bastante para fingir que se importavam, mesmo Ariane não pertencendo a eles.

Ela pertencia a nós.

O coração de Yuki bateu forte, uma batucada ritmada que ela tinha certeza de que outros podiam ouvir.

O memorial se dissolveu pouco depois disso. Ella se levantou antes que qualquer uma delas pudesse impedi-la e caminhou com determinação até os pais de Ariane. Yuki quase podia ouvir o que Ella estava dizendo. Podia imaginar as palavras firmes e gentis. O lampejo de um sorriso da mãe de Ariane, um abraço, Ella entregando o suéter que havia terminado.

Outra pessoa se aproximou de Yuki, e ela se virou para encarar a madrasta.

Reyna raramente parecia cansada, mas naquele dia Yuki pôde vislumbrar algo instintivo nela, como se ela tivesse abaixado uma barreira que não abaixaria de novo nos próximos séculos.

Reyna não parecia ter idade suficiente para ser madrasta de Yuki. Sua pele, de um tom médio de marrom, era perfeita, e seu cabelo castanho brilhante caía em ondas generosas pelos ombros. Ela se vestia como uma diretora, pelo menos naquele dia, com um vestido vermelho-escuro que era tanto formal quanto elegante.

– Caminha de volta comigo? – pediu Reyna, apontando para o castelo.

Yuki obedeceu, como sempre fazia. Postura perfeita, andando calmamente lado a lado. Os ombros delas nunca se tocavam. O silêncio se prolongou enquanto subiam.

– Como você está? – perguntou Reyna por fim, não de uma forma grosseira.

Yuki não respondeu de imediato. Sabia o que era esperado dela. Tinha visto a resposta nas mãos de Ella, nos gestos de Ella, nas palavras de Ella. Yuki deveria aguentar, aceitar sua perda com graciosidade, pensar nos outros.

– Bem – respondeu ela secamente. – Estou bem.

Reyna parou enquanto subiam e Yuki foi forçada a parar de andar.

– Yuki, uma de suas amigas acabou de morrer – disse Reyna. – Estou perguntando porque sei que não tem como você estar bem.

– Bom, eu estou.

As palavras saíram com tanta convicção que ela quase conseguiu ouvi-las ressoando pelo jardim, perpassando as folhas, sendo carregadas pelas asas dos pássaros. *Eu estou. Eu estou. Eu estou.*

Yuki não perderia a compostura. Era a enteada da diretora, afinal de contas. Seu comportamento sempre seria analisando primeiro.

– Vou pedir para a polícia não ficar incomodando vocês com perguntas – disse Reyna, e Yuki respirou fundo, porque ela não perdeu a compostura, porque era sempre, sempre o retrato da perfeição, não importava o que acontecesse, e ela não perderia a calma naquele dia. A madrasta a encarou, então acrescentou: – São só coisas rotineiras.

– Tudo bem.

– Estou apenas preparando você para o que virá – disse ela. – Não quero tornar isso pior para você. Sei como deve ser difícil.

Só que Reyna não sabia.

Ela não fazia ideia.

Ela nunca poderia fazer a menor ideia, porque Ariane estava morta e a culpa era de Yuki.

3

RORY

Entre todos os estudantes notórios do castelo, Rory Derosiers provavelmente era a que estava mais acostumada a viver em um lugar como aquele. Não que ela fosse admitir, porque morar em um castelo era estúpido, e o fato de ela já ter vivido não só em um, mas em três, parecia contar menos como uma curiosidade e mais como se gabar.

Rory Derosiers não se gabava.

— Adivinha quem ainda está na melhor forma e pronta para acabar com você?! — gritou ela ao entrar na sala de treinamento na primeira sexta-feira do semestre.

Nenhuma resposta veio do vazio diante dela, e Rory franziu a testa. Tinha saído da aula assim que conseguiu. A primeira semana não havia sido tão horrível quanto ela imaginara — quer dizer, se não levasse em conta o funeral. Rory se recusava a levar isso em conta.

Ela se trocou depressa no vestiário, mudando do uniforme para a camiseta grande e o shorts largo de sempre, o cabelo comprido preso em um rabo de cavalo. Só que nem mesmo a roupa era capaz de esconder sua feição de princesa: bochechas arredondadas, rosto em formato de coração, grandes olhos azuis e um glorioso cabelo acobreado recaindo em ondas largas por seus ombros, chegando quase à cintura.

Rory começou a correr, respirado em um ritmo constante enquanto circulava pela pista, os pulmões expandindo e o coração acelerado. E quando a dor começou a vir, ela ignorou, como sempre fazia. Era uma atividade solitária, na qual só tinha a si mesma para se apoiar. Esse era o lado ruim de estar em uma equipe: eles inevitavelmente decepcionam você.

Ariane nunca decepcionara Rory. Nunca.

Ela continuou correndo, se esforçando, pensando que teria que voltar ao seu quarto, onde a cama de Ariane estaria vazia, e Ariane ainda teria partido.

Ariane, sua melhor amiga, que ela tinha visto apenas seis dias antes tão animada e alegre quanto sempre, e agora não havia sobrado nada do furacão que ela era, exceto os corações partidos que deixara para trás.

Rory sentiu as lágrimas arderem e fechou os olhos com força. Rory Derosiers não chorava.

Quando tornou a abri-los, havia outra pessoa no salão.

— Você está atrasada — disse Rory.

— Tem uma primeira vez para tudo — respondeu Pippa, deixando a bolsa em um canto. — Curta sua vitória enquanto pode.

— Por ganhar de você? Sempre.

A garota riu, e Rory sentiu um calor subindo para suas bochechas. Pippa jogou as tranças para o lado, o cabelo crespo preto preso com firmeza para trás. Havia músculos sob sua camiseta, a pele negra escura à mostra, e Rory se pegou admirando-a mais uma vez. Não que ela fosse admitir.

Rory Derosiers gostava muito de não admitir nada.

— Prepare-se — disse Rory em vez disso, jogando uma espada de madeira para Pippa. — Vamos resolver isso do jeito antigo.

Pippa arqueou uma sobrancelha, pegando a espada com facilidade. Rory odiava quando ela fazia isso, tanto a coisa com a sobrancelha quanto a de pegar objetos no ar, como se fosse forte e graciosa. Ninguém tinha o direito de ser as duas coisas ao mesmo tempo.

— Tome cuidado — avisou Pippa. — Não vai querer levar uma surra no primeiro dia.

Rory não respondeu; ela atacou. Sua espada era rápida, mas Pippa, de alguma forma, era ainda mais. Ela gingou para longe do ataque de Rory, defendendo com a mão esquerda. Com a esquerda! Rory *acabaria* com ela.

Ela se recuperou depressa, mudando o golpe para um movimento falso e investindo contra o lado direito de Pippa. A garota bloqueou de novo, os olhos castanhos brilhando. Ela parecia estar de bom humor, e Rory se perguntou se ela estaria tentando se manter animada por Rory.

— Você sabe que o elemento surpresa só funciona uma vez, né? — zombou Pippa.

— Ah, cala a boca — respondeu Rory, e tentou outro golpe.

Elas entraram na dança habitual. Rory sempre soubera das regras do manejo da espada, praticando esgrima desde muito nova — a única coisa perigosa que seus pais permitiam que fizesse, porque era sob a supervisão de seu tio.

Isso, no entanto, não era parte do treinamento da equipe. Começou por diversão, com espadas de madeira improvisadas e lutas de verdade que acabavam em hematomas e sangue, que deixavam Rory sedenta por mais do que apenas colisões de armas. O coração pulsava em suas orelhas enquanto ela movia a espada de uma mão para a outra. Pippa bloqueava os golpes ou apenas desviava, ao passo que Rory avançava mais e mais, até sentir seus joelhos enfraquecerem e seu corpo ceder em uma onda de dor.

Rory cambaleou.

Pippa parou imediatamente.

— Você está bem?

— Consigo continuar — assegurou Rory.

— Você não deveria…

— Não — interrompeu Rory. — Conheço meus limites.

Pippa não disse nada. Rory ajeitou a posição dos pés e disparou para a frente de novo, retorcendo o pulso para bloquear um dos golpes, defendendo com a mão esquerda. Foi outro erro, e assim que seu pé tocou o chão, Rory sentiu seu corpo doer de novo, e ela tombou.

Mas não antes de Pippa segurá-la. A pele quente e o suor dela grudaram no pescoço de Rory, seus braços a mantendo de pé. Rory podia senti-la inspirar com força, as mãos firmes em sua cintura.

– Em algum momento você vai precisar voltar pro seu quarto – disse Pippa, a voz baixa.

Rory se afastou de Pippa, depressa.

Seguir por esse caminho terminaria em dor, corações partidos e decepção. Sua vida amorosa – se pudesse chamar assim – estava fora dos limites. Seu coração estava trancado atrás de grades de prata, protegido por uma floresta de espinhos e, provavelmente, por um dragão.

– Eu não quero – respondeu Rory. – Eu poderia, se quisesse.

Pippa olhou para ela, a espada apontada para o chão.

Elas nunca interagiam fora dali, onde as regras eram claras, apenas as duas, seus corpos e espadas. Nenhuma palavra precisava ser dita, mas Pippa sempre sabia o que estava acontecendo com Rory.

E Rory odiava isso.

Durante três anos, Pippa aprendera mais coisas sobre Rory do que ela permitia a qualquer um. Sabia como ultrapassar sua defesa, e não apenas com a espada.

Isso pareceu uma violação, e Rory quis repreendê-la. Desafiá-la para um duelo, à vencedora o silêncio. Mas, contra Pippa, Rory nem tinha certeza se queria vencer, para começo de conversa.

– Eu odeio ela – disse Rory, sentindo seus olhos arderem de novo, mas não deixaria Pippa vê-la chorar.

– Não odeia, não – retrucou Pippa simplesmente. – Você só está com saudades.

Rory deixou a espada cair, fechando as mãos em punhos.

– Ela não se matou – afirmou Rory. – Sei o que a escola inteira está dizendo, mas ela não fez isso. Ela nem deixou uma carta. – Rory sentiu sua voz vacilar, mas deu seu máximo para não ceder. – Que tipo de pessoa não deixa uma carta?

Pippa não tinha resposta para isso. Ela se abaixou para pegar a arma caída e a devolveu a Rory, com a lâmina de madeira virada para baixo. Um gesto de paz. Rory aceitou, e por um breve momento as mãos delas se tocaram, acendendo um fogo em seu corpo, tão flamejante quanto as chamas de seu cabelo.

– Às vezes, perder pessoas machuca – disse Pippa. – E é preciso se permitir sentir a perda. Vejo você nos treinos.

Pippa encostou gentilmente em seu ombro antes de seguir em frente, e o toque se prolongou por muito depois de ela partir.

4

ELLA

A primeira semana não foi terrível.

Claro, havia as fofocas, e toda vez que Ella se virava durante uma aula, esperava ver aquele amontoado de cabelo tingido de ruivo escuro. Sempre que não o via, era como se Ariane tivesse morrido de novo. Ella continuava se esquecendo.

Ari ainda estava morta, e os cochichos seguiam.

A polícia havia feito algumas perguntas. Rory tinha voltado no dia em que Ari morreu. Yuki a vira, mas não tinham conversado. Não havia mais nada que eles pudessem fazer além de ver a morte como um acidente ou pautá-la como suicídio.

Ella não acreditava nisso. Ela *não podia* acreditar.

Culinária havia sido uma escolha consciente para sua aula eletiva. A maioria das escolas não oferecia mais em suas grades, mas Grimrose era tão absurda quanto os demais internatos de elite: tinha aulas de hipismo, esgrima, balé, coral e qualquer coisa que crianças ricas entediadas pudessem querer para ocupar o tempo. Se a atividade existisse, Grimrose a oferecia como aula.

Rory havia pontuado que ter aulas de Culinária quando Ella já sabia cozinhar era burrice, mas ela ainda achava relaxante não ter que realmente *aprender* alguma coisa.

Cada balcão da sala comportava duas pessoas, o que significava que ela teria que trabalhar em parceria. Yuki e Rory tinham se recusado a fazer a aula com ela. Rory tinha treino de esgrima, e Yuki disse explicitamente que preferia subir a torre de joelhos a aprender a cozinhar. Ela não as culpava, assim como não culpava os alunos que passavam direto pelo lugar vazio ao seu lado.

Finalmente, a professora entrou. Ela ficou aliviada ao ver a srta. Bagley, uma das professoras mais velhas da escola, corpulenta, com um austero coque grisalho e um discreto vestido azul.

– Olá, queridos – cumprimentou ela, sorrindo, e Ella se sentiu acolhida, embora o assento ao seu lado ainda estivesse vazio. – Não preciso me apresentar, eu espero! Estamos na aula de Culinária e vocês vão trabalhar em duplas. Vamos fazer panquecas hoje, começar com algo simples. Por favor, não digam para os outros alunos, ou vamos ter filas do lado de fora quando terminar!

Ela riu sozinha da própria piada.

Então, pegou livros de receitas e começou a entregá-los para a turma. Ela batucou a mesa, nervosa, esperando sua vez, contando os bancos, feliz por ser um número par. Quando a srta. Bagley enfim se virou para Ella, percebeu o banco vazio.

– Ah, querida. Você não tem um par.

– Não tem problema, srta. Bagley – garantiu Ella.

– Bem, juntamos pessoas por um motivo. – A srta. Bagley olhou para ela enfaticamente, como se a garota estivesse tentando reforçar um argumento ao trabalhar sozinha, e não porque o banco ao lado dela simplesmente ainda estava vazio, e era provável que permanecesse assim. – Não é só porque...

A professora foi interrompida quando outra pessoa entrou na sala. Cambaleando era a melhor forma de descrever. Um lampejo de cabelo ruivo claro que, por um momento, roubou todo o fôlego de Ella. Foi a primeira coisa que ela percebeu, mas então ele ajeitou a postura, e era apenas um garoto alto e magricelo que Ella conhecia bem.

– Desculpa, me atrasei! – anunciou ele em voz alta.

Ella resistiu à vontade de revirar os olhos. Frederick Clement era um aluno exemplar da Académie. Isso significava que ele era rico e, provavelmente, dono de metade de um país. Também queria dizer que ele possivelmente a ignoraria, como fazia desde que eles tinham 12 anos, embora tenham feito as mesmas aulas durante a maior parte desse tempo.

Não que Ella fosse apontar isso, porque significaria que ela estava prestando atenção nele. O que ela definitivamente não fazia.

– Ah, ótimo! – exclamou a srta. Bagley. – Venha se sentar aqui com a srta. Ashworth.

Ella ficou atônita.

– O quê?

Frederick abriu um grande sorriso, tirou a mochila e se ajeitou no banco ao lado dela.

A professora se afastou e o garoto começou a folhear o livro de receitas que Ella tinha deixado intocado.

– Abram na página 7 e podem começar a pegar os ingredientes. Eles estão empacotados no fundo da sala. E, por favor, lembrem-se de seus parceiros, porque irão trabalhar juntos pelo resto do ano.

Frederick virou o rosto para Ella de novo e sorriu, alheio. Levou um tempo para ela perceber que não estava retribuindo.

Não fazia diferença se Frederick estava ali ou não. Ella se levantou e pegou os ingredientes no fundo da sala. Podia fazer panquecas de olhos fechados. A jovem começou a quebrar os ovos automaticamente.

– Não vai me deixar fazer nada?

– Não precisa – respondeu ela, sem olhar para ele. – Se está aqui só para preencher seu horário, eu posso fazer.

Frederick franziu a testa, as sobrancelhas ruivas se juntando no meio. Ao olhar atentamente, Ella percebeu que o nariz e as bochechas dele eram cheias de sardas, quase da mesma cor laranja-claro de seu cabelo bagunçado.

– Por que presumiu que só estou aqui para preencher meu horário?

– Por que mais você estaria aqui?

Frederick continuou encarando-a, os olhos castanhos fixos nas mãos da colega. Ella quebrou os ovos. Quebra, pote, lixo.

Frederick ainda olhava, deixando-a nervosa.

– Acho que você está sendo um pouco injusta – disse ele por fim, inclinando-se no balcão ao lado dela.

Próximo ovo. Quebra, pote, lixo.

– Você nem me conhece.

– Você é Frederick. Frequentamos a mesma escola desde os 12 anos.

– Talvez seja mais do que isso.

– Ah, é?

Ele arfou, fingindo estar horrorizado, e balançou a cabeça, deixando o cabelo ainda mais bagunçado, se é que era possível.

– Talvez. Eu também sei quem você é.

– Aposto que sim – balbuciou Ella, baixinho.

Para a frustração da garota, Frederick pegou a farinha e começou a peneirá-la. Ele era lento, mas suas mãos eram firmes.

– Por que não gosta de mim? – perguntou ele de repente, enquanto colocava a farinha em um pote através da peneira, entregando a ela em seguida.

– Eu não... – começou, pensando nas palavras, o sotaque britânico mais forte do que nunca – ...*desgosto* de você.

– O que quer dizer que você gosta de mim, do jeito mais complicado possível – respondeu ele. – Por quê?

– Por que você acha que merece uma explicação?

– Como assim? Não acho que eu mereça – disse ele, parecendo ofendido e se afastando do balcão. – Eu simplesmente acho que preciso saber.

– Isso é achar que merece.

– Nada a ver – protestou ele. – Acreditar em meritocracia? *Nesta* escola? Nunca.

Ella sentiu os cantos da boca repuxarem para cima e resistiu à vontade de sorrir para ele.

– Seremos parceiros pelo resto do ano – continuou ele. – Só quero garantir que você não vai me esfaquear pelas costas.

– Acha mesmo que eu te esfaquearia?

– Você parece durona. Para uma garota de um metro e meio.

Ela queria empurrá-lo, e quase quis pegar a faca. Frederick ainda estava com um sorriso no rosto, a luz refletindo em suas sardas. Era meio fofo, Ella pensou com relutância, como se admitir isso fosse ceder a ele.

— Acho que a arma mais perigosa que já usei foram agulhas de tricô.

— É, já vi elas por aí. Parecem bastante mortais.

Ella ficou atônita.

— Você viu?

— Se uma garota entrasse na sala com agulhas do tamanho de um braço, tricotando ferozmente um cachecol rosa, você também perceberia.

Finalmente ele arrancou uma risada dela. O som escapou antes que pudesse impedir. Ella misturou farinha, ovos e leite, começando a mexer, contando. A cada cinco círculos no sentido horário, vinha um anti-horário. Se Frederick percebeu, ele não comentou.

— Eu não tenho um metro e meio – disse ela, mesmo aquela sendo precisamente sua altura.

— E eu não sou um completo babaca. Pelo menos não na maior parte do tempo.

— Tudo bem, você ganhou.

Então, Frederick sorriu. Ele não se conteve.

— Já que ganhei, eu recebo uma explicação do motivo por você não gostar de mim? – Ella não respondeu. Frederick se aventurou: – Vou chutar um motivo aleatório: talvez por eu já ter andado com a Stacie.

— Isso não foi nada aleatório.

— Bem, Stacie é bem clara no que pensa de você.

— Aposto que sim – resmungou ela.

Frederick não recuou.

— Se eu acreditasse nela, nem teria te reconhecido.

— Não?

— Não. Você seria um dragão que bebe sangue e come carne humana.

— Fico contente que não tenha dado ouvidos a ela. Um dragão de um metro e meio seria bem decepcionante.

— E vou presumir que você não bebe sangue.

– Ainda não.

– Você é jovem. Tem tempo.

A conversa seguiu leve e fácil pelo resto da aula, e Frederick não foi um fardo. Ella não o deixou chegar perto da frigideira, mas ele empilhou as panquecas muito bem, decorando-as com frutas, açúcar e melado, e ajudou com a limpeza. Ela nem precisou pedir.

A conversa foi tão fácil que ela quase se esqueceu de que, quando falava demais, as pessoas ficavam irritadas. Conhecia o olhar distinto da hora de calar a boca, aprendera a reconhecer de todos ao seu redor.

E Frederick não o lançou nenhuma vez.

Quando as panquecas estavam finalmente prontas para serem apresentadas, ela se virou para ele.

– Me desculpe por mais cedo – disse ela. – Fui uma babaca. Sei como essa escola funciona.

– É, as pessoas podem ser horríveis. Eu entendo.

Ella sorriu.

– Pelo menos você é honesto.

– Meu fardo é ter uma gloriosa consciência sobre mim mesmo.

– Só queria pedir desculpa. Eu não precisava agir daquele jeito.

– Eu entendo, Eleanor – disse ele. – De verdade, sério. Não precisa se explicar para mim.

Ela gostou do jeito que ele disse seu nome, como se não tivesse medo.

– Pode me chamar de Ella.

Frederick secou as mãos em um pano de prato sobre a mesa e esticou uma para ela.

– Prazer em te conhecer, Ella. Sou o Freddie.

5

NANI

O castelo era… Bem, um castelo.

Nani Eszes não sabia descrever de outra forma. Ele tinha pedras brancas polidas, torres escondidas entre topos de montanhas, janelas grandes e um extenso jardim que ia além dos muros e dos portões de ferro. Quando pensava em castelos, imaginava lugares como aquele. Porém, ela não pensava em castelos com frequência, e, quando o fazia, não era por querer morar em um.

Ela esperava com a mala, olhando para cima para enxergar as enormes portas do pátio e o relógio gigantesco na parede do outro lado, acima das escadas. Viera de trem e quase descera no país errado — ela não entendia de verdade como só levava vinte minutos e uma estação errada para acabar em um país completamente diferente –, e agora encarava as torres imensas do que provavelmente seria sua prisão.

— Srta. Eszes? — chamou uma voz. Ela se virou e viu uma mulher alta, mais velha, do outro lado do pátio. — Desculpe o meu atraso. Não tinha sido informada de que você chegaria hoje.

Nani não tinha informado a ninguém que estava indo. Ela apareceria naquela… naquela escola, no meio das montanhas, em um canto esquecido da Suíça, e não contaria a ninguém, porque ninguém se importava com o fato dela estar ali. Presa em um castelo cheio de pessoas que não conhecia e que não se importava em conhecer.

A mulher se aproximou, e era a imagem perfeita de uma diretora: velha, respeitável, um pouco parecida com sua avó, se sua avó fosse branca e não tivesse lábios.

– Você é a diretora Castilla? – perguntou Nani.

A mulher soltou uma risada seca.

– Ah, não. Eu sou a sra. Blumstein, chefe do conselho dos professores da escola.

– Ah – disse Nani. – Eu estou aqui…

– Nós sabemos – interrompeu a sra. Blumstein, como se não precisasse de mais explicações sobre por que uma adolescente de 17 anos estava indo a pé para o castelo, usando um vestido curto de verão que violava as regras do uniforme e parecendo completamente deslocada.

A sra. Blumstein analisou o vestido.

– Presumo que você ainda não tenha uniforme – disse ela, e Nani balançou a cabeça. – Vamos arrumar isso no caminho. – A mulher apontou na direção dos degraus da entrada. – Por que não entra comigo? Vou te mostrar o lugar. Deveria ter chegado aqui no primeiro dia de apresentação.

Havia repreensão em sua voz, uma crítica para a menina.

Nani ignorou.

Elas entraram no castelo, que era ainda mais… encastelado do que o lado de fora. Tinha tapetes cobrindo as escadas, pinturas de patronos decorando os salões e coisas que pareciam ter saído de museus. O teto era abobadado, e o átrio se abria para um gigantesco lance de escadas de mármore branco.

– Pelo que entendi, seu pai fez os acertos – continuou a sra. Blumstein.

Nani supunha que era possível descrever dessa forma. A carta chegara pelo correio. Era a assinatura dele, as palavras dele, todos os documentos necessários para sua ida. Passagens para ela percorrer esse trajeto. Ela jogou "Académie Grimrose" no Google, mas não tinha site. Quando diziam que era uma escola exclusiva, estavam falando sério.

Nani pensou que o encontraria ali, mas ele nunca disse *de fato* que estaria ali, e não tinha como contatá-lo pelo celular, já que estava sempre desligado e caindo na caixa postal.

— Sim — disse Nani. — Então você o conhece?

A sra. Blumstein ficou atônita.

— Como é?

— Meu pai — repetiu Nani. — Ele trabalha aqui.

A sra. Blumstein franziu a testa.

— Não tenho certeza se o conheço.

— Ele é segurança — insistiu Nani enquanto a seguia. — Ele me mandou os documentos para a matrícula. Eu deveria encontrá-lo aqui.

A sra. Blumstein ofereceu-lhe um sorriso que não queria dizer nada.

— Bem, se ele trabalha aqui, você terá bastante tempo para vê-lo.

A mulher não disse mais nada, e Nani teve que segui-la escada acima, embora tudo que quisesse era voltar para casa.

Voltar para casa. Para Honolulu. Para a casa da avó, onde podia sentir o cheiro do oceano e das montanhas, que eram muito verdes, diferente daquele pedaço de terra pontiagudo que tinham a audácia de chamar de "floresta". Nani sabia reconhecer uma floresta. Aquele lugar cinza e sem graça, com árvores finas que espetavam para cima e com poucas folhas, não era uma.

Casa, pensou ela, amargurada. De onde seu pai tinha ido embora mais de uma vez.

Nani não queria ir para aquela escola. Tinha se trancado no quarto, chorado por três dias, implorado para Tūtū deixá-la ficar, mas ela não cedeu. Depois que a mãe de Nani morreu, Tūtū perdeu a força de lutar contra os caprichos do pai de da garota, mesmo que a maioria deles não fizesse o menor sentido, mesmo Nani sendo mais da família do que o pai dela. Ela era Hānai. Mesmo com o pai as visitando, ficando com elas, e depois partindo para o seu próximo posto, prometendo levar Nani na próxima vez.

Depois que se aposentou da marinha, ele viajou pelo mundo todo e conseguiu emprego como segurança da escola. Jurou para Nani que o salário era bom e que logo a veria.

Exceto que ele nunca voltara para ela. Foi uma promessa vazia. Outra vez.

– A Académie Grimrose é uma das melhores escolas do mundo – dizia a sra. Blumstein, no meio de um monólogo que Nani tinha ignorado completamente. – Nós já organizamos um horário, mas tem algumas atividades que você pode escolher por conta própria. A maioria das tardes de sexta-feira são livres, e você pode pedir permissão ao seu guardião para sair no fim de semana para visitar a vizinhança.

Isso significava que seu pai teria que assinar algo.

Isso significava que ele teria que responder as cartas dela, mesmo não tendo feito isso com uma sequer.

Elas atravessaram mais corredores e passaram por alguns alunos no caminho. Uns mal olhavam para Nani, parecendo meio dormindo ainda. Outros encaravam seu vestido amarelo surrado, que ela tinha desde os 14 anos, seguindo por suas panturrilhas fortes, sua cintura redonda, seu corpo gordo, sua pele marrom-escura, seu nariz arredondado, a forma que seus cachos apertados caíam volumosos além de seus ombros, até a armação redonda de seus óculos gastos.

Nani os encarava de volta e se sentia ainda mais deslocada.

– Alguma dúvida, Nani? – perguntou a sra. Blumstein.

Nani quase respondeu que sim. Que queria saber por que estava ali, por que tinha sido mandada para quase do outro lado do mundo, para uma escola que ela nunca ouvira falar e que seu pai não podia bancar, e por que não o tinha visto ou recebido uma resposta dele para suas cartas ou ligações. Ela tinha muitas perguntas, mas nenhuma que pudesse fazer em voz alta.

– Eu começo as aulas hoje?

A sra. Blumstein assentiu.

– Posso conseguir que uma de suas colegas de quarto guie você até que se acostume a andar pelo castelo. Não há motivo para desperdiçar tempo.

A sra. Blumstein soava como alguém cuja ideia de pecado era perder tempo, e Nani anotou um lembrete mental de ficar fora do caminho da professora. Ela não estava ali para estudar. Não estava ali para fazer amigos.

– Aqui estamos – disse a sra. Blumstein, parando diante de uma porta. – Este será o seu novo quarto.

A mulher bateu na porta e uma voz respondeu lá de dentro:

— Entra.

A professora abriu a porta. O quarto era espaçoso: havia outra porta do lado de dentro, que Nani presumiu ser o banheiro, e três camas, cada uma com uma mesa e um guarda-roupa lado a lado. Uma estava bagunçada, com o cobertor rosa jogado no chão e uma pilha de coisas embaixo do estrado; a outra estava arrumada e organizada, sem nada fora do lugar.

A terceira estava vazia.

Duas garotas levantaram a cabeça quando ela entrou. Uma tinha cabelo cor de cobre, olhos azuis e um nariz arrebitado. A outra, uma das meninas mais bonitas que Nani já tinha visto, tinha a pele muito clara, enormes e doces olhos pretos, e lábios levemente avermelhados.

— Bom dia, meninas — disse a sra. Blumstein. — Conheçam sua nova colega de quarto: Nani Eszes.

6

RORY

Rory não estava esperando por uma garota nova tão cedo. Para falar a verdade, Rory não estava esperando garota nenhuma, nunca.

A parte de Ariane do quarto fora esvaziada. Não havia mais a coberta verde-água sobre o colchão, nem a coleção ridícula de copos de *shot* e os vidros de perfume vazios em cima das estantes, nem a pilha de meias com glitter sobre a cadeira. O lado dela do quarto era uma tumba, como seu caixão, e Rory estava bem com as coisas daquele jeito.

Não bem de verdade, porque sentia saudade de Ariane, mas pelo menos não havia ninguém a postos para tomar o lugar da amiga.

– Oi – disse a garota nova, em um tom definitivamente nada amigável.

Rory não se importou. Isso tornava as coisas bem mais fáceis.

A sra. Blumstein lançou um olhar para Rory e Yuki como se esperasse uma resposta, e Rory se deu conta que não tinha dito uma palavra desde que a garota aparecera à porta.

– Oi – disse Rory, a voz saindo áspera. A sra. Blumstein arqueou uma sobrancelha. – Seja bem-vinda à Académie! – continuou ela, falando alto demais e em um tom que era igualmente alegre e ameaçador.

Rory não era boa em conhecer pessoas novas, um fato que seus pais não a deixavam esquecer sempre que se lembravam que tinham uma filha. Tudo sobre Rory era o oposto do esperado: ela não tinha vestidos, odiava pérolas e sapatos de salto alto apenas pioravam sua fibromialgia, fazendo com que ela acordasse com os joelhos doloridos e que o pescoço doesse ao ponto de ela não ter certeza se conseguiria sequer levantar-se na manhã seguinte. Fazia compras apenas na seção masculina, rasgando as mangas das camisetas para que os braços se movessem com liberdade e usando camadas e mais camadas para cobrir o resto do corpo. Quando o assunto era se apresentar para estranhos, sempre terminava em desastre.

— Nani tem aula de inglês com você no primeiro período — disse a sra. Blumstein. — Espero que você a leve até a sala.

A mulher lançou um de seus típicos sorrisos com os lábios pressionados, que funcionavam como uma ameaça de morte, e fechou a porta.

Rory foi deixada com Yuki e a garota nova, que ainda estava parada na porta segurando uma única mala e usando um vestido de verão que já tivera dias melhores. Rory olhou para a amiga, que a encarou de volta com um olhar completamente inexpressivo.

As duas continuaram se encarando, perguntando-se quem cederia primeiro. No fim, nenhuma delas precisou fazer nada, já que a garota caminhou até uma cama e jogou a mala nela.

Havia apenas uma cama vazia no quarto, então claro que ela foi para lá. Só que era a cama de Ariane. Pertencia a ela, e não àquela garota hostil que já estava pronta para tentar roubar seu lugar.

— Disseram que eu teria um uniforme — disse Nani, olhando para elas por cima do ombro.

— Não fomos informadas sobre sua chegada — disse Yuki, sem entusiasmo.

Rory a encarou, incrédula. Achou que pelo menos uma das duas seria gentil. Não sabia por que esperava que fosse Yuki.

Quer dizer, isso não era exatamente verdade. No fundo, Rory sabia. Yuki era como Ella: direta, sim, mas sempre perfeita. Modos perfeitos, notas perfeitas, tudo perfeito, um fato irritante pra caramba. Yuki nunca tinha feito nada de errado.

E Yuki não tinha o direito de estar com raiva, de tratar a nova colega de quarto como um incômodo importuno.

Rory, sim.

❋

As segundas-feiras eram sempre as piores, até mesmo em uma escola interna, quando todos os dias eram iguais. Segunda-feira também era o dia vegetariano no refeitório, o que parecia duas vezes mais cruel.

— Seu almoço não vai sair correndo — disse Ella, olhando por cima da mesa enquanto Rory esfaqueava um pedaço de lasanha de berinjela com raiva.

Ariane tinha escolhido essa mesa. Dava para ver a janela do refeitório e o jardim lá fora. Fazia você se sentir em um conto de fadas, e Ariane gostava disso — olhar pela janela todos os dias, garantindo que todas elas eram gratas por suas bênçãos.

Agora, havia uma vista bonita e um lugar vazio onde Ariane deveria estar, e, pelas costas delas, pessoas que ainda as encaravam. Que ainda fofocavam.

Ariane Van Amstel tinha se afogado no lago por vontade própria, e esse era o fim da história.

— E onde está a menina nova? — perguntou Ella. — Não deveria estar com você?

— Ela pode se virar sozinha — disse Rory.

— Pelo amor de Deus, Rory, ela é *nova* — disse Ella, abaixando o garfo. — Não pode simplesmente abandoná-la. Ela está no seu quarto.

Rory revirou os olhos.

— Ela nem estava tão interessada assim na nossa ajuda.

— Bem, não com esse seu comportamento.

De novo, Rory olhou para Yuki em busca de algum tipo de apoio, mas a amiga estava comendo sua lasanha com muito cuidado e sequer olhava para elas.

— Eu não gosto dela, só isso.

— Você nem deu uma chance a ela!

Rory encarou Ella, a irritação crescendo. Sabia que a amiga não fazia de propósito — era apenas Ella, preocupada com o bem-estar de alunos novos, tomando conta deles como se fossem flores do seu jardim, prestando atenção com olhos cuidadosos, garantindo que estavam sendo cuidados. Ella tinha adotado Rory, mesmo com a mãe de Rory tendo estudado em Grimrose, assim como a mãe de Ariane.

A história começou assim:

Era uma vez uma menina chamada Yuki, enteada da diretora, que chegara ali aos adoráveis 11 aninhos para cursar o primeiro ano da *sekundarschule*. Ella chegou um ano depois, e imediatamente escolheu Yuki como melhor amiga. Depois vieram Rory e Ari para dividir o quarto com Yuki. Elas tinham 13 anos.

Ella recebeu as novas colegas de Yuki de braços abertos, emprestando o dever de casa de alemão para Rory, conversando sobre aromas de perfumes com Ari. Uma semana depois, parecia que sempre havia sido daquele jeito: as quatro juntas.

Rory era a mais próxima de Ari. As duas estavam ali por um legado, algo sobre o qual ambas reclamavam. E Ari sempre sabia o que dizer quando Rory brigava com os pais.

— Se ela não voltar para o quarto, vamos atrás dela — prometeu Rory, sem querer se demorar nas lembranças de Ari. — Além do mais, ela não pode estar *tão* perdida assim.

— Este castelo tem literalmente setenta e três lances de escadas diferentes.

— Tem?

— Sim, e o número me irrita. Ninguém merece os arquitetos que construíram essa escola.

Naquele instante, Rory virou a cabeça e viu outra pessoa entrar no refeitório. Não era a menina nova, felizmente, ou Ella insistiria para que se sentasse à mesa, e Rory não sabia o que faria quando a menina se sentasse no lugar de Ari depois de já ter se deitado na cama dela. Era Edric, o ex-namorado irritante de Ari, de mãos dada com a nova namorada. Ser hétero era um dos poucos defeitos de Ari, além de um gosto horrível para homens, para piorar tudo.

As três encararam Edric com olhares de águia.

— A personalidade dele é igual a de um pedaço de queijo esquecido na geladeira por seis meses — disse Rory.

— Essa é uma analogia muito específica, mas você está absolutamente certa — concordou Yuki, voltando-se para a amiga.

– Sabe o que é pior? Ari era intolerante a lactose.

Ella sorriu, Yuki sorriu, e de repente Rory estava rindo alto. Era ridícula a facilidade com que falavam mal dele, e Edric estava ali, e Ari era só uma ex-namorada, e não uma garota real, a amiga delas, alguém que tinha morrido e deixado saudades.

– Acham que ele sabe de alguma coisa? – perguntou Ella, deixando o clima na mesa ficou pesado.

Todas voltaram o olhar para onde ele estava sentado.

– Não deixa se levar – disse Yuki, com a voz baixa. – Não vai fazer bem para nenhuma de nós.

– Você sabe o que estão dizendo – sussurrou Ella, com enrubescendo de raiva. – Todos pensam isso, mas vocês sabem que não foi suicídio. Vocês *sabem*.

– Não sabemos – disse Yuki.

– A não ser que encontremos algo – respondeu Ella. – A não ser que possamos provar que não foi. Ninguém mais vai fazer isso.

– Se você está sugerindo conversar com Edric, saiba que se eu chegar a três passos dele vou meter a porrada nele – disse Rory.

– Eu disse investigar, não socar.

– É o método de investigação do Batman.

– Esquece isso – disse Ella. – Mas acho que podemos descobrir as coisas se conversamos com as pessoas certas.

Rory sabia do que ela estava falando. O nome que não tinham dito em voz alta. Elas podiam ressentir Edric o quanto quisessem, mas o garoto era só um ex-namorado idiota. Não era a causa real de nada daquilo. Ele nem ao menos era a pessoa mais importante naquele recinto.

De uma só vez, todas viraram a cabeça na direção de uma garota que poderia oferecer respostas: Penelope Barone.

Penelope estava sentada sozinha em uma mesa, o cabelo loiro caindo em ondas até a cintura, os olhos verdes cortantes, a forma esguia e os cílios curvados para cima. Rory desviou o olhar imediatamente.

– Uma de nós deveria conversar com ela – disse Rory, então se virou para Yuki.

A garota balançou a cabeça.

— Eu não.

— Ella seria óbvia demais. E, você sabe, agitada ao ponto de ser irritante. Sem ofensas.

— Não me ofendi — respondeu Ella, com bom-humor.

— E você? — perguntou Yuki.

— Eu sou a melhor amiga da Ari — Rory disse simplesmente, e as palavras pesaram como rochas.

Era como se estivessem em uma competição e Rory tivesse ganhado, porque, no fim, ela tinha. Era Rory quem fazia tudo com Ari, quem tinha ido a cada recital em que ela cantou, assim como Ari nunca perdia suas competições de esgrima na escola. As duas faziam tudo juntas, e Ari nunca exigira de Rory algo que ela não podia dar. Yuki e Ella tinham uma à outra, e as quatro eram um grupo juntas, e isso sempre deu certo.

Mas, no fim, foi Rory quem perdeu a melhor amiga.

— Mas você... — Rory finalmente encontrou as palavras de novo. — Você é... perfeita.

Os olhos de Yuki reluziram à menção da palavra, mas, por fim, ela assentiu.

— Certo. Eu vou falar com ela.

7

ELLA

E lla não gostava da ideia de Yuki conversar com Penelope, mas, de qualquer forma, elas não encontrariam nada novo sobre a morte de Ari sem vasculhar um pouco. Havia uma parte dessa história que parecia... incompleta.

Ela supunha que toda morte causava essa sensação. Lembrou-se de quando a mãe morreu, e era pequena demais para sentir a perda de verdade. Porém, com o pai, quase seis anos atrás, ela realmente sentiu tudo aquilo. Incompleta. Sem resolução. Não importava quanto tempo havia passado, ainda tinha esse buraco, aquele canto onde deveria ter algo, e agora não continha nada para preencher o vazio que o pai ocupara.

A morte de Ari podia ter sido classificada como um acidente, ou mesmo um suicídio, e as pessoas esqueceriam e seguiriam em frente.

Só que a garota tinha *morrido*. Uma de suas melhores amigas tinha *morrido*.

Ella sentia como se precisasse sacudir o mundo inteiro por conta disso.

❊

Quando chegou à escola na manhã de sexta-feira, Ella se surpreendeu ao ver a menina nova, Nani, parada na entrada, já com o uniforme novo – a camisa um pouco apertada no busto, a saia curta, porque os uniformes haviam sido feitos por alguém que não compreendia que garotas podiam ter diferentes formas e tamanhos –, parecendo absolutamente perdida.

– Oi! – disse Ella, esticando a mão para tocar o ombro da garota. – Você é a Nani, certo? – Nani deu um pulo com isso, as orelhas ficando vermelhas. – Desculpa, não quis te assustar! Sou a Ella. Não conseguimos nos conhecer antes, sou amiga da Rory e da Yuki. Mas não moro aqui, eu venho de Constanz toda manhã.

Ella percebeu que estava tagarelando e ficou quieta. As sobrancelhas de Nani se enrugaram.

– Eu... – a novata começou a falar, e bem na hora outra garota esbarrou nelas.

O encontro foi abrupto, e a garota caiu no chão. Nani, no susto, derrubou todos os livros no chão de uma vez.

– Olha por onde anda! – disse a nova voz, ríspida.

Nani esticou a mão para pegar os óculos, que tinham caído no chão, mas Ella os pegou primeiro, limpando antes de devolvê-los. As lentes redondas estavam tão borradas que Ella não sabia como Nani sequer enxergava com eles.

– Ah, desculpa – acrescentou a garota que esbarrara nelas, e Ella reconheceu Svenja, da sua turma.

Ella conhecia quase todo mundo na escola, combinando com facilidade rostos e nomes, mas Svenja era mais reconhecível do que a maioria. Não só por ser a única garota trans do ano delas, mas porque ela e sua prima eram quase idênticas. Porém, na opinião de Ella, Svenja era a mais bonita e vivaz, além de ser o orgulho do corpo de balé de Grimrose.

Ella ofereceu a mão para levantar Svenja, que estava com o cabelo castanho desalinhado, mas rapidamente o amarrou de novo em um rabo-de-cavalo.

– Valeu – Svenja disse baixinho, e então encarou Ella nos olhos. – Eu não tive a chance de dizer antes, mas sinto muito por sua perda. Sei o quanto você a amava.

Uma sombra passou pelo coração de Ella.

– Obrigada – respondeu a garota. – Isso significa muito para mim.

Ella sorriu e viu que Nani observava a conversa com curiosidade. Provavelmente ninguém tinha contado que ela estava usando a cama de uma menina morta. Svenja piscou para Nani ao passar, e a garota apertou os livros ainda com mais força, encarando-a.

– Que bom que está fazendo amigos – disse Ella.

– Se acha que é assim que se faz amigos, você precisa de óculos mais do que eu.

Ella não tinha uma resposta para isso. Nani ainda olhava com raiva para nenhuma direção específica.

– Tudo bem – disse ela, hesitando. – Mas você vai ficar aqui o ano inteiro. Tenho certeza de que vai encontrar muita coisa do que gostar.

Nani se virou para ela. A garota era mais alta do que Ella, mas quase todo mundo era. Yuki era a mais alta do grupo, Rory alguns centímetros mais baixa. Ari e Ella eram as pequenininhas, e Ari sempre dizia que era melhor ser pequena, segurando o braço de Ella alegremente enquanto andavam juntas, indo atrás de Rory e Yuki pelos corredores, deixando-as abrir o caminho. Agora, Ella se sentia sozinha indo para a aula.

– Vem – disse Ella. – Eu te levo para a sua aula.

Não era o melhor começo, mas ela se lembrava de quando conhecera Rory e a amiga a desafiara para um duelo. Literalmente.

O resto do dia passou depressa, embora Ella não estivesse animada para voltar para casa. Sharon passaria o fim de semana inteiro com elas, mas, se Ella tivesse sorte, a madrasta sairia com Stacie e Silla, iria para Milão, ou até para a França, e Ella poderia ter a casa para si.

Durante a aula de Culinária, ela organizou uma lista mental de tudo que teria que fazer quando chegasse em casa. Preparar o jantar, depois voltar ao castelo para a assembleia daquela noite. Também teria que limpar o estábulo do Cenoura, o cavalo das gêmeas. Fazer uma lista ajudava, mas às vezes só alimentava sua ansiedade.

– Você está bem? – perguntou Freddie quando a aula terminou. A voz dele a trouxe de volta para a realidade.

Ella piscou, atônita, batendo os dedos três vezes no balcão.

– Sim, claro.

– Você parece preocupada.

– Só tenho muita coisa para fazer.

– Quer repassar uma lista comigo? – perguntou ele. – Isso ajuda.

– Só se você tiver umas doze horas para ouvir tudo – disse ela, brincando, e os olhos de Freddie se arregalaram.

– Retiro a oferta – respondeu ele, o canto dos olhos enrugando quando sorriu, e os dois caminharam juntos até a porta. – Mas, sério, se precisar de alguma ajuda...

Ella o encarou.

– Eu agradeço.

– Nunca faço nada aos fins de semana. – Freddie suspirou quando chegaram à porta. – Teve um dia que eu estava tão entediado que fiquei contando todas as escadarias do castelo. Sabe quantas têm?

– Setenta e três – disseram juntos, e o sorriso de Freddie apenas cresceu.

Era contagiante.

Foi então que Yuki surgiu e a atmosfera mudou. Yuki olhou de Ella para Freddie, os olhos rapidamente avaliando o sorriso dos dois, a proximidade entre eles, e seu olhar se tornou ainda mais obscuro.

– Oi – disse Yuki. – Estava procurando você.

Ella pigarreou, sentindo as pontas dos dedos formigarem.

– Yuki, esse é...

– Eu sei – Yuki interrompeu abruptamente, com um tom estranho. – Achei que você não podia se atrasar.

Ella conferiu seu relógio. Era uma das poucas alunas que ainda usavam aquilo em vez de simplesmente olhar no celular. Não que seu aparelho fosse mais do que apenas funcional. Mal tinha acesso à internet, porque Sharon se recusava a deixá-la usar o Wi-Fi, alegando que a distraía demais. O que era verdade, claro, mas, ainda assim, internet era praticamente um direito humano básico.

– Não estou atrasada. Você quer... – Ella não sabia como terminar a pergunta.

– Está tudo bem. Vejo você à noite – disse Yuki, por fim, dando uma última olhada em Freddie antes de ir embora.

Ella hesitou por um instante, e então Freddie se aproximou.

– Quer que eu vá com você até a sua casa?

Ella se arrepiou.

– Não, obrigada. Estou bem.

– Eu posso...

– Não. Obrigada.

Freddie parou de insistir e os dois ficaram ali parados, sem jeito. Ella não podia dizer que não o queria perto de Constanz, que não o queria perto de um lugar que não fora feito para coisas tão leves. Yuki e Rory nunca tinham ido à sua casa. Apenas Ariane havia entrado escondido uma ou duas vezes durante suas caminhadas sorrateiras, a única companhia que Ella já havia permitido naquele lugar.

Ela mantinha as amigas longe por um motivo. Um bom motivo.

– Então te vejo semana que vem – disse Freddie, com a voz tranquila.

Ella sorriu uma última vez para ele, que ficou esperando pacientemente atrás da porta que o mantinha em Grimrose, uma barreira sólida entre a escola e a vida dela além dos muros.

8

YUKI

Yuki tinha enrolado para falar com Penelope Barone a semana inteira. Evitava a garota nos corredores e nas poucas aulas que tinham juntas. Tentava adiar o inadiável.

Ela fora escolhida para fazer isso por ser perfeita.

Era isso o que todas as pessoas próximas a ela pensavam. Seu pai, com as regras rigorosas em casa, havia tentado desempenhar os papéis de pai e mãe, querendo tanto fazer tudo do jeito certo que insistia que Yuki fosse mais talentosa do que crianças três anos mais velhas, porque o fracasso da filha seria seu próprio fracasso como pai. Reyna não reforçara as mesmas regras após a morte dele, mas ela era a diretora, e o comportamento de Yuki refletia na madrasta. Yuki não podia colocar um dedo fora da linha. E, do jeito delas, Ella e Rory também pensavam assim; as amigas a viam como alguém que podia fazer o que quisesse sem qualquer esforço.

Era tudo uma mentira.

Yuki não era perfeita, e precisava de *muito* esforço para fingir ser.

Um esforço que quase desmoronou quando viu Ella ir embora com Freddie, com um sorriso escondido brincando em seus lábios, algo secreto que ela não tinha compartilhado.

Ella sempre compartilhava tudo com Yuki, mas não aquilo.

Yuki não podia se permitir sentir seja lá qual fosse aquele sentimento. Seja lá qual pensamento revoltante se revirava em seu estômago, ele foi esmagado, e, ao silenciá-lo, ela se preparou e foi atrás de Penelope.

Era uma tarde linda de sexta-feira. As nuvens se desenrolavam perto das montanhas e quase não havia brisa. O sol iluminava os jardins e a grama verde onde alguns alunos estavam sentados. Ela viu Penelope sentada sozinha.

Foi um choque, já que nos últimos meses de aula ela sempre estivera sentada com Ariane. As duas se tornaram próximas depois que Edric deu o fora em Ari. Yuki se lembrava da resposta de Ari quando perguntou por que ela queria passar tanto tempo com aquela novata depois do término, e não com elas.

Não é como se você entendesse como é amar alguém, né?

As palavras machucaram como um tapa, deixando uma marca vermelha em suas bochechas, atravessando sua alma. Uma marca que ninguém mais via, porque ninguém a testemunhou. Ari não se desculpou, nem Yuki. Ela não tinha por que se desculpar.

Quando Yuki se aproximou, Penelope levantou a cabeça, o cabelo dourado caindo em ondas até a cintura, os olhos verdes astutos. Ela não usava nenhuma joia, exceto por um anel em formato de lua na mão esquerda. Penelope começara a frequentar Grimrose no quarto ano do *sekundarschule*, quando se aproximou de Ari, e depois foi embora. Voltou apenas no último ano. Ninguém perguntou o que aconteceu, e se Ari sabia, não contou para nenhuma delas

Foi só quando estava parada diante de Penelope que Yuki percebeu que não sabia o que dizer.

– Oi – disse Penelope, erguendo o olhar para Yuki, que bloqueava o sol. – Posso te ajudar?

– Sim – respondeu Yuki. – Você vinha andando com a Ariane.

Um silêncio constrangedor se seguiu.

– Quando ela estava viva, sim – disse Penelope, lentamente. – Confesso que ainda não encontrei o fantasma dela.

Havia um traço de divertimento na voz dela, e Yuki se sentiu uma idiota, coisa que não acontecia com muita frequência.

– Me desculpa – pronunciou a idiota em alto e bom som. – Eu não devia ter vindo incomodar você. Eu…

Yuki se virou para ir embora, mas, antes que pudesse se mexer, Penelope segurou sua mão. Ela quase pulou para longe quando os dedos cor de creme da garota encostaram em seu pulso. Em vez disso, ficou ali, sentindo o calor estranho do toque, tentando se lembrar de quando fora a última vez que alguém a tocara.

Ela não conseguia se lembrar.

A mão de Penelope afrouxou.

– Pode sentar. Está um dia lindo.

Yuki passou a língua pelos lábios, com os ombros tensos. Forçando seu corpo a obedecer, sentou-se de forma mecânica, cruzando as pernas e ajeitado o uniforme da escola, fazendo tudo lentamente para que pudesse pensar no que dizer em seguida.

– Então você quer falar sobre a Ariane – disse Penelope com um suspiro, olhando para a frente. – Até que demorou.

Yuki piscou, atônita.

– Sabia que viríamos conversar com você?

– Ela era a melhor amiga de vocês, não era?

Outra vez as mesmas palavras. Outra vez a perda de Ariane resumida simplesmente a isso. Como se Ari pudesse ser descrita apenas como a melhor amiga delas e nada mais.

– Bem, suponho que ela também fosse sua amiga – Yuki conseguiu dizer. – Mesmo que no fim.

Penelope riu baixinho.

– Ariane não era minha amiga.

Yuki se virou bruscamente, e Penelope abriu a bolsa e pegou uma barra de chocolate. Ela quebrou um pedaço e entregou para Yuki.

– E aí, sobre o que veio falar? – perguntou Penelope. – Quer me acusar de algo? Melhor se apressar, tenho coisas para fazer.

– Por que eu acusaria você de algo? – perguntou Yuki, sem comer seu pedaço de chocolate.

A barra começou a derreter, morna e pegajosa contra sua pele.

Penelope deu de ombros.

– Você não seria a primeira.

Yuki franziu a testa.

– A primeira?

– É – disse Penelope. – Edric veio falar comigo semana passada, perguntando se eu sabia de alguma coisa, e quando eu disse que a culpa por Ari ter se matado era só dele mesmo, surpreendentemente, ele não aceitou muito bem.

Ouvir outra pessoa dizer aquilo de forma tão direta provocou uma reação estranha em Yuki, algo que ela não sabia que precisava. Rory e Ella estavam convencidas de que a morte de Ari não tinha sido um acidente, que ela não teria colocado a própria vida em perigo daquela forma. Ari nunca teria se aproximado do lago sem saber nadar, e certamente não faria isso de propósito.

Mas elas não sabiam da verdade.

Elas não sabiam o que Yuki tinha feito.

Não é como se você entendesse como é amar alguém, né?

– Então você acha que ela se matou.

– Claro que ela se matou – disse Penelope, com apreensão na voz. – Ela estava miserável. Não falava de nada além de Edric, da perda dela e de como ela queria que as coisas fossem diferentes. Tentei ajudar uns meses atrás, sabe, mas ela era cruel.

Se fosse qualquer uma das garotas ouvindo isso, teriam parado por ali. Se afastado. Acusado Penelope de mentir, de distorcer a realidade.

Porém, Yuki sabia como as coisas eram de verdade. Ariane podia ser bem cruel quando queria. Quando escolhia ser.

– Não conte às outras que eu falei isso – pediu Penelope, comendo o último pedaço do chocolate. – Sei que Ella e Rory são suas melhores amigas, mas elas podem ser bem intensas às vezes.

– Podem mesmo – concordou Yuki. Especialmente sobre esse assunto. – Desculpa, não quis trazer isso à tona.

– Por que você fica pedindo desculpa? – perguntou Penelope. – Não precisa falar *desculpa* a cada cinco segundos.

– Desculpa.

As duas riram, então Yuki percebeu que o chocolate ainda estava se desmanchando. Ela o comeu, lambendo o que havia derretido nas pontas dos dedos.

Penelope se levantou, limpando a grama da saia.

– Não ligo para o motivo de você ter vindo conversar, mas estou contente por pelo menos ter sido sincera.

Yuki observou Penelope colocar a bolsa no ombro e caminhar em direção ao castelo. Quando estava a alguns passos de distância, a garota se virou.

– Estava torcendo para ser você a vir me encontrar – disse Penelope, suas palavras sendo levadas pelo vento. – Não as outras.

Yuki ergueu a cabeça, surpresa.

– Por quê?

– Você é a mais interessante – disse ela, deixando Yuki sentada sozinha na grama.

9

NANI

ani não desfez as malas naquela primeira semana em Grimrose.

E também não viu o pai.

Ela conversou com alguns dos seguranças, e sim, ele *havia sido* o chefe da segurança, mas isso foi antes do ano letivo começar, e eles não viam Isaiah Eszes desde então.

O pai de Nani tinha dito a ela que estava trabalhando havia um ano naquela escola, mas, depois que ele mandara as passagens e a fizera estudar ali, ela não o encontrava em nenhum lugar. Nani tinha mandado uma carta para o último endereço dele que conhecia, mas retornou sem ser aberta. Se algo podia ser dito sobre o correio suíço, era que ele era eficiente.

Foi só por esse motivo que aceitara o convite. Por achar que ele queria vê-la. Nani tinha voado metade do mundo para encontrar o pai, mas ele sequer estava ali.

Para piorar, ela precisava ficar em Grimrose e não sabia como começar a busca pelo pai. Talvez ele não quisesse ser encontrado pela filha.

Então, quando chegou a noite de sexta-feira, Nani se sentiu quase grata por participar da assembleia obrigatória da escola, só para se distrair um pouco.

Os alunos pertenciam a um mundo muito diferente do dela. Vestiam uniformes, claro, mas os sapatos, as bolsas, as joias, tudo demonstrava o privilégio e a riqueza que Nani nunca tinha visto, algo destinado apenas para o melhor dos melhores. A elite da elite. Era para essas pessoas que Grimrose havia sido criada, era para elas que existia magia, não para uma menina havaiana pobre, metade negra, metade indígena, como Nani.

O pai lhe contara sobre lugares como aquele. Eram coisas de livros de contos, como os que ele trazia de suas viagens para que ela pudesse ler e se deliciar com as histórias depois que ele partisse de novo. Tnha prometido levá-la para os lugares que via quando viajava. Agora, ela estava ali, mas ele não.

No anfiteatro, Nani se sentou perto das colegas de quarto e de Ella, a amiga das duas. Não tinha conversado com todas as meninas, mas as três ainda eram as únicas pessoas que conhecia na escola, e isso era melhor do que se sentar sozinha. Alunos se amontoavam em grupos diferentes, alguns com apenas 11 anos. Ela se perguntou que tipo de pais mandariam uma criança tão nova para um internato, já que a veriam só uma ou duas vezes ao ano.

Não demorou muito para a diretora subir ao palco pelas escadas, parando diante do microfone. Ela era mais nova do que Nani esperava, com uma pele marrom-clara, o cabelo castanho claro jogado de lado e um pingente de rubi na base do pescoço. Seu vestido tinha um bom caimento, deixando-a com as costas tão eretas que Nani se deu conta de que, antes daquele momento, não sabia que músculos eram capazes de sustentar algo de forma tão reta.

— Este tem sido um começo de ano turbulento. — A voz de Reyna ressoou pelo microfone. — A tragédia envolvendo uma de nossas queridas alunas pegou a todos de surpresa. — Ela parou para respirar. — Vocês estão seguros aqui. A segurança de vocês é prioridade tanto da instituição quanto minha, assim como a educação de vocês. Para os antigos e novos alunos, espero que tirem proveito do melhor que a Académie tem a oferecer. *Lux vincere tenebras.*

Nani não reconheceu as últimas palavras, mas elas foram repetidas em resposta pelos alunos, o latim ecoando com clareza pela sala. Viu a sra. Blumstein, junto com duas outras professoras mais velhas, ao lado com Reyna quando ela saiu do palco. Nani reconheceu a srta.

Lenz, da aula de Química, e presumiu que eram todas membros do conselho de professores.

– Aquela é a srta. Bagley, das aulas de Culinária – sussurrou Ella para Nani do outro lado da fileira de meninas. – Elas são basicamente as três professoras que você pode procurar se estiver com problemas.

Nani tinha vivido com Tūtū por tempo suficiente para saber que nem toda mulher idosa seria gentil e generosa só por ser velha. Os sermões de Tūtū ressoavam por semanas em seus ouvidos, mesmo depois de ela parar de falar.

A sra. Blumstein subiu ao palco para explicar algumas das disciplinas. Depois, uma garota branca da idade delas tomou a frente.

– Essa é a Alethea – explicou Ella. – É a líder do comitê de alunos.

– Basicamente, eles só planejam eventos – disse Rory. – Alethea só anda de nariz empinado, mas pelo menos sabe dar uma festa daquelas.

– Ela não é esnobe – disse Ella. – Só é um pouco sensível.

– Sensível? – exclamou Rory, rindo baixinho. – Lembra daquele rolê todo com o travesseiro? É isso que chama de sensível? Você pode não defender todo mundo nesta escola pelo menos uma vez?

– Eu não defendo todo mundo. Só acho que você está sendo injusta.

– Santa Ella, a justa, a padroeira dos maltratado.

– Cala a boca.

O riso de provocação de Rory foi mais alto dessa vez, e algumas cabeças se viraram. Yuki olhava para a frente, parecendo fingir que não as conhecia. Nani se compadecia da situação.

Alethea pigarreou do palco, esperando por silêncio.

– Vamos seguir a tradição este ano – disse a garota, com um sorriso se esticando em seu rosto inteiro que não parecia nada natural. – Vamos, é claro, ter o grande baile para celebrar o fim do ano letivo em junho, mas também haverá outra festa de fim de ano antes do recesso de inverno para comemorarmos. Este ano teremos um baile de máscaras.

Os alunos começaram a cochichar com animação, e Ella imediatamente murmurou algo para as amigas. Nani fechou os olhos e as ignorou. Ela não podia se importar menos com festas bestas. Nunca tinha ido a nenhuma em sua escola antiga, e não estava prestes a se vestir com roupas ridículas, as quais ela nem tinha, para se encaixar com aqueles desmiolados.

Depois que a assembleia terminou, Nani se levantou.

— Não vai ficar para a recepção? – perguntou Ella. – Eles servem comida.

— Estou com dor de cabeça – mentiu Nani, indo em direção à porta. Não tinha estômago para recepções. Não conhecia ninguém, então ficaria presa com suas colegas de quarto.

Além disso, tinha algo para planejar: precisava falar com Reyna. Certamente a diretora saberia algo sobre seu pai.

Quando estava saindo, alguém pareceu surgir das sombras, e Nani tropeçou.

— Cuidado. – O tom do aviso era maldoso, e Nani foi pega de surpresa quando a garota se virou.

— Você de novo – respondeu ela, reconhecendo a menina que derrubara todos os seus livros naquela manhã. Mas, assim que disse isso, soube que estava errada, como se estivesse vendo uma imagem através de um espelho distorcido.

Foram os olhos que ela notou primeiro, bem fundos no rosto. Elas tinham o mesmo tom de pele marrom-clara, mas o cabelo, em vez de castanho lustroso, era de um tom claro. A garota encarou Nani antes de desaparecer pelo corredor.

— Vejo que conheceu minha prima.

A voz vinha de trás de Nani, e, quando se virou, lá estava ela: Svenja, Nani se lembrou de repente. Dessa vez, a versão brilhante e colorida.

— Sua prima? – repetiu Nani.

Svenja deu de ombros.

— Aquela era a Odilia. Nem todo mundo na minha família teve sorte o bastante para nascer com uma aparência incrível, então ela dá seu máximo para me copiar.

Svenja abriu um grande sorriso para Nani, que continuou parada no corredor, aquele sorriso deixando-a desconfortável e fazendo seu interior se revirar enquanto sentia um alvoroço no coração.

A outra garota tinha a mesma altura de Nani e um contorno gracioso. Nani sempre fora grande para sua idade, tanto em estatura quanto em silhueta, então foi estranho ver alguém tão alta quanto ela. A mais alta era Yuki, que ganhava de todas elas.

– Com pressa de sair da assembleia? – perguntou Svenja, e Nani não conseguiu distinguir seu sotaque.

Definitivamente era da Europa oriental, mas ela não era boa o bastante com sotaques para identificá-lo.

– Estou com dor de cabeça – mentiu de novo.

– Vou com você até o seu quarto – disse Svenja. – Também não estou no clima para festa hoje.

Elas caminharam lado a lado. Nani não precisava de ajuda para andar pela escola, já tinha aprendido onde ficava tudo. Sempre tivera jeito para se orientar, e ali não foi diferente. Svenja seguiu em silêncio, e, por fim, pararam na frente da porta dela.

– Pronto – disse Svenja. – Segura em casa. O que eu ganho em retribuição?

– Não sabia que precisava dar gorjeta – respondeu Nani.

– Aceito outras formas de pagamento – rebateu Svenja. – Talvez um segredo.

A garota sorriu para ela de um jeito voraz; havia algo indomado naquele sorriso, algo perigoso, algo que representava a liberdade de correr livre na floresta, sem ninguém a quem se submeter.

– Não tenho nenhum segredo.

– Ninguém é livre de segredos, Nani, a garota nova. Vou descobrir os seus.

– Isso parece uma ameaça.

Svenja sorriu de novo, empurrando Nani suavemente na direção da porta.

– Droga, eu estava tentando ser receptiva. Vamos começar de novo.

Dessa vez, Nani riu alto. Ela não pôde evitar. Svenja parecia ter acabado de ganhar um jogo de pôquer especialmente difícil. Cada uma de suas ações pareciam tanto calculadas quanto desenfreadas, as duas coisas ao mesmo tempo. Isso surpreendeu Nani, e sua barriga se revirou com um sentimento que não sabia nomear.

– Uma garota com nada a esconder – disse Svenja, articulando as palavras, e foi estranho ouvi-la dizer aquilo. Como se Nani tivesse, sim, coisas a esconder, mas não pudesse esconder dela. – Então, me diga uma coisa: você é uma guerreira ou uma derrotada?

Nani respirou com força. Ela não era uma derrotada; ia atrás do que queria e não tinha tempo para papear com garotas que não eram nada como ela e gostavam de fazer joguinhos.

– Valeu por me acompanhar – disse, fechando a porta na cara de Svenja.

Com as costas apoiadas na porta, respirou aliviada. O quarto não era grande, mas era legal tê-lo apenas para si por um momento.

Sobre a cama, havia apenas os lençóis que a escola havia lhe dado. Sua bolsa ainda estava em cima da mesa.

Nani não sabia como se sentir quanto a viver em um lugar que tinha pertencido a uma garota morta.

Uma garota morta. Agora fazia sentido o jeito que Yuki e Rory a tratavam, o motivo pelo qual não estavam sendo amigáveis demais como a outra menina, Ella. Nani não queria substituir a amiga delas. Ela não queria substituir ninguém, só queria encontrar o pai. Queria que ele a levasse para longe dali, que explicasse por que não estava ali quando ela achou que finalmente estariam no mesmo lugar, juntos.

Ela abriu o guarda-roupa. Embora tivesse sido esvaziado, havia algumas pistas de que alguém vivera ali antes: um laço, um rastro de glitter rosa espalhado no fundo do armário, uma bolsa verde-água quase escondida embaixo do guarda-roupa, só com a ponta aparecendo. Nani ignorou tudo e abriu o zíper da própria mala, finalmente tirando suas roupas. No momento em que fazia isso, Rory entrou pela porta, parando na mesma hora.

Havia mágoa em seu olhar, como se Nani estar naquele espaço fosse uma traição.

– Tem uma bolsa aqui – disse Nani, puxando-a para fora do guarda-roupa e entregando a Rory. – Pronto.

Rory franziu a testa.

– Pensei que tivéssemos esvaziado.

Ela segurou a bolsa por um momento, parecendo perdida. Deu uma olhada dentro, depois a jogou embaixo da cama com tanta força que Nani se perguntou como não tinha quebrado nada.

Por mais que odiasse admitir, Nani entendia a dor de Rory. Tomar aquele lugar significava apagar uma parte do passado, como se a ida de Nani para lá significasse renunciar à colega de quarto anterior. Tūtū também tinha dito para Nani renunciar ao passado, que seu pai logo apareceria.

Só que renunciar era uma traição. Com seu pai, consigo mesma. Renunciar significava esquecer, e esquecer era errado.

Nani se virou, abrindo outra gaveta, e pegou alguns livros que tinha trazido de sua enorme coleção em casa, o cheiro de jasmim--manga saindo das páginas. A mãe costumava colocar flores entre as páginas de cada livro que estava lendo, assim ela não se esqueceria do cheiro de casa. Nani soltou um deles na gaveta com um alto estrondo, e a lombada grossa de *Os miseráveis* quebrou algo dentro do armário.

A gaveta tinha um fundo falso.

Ela tirou o livro, olhando com curiosidade pela madeira rachada. Encontrou uma ponta e puxou com força. Dentro, viu um livro do tamanho de um diário. A capa era preta, com letras douradas, uma árvore e três corvos impressos de forma ornamentada. Um livro de contos de fadas.

– Aqui – disse Nani, pegando o livro e entregando para Rory, torcendo para ser a última coisa. – Acho que era da sua amiga.

10

ELLA

A primeira aula da manhã de segunda-feira era latim, o que aumentava a tortura inerente das segundas. Ella tinha acordado às cinco e meia, feito o café da manhã, cuidado do Cenoura e, quando deu seis e meia, depois de colocar uma camada de maquiagem, saiu de casa. As aulas começavam às oito, e o ônibus nunca era confiável pela manhã, então foi andando. Stacie e Silla ainda estavam dormindo. Sharon costumava levá-las de carro, mas Ella nunca ia junto; a madrasta alegava que ela as atrasaria por conta de suas tarefas.

Quando chegou à aula, Rory já estava sentada à mesa. Ella franziu a testa, tirou o fone de ouvido e pausou o audiolivro, faltando apenas três minutos para terminar o capítulo.

– O que aconteceu? – perguntou Ella.

Rory piscou, atônita.

– Como assim? O que rolou?

– Você acordou a tempo da aula. Não conseguiu dormir?

Rory fez uma careta.

– Claro que eu dormi. Só estava animada.

– Para a aula? – perguntou Ella, colocando a mão na testa de Rory. A temperatura dela estava normal. – Isso é um teste surpresa? Está possuída e agora tenho que usar latim para exorcizar você?

– Você nasceu para ser comediante – disse Rory, sem emoção. – Queria falar com você. Nani finalmente está desfazendo as malas e encontrou isso.

Rory tirou um livro da bolsa. Ella não conseguia se lembrar da última vez que a amiga havia carregado um livro para qualquer lugar por vontade própria. Deixou esse pensamento para lá, e o livro repousou com um baque suave na mesa.

Ella passou a mão sobre ele e ficou surpresa ao sentir o couro macio sob as pontas dos dedos.

– O que é isso? – perguntou, tocando o padrão delicado na capa: uma árvore grandiosa com a folhagem pintada em diferentes tons de ouro. Três corvos pairavam por cima da árvore, com as asas abertas para voar.

– Boa pergunta – respondeu Rory. – Estava no armário da Ariane. Eu ajudei a limpar.

– Você *ajudou*?

– Tá, eu estava presente quando Nani encontrou. Ela disse que estava escondido em um compartimento secreto ou sei lá. A bolsa da Ariane também estava lá.

Ella franziu a testa.

– A bolsa dela?

– Sim. Aquela que ela estava usando no dia que voltou.

– Como a gente não notou?

Rory deu de ombros.

Ella tinha ajudado a limpar o armário, assim como Yuki, enquanto Rory saíra para correr, recusando-se a reconhecer o vazio deixado para trás. Ella não se importara com isso. Não era a primeira vez que colocava coisas em uma caixa para nunca mais serem vistas.

– Tem mais – disse Rory, abrindo o livro com tanto descuido que Ella se encolheu. As páginas estavam enrugadas, quebradiças e amareladas pelo tempo. Na primeira página tinha anotações escritas à mão, esmaecidas, mas perceptíveis. – É a letra da Ari.

Ella franziu a testa enquanto folheava, reconhecendo os nomes de vários contos de fadas.

Por que Ari esconderia algo assim?

Ariane sempre fora sonhadora – tinha alma de artista, como o pai de Ella diria. Passava dias rascunhando paisagens estranhas e desenhando, sonhando acordada com lugares distantes, mas nunca tinha sido o tipo de garota fissurada em contos de fadas.

O livro estava cheio de anotações – todas feitas a lápis, com citações sublinhadas, coisas escritas nas margens. Ella balançou a cabeça enquanto olhava para aquilo, os escritos enchendo as páginas.

– Isso deve ser uma pista, certo?

Ella fechou o livro.

– Você sabe que eu não tenho tempo.

Rory franziu as sobrancelhas.

– Ella, isso pode ser importante.

– Então *você* lê.

– Você está presumindo que eu sei fazer isso – disse Rory em tom de brincadeira. Rory nunca tinha lido um livro na vida, e sentia um orgulho quase estúpido disso. – Você vai descobrir mais rápido do que eu.

– É, mas eu não tenho tempo – insistiu Ella.

Como se Rory não soubesse. Estava bastante ciente de como a vida de Ella funcionava. A garota sentia muita saudade de se sentar e ler, e queria poder fazer isso, mas Sharon achava que leitura era uma atividade ociosa.

Portanto, a madrasta vendeu todos os livros do pai de Ella. Uma biblioteca que os dois haviam construídos juntos quando ele era vivo, com os livros favoritos de sua mãe e os romances antigos de universo expandido que seu pai costumava ler para ela antes de dormir, edições que não valiam nada para ninguém além de seu próprio coração.

E Sharon se livrou de todos eles.

Ella passou os dedos pela capa do livro de novo. Podia ser uma pista. Podia não ser nada.

– Por que não falou com Yuki? – perguntou Ella, por fim.

– Eu não encontrei com ela hoje.

– Vocês moram no mesmo quarto, Rory.

– É, mas ela passa os fins de semana na biblioteca, ou com a Reyna, você sabe como é. Além do mais…

A voz dela fraquejou, um silêncio desconfortável envolvendo as duas. Ella não tinha tentado abordar o assunto antes, pensando que estava apenas enganada. Só que Rory havia sentido, e Ella sabia que não podia ignorar mais.

– Ela acha que foi só um acidente, não é? – perguntou, sua voz vacilando um pouco, fingindo não se importar.

Rory balançou a cabeça.

– Acho que ela só não quer falar.

Ella sentiu as lágrimas brotarem e piscou para tentar afastá-las. Não começaria a chorar por isso. Não estava prestes a desmoronar ali.

– Mas você também acha que é estranho.

– Claro que acho – disse Rory, sua voz meio brava, meio indignada. – Ela não teria feito isso. Não teria deixado a gente assim.

As palavras pararam no ar. Ela não teria partido.

Não tinha sido escolha dela.

Não tinha. Não *podia* ter sido.

Ella pegou o livro e o colocou na bolsa.

– Vou tentar convencer Yuki a olhar. Ela sempre foi melhor com essas coisas.

– Yuki, a aluna perfeita.

Ella sorriu, mas não foi sincero.

– Ela é mesmo.

11

RORY

Entregar o livro para Ella tinha sido a coisa certa a se fazer. Rory nem sabia que o livro pertencia a Ari, para começo de conversa. Não era do feitio dela ter algo do tipo. Como a bolsa que a garota nova encontrou, a que Rory vira no dia que elas voltaram para a escola. Rory tinha passado o dia dormindo em vez de conversar com Ari, sem saber que a amiga estaria morta dali a algumas horas. A única conversa que tiveram fora sobre a viagem de volta à Grimrose, e Ari disse que tinha comprado a tal bolsa no aeroporto naquele mesmo dia. As palavras estavam impressas na mente de Rory para que pudesse repetir a mesma conversa besta de novo e de novo, uma conversa que nem significava nada.

Ela queria ter dito mais. Qualquer coisa.

Queria ter tido mais tempo.

E não gostava que sua melhor amiga estivesse guardando segredos.

Ella estar com o livro significava que pelo menos algo seria feito. Mesmo que Yuki não acreditasse realmente nelas. Rory não perguntara sobre Penelope, mas sabia que algo tinha acontecido ali. Penelope era só outra garota da sala delas, então, de repente, ela e Ariane ficaram próximas. As duas compartilhavam segredos. Almoçavam juntas. Não é que Rory odiasse dividir a melhor amiga (ela odiava) e precisasse saber tudo da vida de Ari (precisava, sim), ela apenas não entendia o que havia aproximado as duas.

Estava tão distraída pensando nisso no caminho do treino de esgrima que não percebeu que vinha andando logo atrás de Edric e sua nova namorada até que quase tropeçou nos dois. A garota, um ano mais nova, era alegre e usava maria-chiquinhas, uma péssima substituta de Ari em qualquer contexto. Eles estavam de mãos dadas como se alguém os tivesse colados juntos. Rory fez uma careta.

– Licença – disse, torcendo para que os dois abrissem espaço para ela passar.

A expressão de Edric mudou assim que a viu.

A namorada dele, a fulaninha-de-tal, apenas piscou, atônita, os olhos grandes e inocentes. A expressão de Rory não mudou. Ela não era tão alta quanto Edric, mas podia facilmente bater nele se precisasse. Podia bater em qualquer um naquela escola, pelo menos se estivesse determinada o bastante. Tudo o que precisava era acreditar em si mesma, era o que Ella sempre dizia.

Rory não tinha certeza se deixar todo mundo na escola com o olho roxo era o que Ella queria dizer com aquilo, mas Rory podia ter esperança.

– Esse corredor é largo o bastante para dar a volta – respondeu Edric em um tom malcriado.

– Bom, não tem nenhuma necessidade de vocês andarem grudados como as tartarugas mais lentas do mundo, né? – ela disparou de volta.

– Qual é o seu problema? – perguntou Edric.

Rory nunca o achara bonito, mas, até aí, todos os garotos pareciam basicamente idênticos, e nenhum deles lhe interessava.

Uma veia saltou na testa de Rory, estimulada pela raiva.

– Ou você sai do meu caminho, ou eu vou passar por cima.

Fulaninha-de-tal piscou rápido várias vezes, seu rosto ficando pálido. Não era todo dia que Rory ameaçava pessoas, mas era sempre um dia bom quando conseguia. E era especialmente bom quando as pessoas pareciam pelo menos um pouquinho assustadas.

– Não – disse Edric, por fim. – Sei que está acostumada a ter as coisas do seu jeito, mas sei o motivo dessa conversa.

– Ah, você sabe? Porque é superinteligente?

– Diferente de você – disse ele, e as palavras foram como um golpe intencional que ela não pôde defender. – Não tem ninguém segurando sua coleira agora que Ariane partiu?

O nome dela na boca dele. O nome dela, na boca dele, como se fosse um assunto trivial, como se fosse algo para dizer em vão.

Rory não pensou.

Para ser sincera, raramente fazia isso.

Ela agarrou a camisa dele e o jogou contra a parede. Fulaninha-de-tal soltou um gritinho, os olhos estúpidos arregalados, a boca escancarada de choque.

Isso finalmente fez os dois soltarem as mãos.

Edric, por outro lado, mal parecia preocupado.

– Você não tem o direito de dizer o nome dela – grunhiu Rory. – Não quando você traiu ela. – Ela olhou com desdém para a outra garota. – Ela ficou arrasada, e olha só no que deu.

O rosto de Edric ficou vermelho.

– Está dizendo que é culpa minha ela ter feito isso?

– Se a carapuça serviu.

Edric tentou afastá-la, mas Rory o segurava com força, todos os seus músculos trabalhando juntos para mantê-lo ali.

– Você é maluca – disse ele. – Acha que eu não fiquei triste também? Ela era uma pessoa boa. Sei que fiz besteira, mas isso não significa que eu não me importava com ela. Eu pedi desculpas no fim de semana antes das aulas começarem.

Os dedos de Rory vacilaram e ela piscou, surpresa, mas não o soltou. Dar abertura para seu oponente era uma das principais formas de perder um duelo. Ela apertou os dedos outra vez, tentando compensar, porque Edric havia sido o primeiro amor de Ari, sua primeira paixão, a razão por trás do seu primeiro coração partido, e se ela tinha superado tudo isso… Não significava que a morte não tinha sido um acidente, afinal? Que Ari realmente não tinha se matado?

Rory não deveria ficar feliz que o palpite de Ella estava certo?

Em vez disso, sentiu seus músculos se rebelando, a dor disparando por seu corpo devido ao movimento repentino. *Agora não*, ela pensou. *Por favor, agora não.*

Os punhos começaram a se abrir contra a sua vontade, os nós dos dedos disparando a dor até o pescoço, injetando-a diretamente em seu corpo, tentando fazê-la vacilar. Tentando deixá-la *fraca*.

Rory Derosiers não era fraca.

– Olha aqui – sibilou, tanto para Edric quanto para seu próprio corpo, tentando fazê-lo obedecer, tentando controlá-lo. – Eu...

Foi então que uma mão segurou delicadamente o pulso de Rory. Ela ergueu o rosto para o olhar límpido e firme de Pippa Braxton e sua roupa branca de esgrima.

– Vamos – disse a garota, calmamente. – Não vale a pena.

Pippa sustentou o olhar de Rory, a mão ainda firme sobre a dela. Ela nunca a tocara daquele jeito fora do treino, fora do lugar onde sempre conversavam. Era uma violação das regras. As duas sabiam disso.

O olhar de Rory foi de Pippa para Edric, a respiração sibilando por entre os lábios.

– Você não quer mudar de escola de novo – disse Pippa, tão baixo que Rory mal pôde ouvi-la.

Mesmo assim, ouviu.

Rory tinha trocado de escola antes, várias vezes. Foi uma das poucas coisas que compartilhou com Pippa sobre sua vida pessoal, mas não gostava de relembrar essa experiência. Escola nova, identidade nova. Rory nunca quisera mudar, mas não era uma escolha sua. Seus pais superprotetores, obcecados com sua segurança, a trocavam de escola sempre que existia qualquer mínimo problema, tantas vezes que ela sequer os via. Como se mal fosse filha deles.

É para a sua segurança, eram as primeiras palavras que Rory lembrava de ter ouvido dos pais. Não se lembrava de um único "Eu te amo", e ela tentava, tentava *muito*, quase todos os dias.

Rory sentiu os dedos cedendo à dor e forçou o rosto a não se contorcer. Tinha deixado Edric ir embora, e ele e Fulaninha-de-tal correram para longe, seguindo pelo corredor.

Rory se virou para Pippa, sua mandíbula travada.

– Da próxima vez que impedir uma das minhas brigas, é você quem vai levar uma surra.

Pippa baixou o olhar para as mãos de Rory, agora cerradas ao lado do corpo para esconder o tremor, como se soubesse o que estava acontecendo. Como se soubesse que o corpo de Rory a traía do pior jeito possível. A única coisa que Rory tinha, a única coisa na qual podia se apoiar, era seu corpo, sua força, mas, naquele momento, estava virando-a do avesso com a dor.

– Bem – disse Pippa, abrindo um sorriso –, gostaria de ver você tentar.

12

YUKI

Yuki estudava na biblioteca durante seu período livre depois do almoço quando Ella a encontrou.

Estava absorta em umas das redações mais difíceis de francês, garantindo que sua escrita ficasse legível. O pai tinha insistido que ela aprendesse a falar inglês desde criança, mas escrever era outra coisa. As letras não eram um problema, mas cada palavra parecia conter sílabas demais, a soletração espreitando como uma arapuca, uma serpente disfarçada, os sons se misturando, os significados se tornando obscuros. Com francês e latim foi ainda mais complicado, mas Yuki aprendeu do mesmo jeito.

Ella entrou no recinto carregando Mefistófeles. Ele era um monstro em forma felina, um enorme gato preto de quase treze quilos, o pelo sempre revolto e arrepiado fazendo-o parecer ainda maior. As orelhas eram pontudas como chifres; e seus olhos, de um tom anormal de amarelo. Às vezes, durante a noite, Yuki o via sobre as prateleiras, as duas esferas amarelas observando no escuro, como um animal armando uma emboscada, predando os mais fracos. Mefistófeles tinha aparecido na biblioteca alguns anos atrás, e a bibliotecária travou uma verdadeira guerra contra o gato – e ele rebateu, destruindo canetas, livros e metade do rosto da pobre funcionária. Ela acabou sendo transferida para um hospital em Zurique, com arranhões, e foi o fim da história. Mefistófeles vencera: ele não se mudaria da biblioteca e ninguém sequer se aproximaria dele sem temer pela própria vida.

Ninguém exceto Ella, é claro.

O gato sibilou no momento que viu Yuki, seus maldosos olhos amarelos vigilantes.

— Ah, xiu — disse Ella, dando um tapinha de leve nas patas do gato enquanto o segurava como um bebê, com apenas uma mão. — Yuki é amiga, lembra? Amiga.

— Esse gato não compreende o significado de nada além de maldade pura.

— Mefistófeles é um menino muito bonzinho, não quero ouvir você falando dele assim.

O gato não parecia, nem remotamente, um menino muito bonzinho. Ella o colocou em uma das mesas, acariciando distraída a cabeça dele enquanto pegava algo dentro da bolsa. Um livro.

— Nani encontrou isso no armário da Ari sexta-feira — disse Ella, estendendo-o a Yuki. — A bolsa dela também estava lá, mas escondida embaixo. Acho que o livro estava em compartimento secreto ou algo assim. Pelo menos foi o que Rory me disse.

Yuki o pegou cautelosamente. O livro não pesou em suas mãos, mas, no momento em que o tocou, sentiu algo como um choque elétrico percorrer sua espinha. Os pelos dos braços se eriçaram, mas não havia ninguém naquele canto remoto da biblioteca além das duas. Bem, elas e o gato satânico.

— O que é isso? — perguntou Yuki, as pontas dos dedos acariciando a capa. Algo ali parecia antigo; a encadernação, o tipo de papel, a própria capa. — Isso parece bem velho.

— Né? — concordou Ella. — Rory me deu, mas não tenho tempo de ler.

Yuki afastou o olhar do livro, registrando as palavras. Rory estivera com ele durante o final de semana. Não que elas tivessem se visto — Yuki passara o sábado estudando na biblioteca, e sempre passava os domingos com Reyna.

— Por que Rory não disse nada? — perguntou Yuki, todo o seu corpo ficando tenso.

– Deve ter esquecido – respondeu a amiga, olhando de novo para o gato, coçando o queixo dele enquanto o bichano ronronava feliz.

Ella estava mentindo.

Bem, não exatamente mentindo, Yuki sabia, porque Ella era incapaz de mentir. Só estava omitindo algo. Talvez elas soubessem. Talvez, de alguma forma, elas sempre tivessem sabido. O que Yuki tinha feito, o que tinha dito, o que realmente havia acontecido. Yuki encarou o livro em suas mãos, as palavras de Ariane como agulhas dentro dela, e o empurrou de volta na direção de Ella.

A garota voltou o olhar para Yuki. Na luz do verão que entrava pelas janelas, seus olhos eram castanho-claros, da cor de um mel espesso, salpicado com centenas de diferentes tons de marrom.

– Você sabe que Sharon não vai me deixar ler – disse Ella baixinho.

– É só um livro.

– Ariane escreveu nele – insistiu a amiga. – Olha.

Ella abriu a capa e Yuki reconheceu a letra de Ari, embora tenha precisado estreitar os olhos para ler alguma coisa.

– Talvez você consiga descobrir algo – disse Ella. – Porque Ari estava escondendo o livro e o que estava fazendo com ele.

Yuki folheou as páginas, lendo os títulos familiares, os nomes que se lembrava da infância.

– São só contos de fadas.

Ella deu de ombros.

– Se alguém pode descobrir se isso significa alguma coisa, é você. – A amiga sorriu de novo, e uma covinha apareceu na sua bochecha direita. Ela pegou o gato de novo, como um pão de forma.

Então hesitou por um instante, e Yuki pôde sentir que Ella estava escondendo mais alguma coisa. Talvez uma pergunta sobre Ariane, talvez uma dúvida sobre o que Yuki achava. Porém, no fim, ela apenas acenou em despedida, descendo as escadas e indo para casa.

Yuki ficou no seu cantinho na biblioteca, cercada por livros antigos. Olhou para o livro de Ari mais uma vez, sentindo a textura macia do couro da capa, a espessura das páginas, os títulos familiares. Alguns deles conhecia, outros não. Não fazia sentido ficar obcecada com aquilo. Não importava se Ariane tinha escondido ou não, não importava o que ela escrevera; isso não mudava nada.

Ela enfiou o livro na bolsa e, quando se virou, havia mais alguém ali.

— Estava me perguntando se te encontraria aqui — disse Penelope, sua voz ressoando clara pelos átrios da salinha da biblioteca.

A biblioteca de Grimrose cobria três andares diferentes, com um salão principal e quatro lances de escadas, e havia cantinhos e salas quase independentes das seções principais daquela ala, desconectados do restante dos alunos. Yuki tinha reivindicado a sala mais alta da torre, que continha apenas algumas prateleiras de literatura alemã esquecida e uma janela com uma vista espetacular das montanhas. Se ela não estivesse em seu quarto, estaria ali, onde raramente alguém a incomodava.

— Você é a única pessoa que conheço que frequenta esse lugar — continuou a garota, confirmando todas as teorias de Yuki. — Acabei de ver Ella saindo. Ela parecia… distraída.

A mandíbula de Yuki enrijeceu.

— Encontramos algumas coisas de Ari no quarto.

— Ah — respondeu Penelope. — Pensei que tivessem limpado tudo.

Yuki hesitou, então falou:

— Deixamos uma bolsa passar despercebida.

Não sabia ao certo por que não falara do livro, mas Ella não era a única que sabia omitir coisas.

Penelope abriu um pequeno sorriso em solidariedade.

— Mefistófeles esteve aqui? Tem arranhões pela mesa toda. — Ela fez um muxoxo e Yuki esperou, observando. Penelope voltou a encará-la. — Você realmente não desperdiça nenhuma palavra, não é, Yuki Miyashiro?

O uso de seu nome completo a surpreendeu. Não era como se os professores não soubessem ou não a chamassem assim, mas Yuki tentava ao máximo se misturar ao pano de fundo e não chamar mais atenção do que já chamava, sendo a enteada da diretora e a garota mais alta da escola.

— Quando se diz algo, não dá para voltar atrás — respondeu, por fim.

Penelope sorriu.

— Como você é sábia, né.

Não soou como uma pergunta.

Enfim, a curiosidade de Yuki venceu.

— O que está fazendo aqui?

Penelope bateu o dedo na mesa onde Mefistófeles deixara seus rastros. Finas linhas marcavam o mogno, tão pequenas quanto os riscos que Yuki cravava nas palmas quando não conseguia dormir à noite; quando encarava o teto, incapaz de aquietar sua mente, sentindo a respiração de dezenas de garotas no mesmo andar dormindo profunda e docemente enquanto ela se sentia enraizada na cama, naquele lugar, no que construíra para si mesma.

Penelope passou a língua pelos lábios antes de falar, olhando para cima de novo.

— Gosto de conversar com você — disse com sinceridade, os olhos verdes como bolinhas de gude refletindo o sol. — Ninguém veio falar comigo sobre a Ariane. Você foi a primeira. Mesmo que sua intenção fosse descobrir se eu empurrei ela no lago ou algo assim. — Yuki arregalou os olhos, e Penelope riu. — Estou brincando.

— Para ser sincera, foi quase isso.

Penelope riu baixinho, mas seu sorriso não vacilou.

— Você foi a primeira pessoa com quem senti que podia ser sincera — disse a garota. — Você sabe como a Ariane podia ser complicada.

Penelope pulou para se sentar sobre a mesa, cruzando as pernas com elegância, ajeitando a camisa. Não era alta como Yuki, mas tinha algo flexível em seu corpo, uma graça incomum à maioria das garotas da idade delas. Eram todas desajeitadas, e, na maior parte do tempo, Yuki sentia como se seu corpo não pudesse contê-la. Que um dia acabaria por transbordar se não pudesse manter a mente calma, se não pudesse conter tudo que sentia.

Penelope não parecia já ter se sentido assim. Penelope parecia sob controle.

— Todo mundo diz que sente muito — continuou ela. — E, meu Deus, estou cansada de ouvir isso. "Sinto muito por sua perda. Sinto muito, ela era sua amiga, não era? Que pena. Sinto muito, deve ser tão difícil." Eles não fazem ideia.

Yuki se permitiu aproximar da mesa onde Penelope estava sentada, o pé direito dela balançando para a frente e para trás. Percebeu, com um olhar rápido, que a perna da garota estava recém-depilada e parecia macia.

– Eu sei – respondeu Yuki, apoiando os dedos na mesa.

– Deve ser pior quando são suas próprias amigas.

Yuki ergueu a cabeça bruscamente, o extenso cabelo escuro cobrindo metade do rosto como uma cortina um pouco aberta.

– Eu não preciso conversar com você mais de uma vez para saber como você se sente – disse Penelope, baixinho. – Elas estão procurando uma explicação para o que aconteceu. Você não.

Yuki sentiu seu coração resfriar até não sentir mais as batidas; o corpo inteiro transformando-se em gelo, exatamente como seu coração frio e impiedoso. Tentou se lembrar de como respirar. Suas amigas estavam procurando sinais, motivos, explicações, mas ela sabia a verdade.

Penelope não tentou tocar sua mão, e Yuki se sentiu grata por isso.

– Não precisa se sentir culpada – disse a garota, gentilmente. – Não precisa se explicar para mim. Sei como você se sente porque também me sinto assim.

Ela abriu um sorriso de lábios fechados.

– Elas não entendem – Yuki acabou falando, a verdade correndo como um rio, como uma fonte de água contida em uma barragem. Penelope havia encontrado a rachadura, e a barragem estava desmoronando. – Elas acham que sabem como Ariane era. Mas não sabem.

– Não sabem que às vezes ela era cruel e egoísta – completou Penelope, o rabo de cabalo loiro balançando suavemente quando virou a cabeça. – Pode falar mal dos mortos; eles estão mortos. Não podem mais te machucar.

As mãos de Yuki se fecharam em punhos, as unhas se transformando em garras, afundando tanto nas palmas que ela pôde sentir as batidas do próprio coração. Ela sabia como reprimir tudo, manter tudo dentro de si, essa luta, essa raiva. Aquilo não deveria fazer parte dela. Não era direito seu sentir isso.

Ela era a boa e perfeita Yuki.

Ela não se permitiria ruir.

— Vou te contar uma coisa – disse Penelope. – Ari e eu tivemos uma grande briga antes de ela ir embora para as férias de verão. Ela me convidou para ficar com os pais dela, e eu disse não.

— Você não foi para casa?

Penelope hesitou.

— Eu não falo mais com os meus pais. Não depois de eles terem me colocado aqui de novo.

Yuki ergueu o olhar, a curiosidade transparecendo.

— Eu nunca quis vir para Grimrose, para começar – continuou Penelope. – Voltei para casa depois do primeiro ano, tentei outra escola, mas meus pais não aceitaram. Então, me trouxeram de volta para cá. Não importava o que eu queria.

— Sinto muito.

— Pensei que tínhamos superado essa coisa de dizer que sente muito e pedir desculpas – disse Penelope, com um olhar intenso.

— Certo – concordou Yuki, lutando para não se repetir.

As palavras ecoavam dentro dela quase automaticamente, as desculpas na ponta da língua, mesmo quando não eram sinceras. Aprendera a usar as palavras como um escudo, na maioria das vezes contra si mesma, e agora essas eram as únicas palavras que conhecia. As únicas palavras que lhe eram permitidas.

— E o que aconteceu depois que ela te convidou?

— Ela retirou o convite – disse Penelope. – Ari era mesquinha assim, achou que eu a estava ofendendo de alguma forma ao recusar, como se ela estivesse caridosamente me oferecendo uma casa quando eu não tinha uma. Como se eu precisasse disso.

— Você não precisava.

Penelope virou-se para Yuki.

— O que você fez nas férias?

Yuki ficara em Grimrose, porque foi isso o que Reyna fez. Elas viajaram durante uma semana, mas a Europa ficava repleta de turistas no verão, e nem Yuki nem Reyna gostavam de encarar multidões.

— Fiquei aqui – respondeu ela.

Penelope assentiu brevemente, compreendendo.

– Parece que você também não tem uma casa.

Aquilo não foi cruel; foi um reconhecimento. Yuki quis rebater, mas era verdade. Ela também não tinha uma casa, nada fora dos muros daquele castelo, e aprendera a viver com isso. Aprendera a viver com as expectativas que isso trazia, com as escolhas que ela não tinha feito de verdade, e a nunca, nunca, ouvir qualquer voz dentro de si, porque Reyna as levara para lá, e Yuki deveria ser grata. Quando seu pai morreu, Reyna estava lá para cuidar dela. Yuki não podia decepcioná-la.

Yuki dobrou os dedos dentro das palmas.

– Bem, eu tenho. Reyna está aqui – conseguiu dizer, e isso precisava ser o bastante.

– Se você diz – falou Penelope, num tom de quem não acreditava nem por um segundo no que tinha ouvido. – Eu vim aqui contar a verdade porque achei que você gostaria de ouvir. Que entenderia.

Yuki sabia que as outras não aceitariam uma resposta fácil, pelo menos não uma que envolvesse Ari indo para o lago por vontade própria, ciente do que estava fazendo. Elas nunca entenderiam.

Penelope, sim.

– Se um dia quiser conversar sobre isso – disse Penelope, e a oferta balançou no ar como um prêmio perigoso –, sabe onde me encontrar.

13

ELLA

Depois de deixar Mefistófeles em seu lugar favorito na biblioteca para tomar banho de sol, Ella se apressou até o ponto de ônibus, rezando para não estar atrasada. Só demorara alguns minutos a mais com Yuki. Ela desceu pelo caminho da montanha até os portões, despedindo-se da equipe de segurança que sempre a cumprimentava do lado de fora da entrada principal.

Aos pés da montanha em que ficava a imponente Académie Grimrose, havia uma estrada até Constanz.

Localizada entre o território de falantes do alemão e do francês, Constanz era pequena, e sua população não era maior do que quinze mil habitantes. A Académie ensinava os dois idiomas, além de italiano, embora todas as aulas fossem administradas em inglês. Havia, também, a vizinhança rica, onde os alunos da Académie passavam os fins de semana comprando roupas e sapatos e tomando sorvete na calçada. Então vinha a parte menos ostentadora da cidade, onde jardineiros, seguranças, cozinheiros e vendedores de lojas moravam.

Não era tão grande quanto Cambridge, e sua casa não era tão confortável quanto a anterior, mas Ella gostava de Constanz mesmo assim.

O ônibus chegou rápido. Ela contou as árvores no caminho até em casa: oitenta e oito, um número que lhe dava uma sensação boa, que se encaixava na forma como sua mente enxergava o mundo.

Nem sempre tinha sido assim. Quando criança, Ella contava as coisas, mas por diversão, e não como se sua vida dependesse disso. Agora, as coisas tinham uma ordem. E não importava o que acontecesse, as mãos nunca ficavam imóveis; seu corpo tentava mantê-la viva do único jeito que sabia.

Sua casa ficava na melhor parte da cidade. Era uma construção tradicional, com três andares e chaminés em estilo alemão, além de janelas de madeira marrom e com as beiras quadradas. Era grande demais, e Ella achou isso desnecessário quando Sharon decidiu gastar ali parte do dinheiro que o pai deixara ao morrer. Eram só as quatro agora, mas a casa tinha duas salas de estar, uma grande escadaria e até mesmo um pequeno estábulo, onde elas mantinham um único cavalo que Sharon dera para Silla quando a filha decidira competir em torneios de hipismo, embora essa fase não tenha durado muito tempo.

Ella abriu os portões de ferro em silêncio. Percebendo que o jardim estava florescendo por completo, sentiu-se orgulhosa de seu trabalho. Então pegou um balde e molhou as plantas depressa, conferindo o estábulo de Cenoura, o cavalo, e enchendo a baia com feno. Cenoura relinchou, batendo os cascos no chão. Ela abriu as portas do estábulo para que ele pudesse perambular com mais liberdade até a hora de ser guardado.

Enfim, foi até a porta dos fundos da cozinha e a abriu com um rangido. Ela se encolheu, torcendo para que não tivesse sido notada.

Foi inútil.

Fuzilou a porta com o olhar quando a voz da madrasta ressoou com clareza pela casa.

— Eleanor? É você?

— Sim, Sharon. Estou aqui.

Alguns segundos depois, a madrasta apareceu no limiar da porta. Envolta por um roupão escuro, o cabelo ainda molhado do banho. Os olhos cinzas cintilaram com frieza.

— Por que demorou tanto?

Ella olhou para o relógio. Estava sete minutos atrasada, tinha levado mais tempo andando do que o previsto. Sete era um dos seus números bons.

– O ônibus atrasou – mentiu ela, tentando manter o tom suave, tentando convencer Sharon de que não tinha culpa.

Ela começou a pegar as panelas nos armários e foi até a geladeira.

– Espera que eu acredite que isso acontece na Suíça? – O olhar dela era mordaz, mas Ella era inteligente demais para tentar inventar uma desculpa. – As meninas e eu vamos fazer uma viagem rápida no fim de semana. Você consegue tomar conta da casa sozinha?

– Sim, Sharon.

Ella manteve a cabeça baixa. Esperava mais insultos, mas, naquele dia, sua madrasta parecia cansada demais para fazer mais comentários sobre sua incompetência. E ela teria o fim de semana livre. Poderia ir até a cidade para começar a pensar no que usaria no baile de inverno em dezembro. Ella tinha uma vaga ideia dos modelos; faria um esboço mais tarde, e talvez até conseguisse tecidos para ela, Yuki e Rory. O baile de inverno era uma das poucas coisas pelas quais ansiava naquele ano, e a ideia de criar vestidos acrescentava um pouco mais de alegria à sua animação.

Ella começou a fazer o jantar, dando uma utilidade às mãos. Amava fazer tarefas de casa, de verdade, contanto que a deixassem em paz. Isso era tudo o que pedia. Se cuidasse de tudo sozinha, Sharon teria menos um motivo para incomodá-la. Se fizesse tudo, não haveria reclamações.

Estava cansada de viver daquele jeito, mas não tinha nenhum outro lugar para ir.

Sabia que soava patética. Ella se perguntava se as pessoas a viam desse jeito, mas não passavam de estranhos que não sabiam nada de sua vida. Ela não tinha nenhum dinheiro, e, se partisse, ficaria por conta própria. Sem dinheiro, sem casa, sem escola, para onde iria? Não duraria nem uma semana.

Ella não era burra. Havia pesado as melhores opções e então decidira esperar. Quando fizesse 18 anos, herdaria o dinheiro que o pai deixara para ela e a casa de sua mãe, então deixaria tudo para trás. Finalmente seria livre.

Cinco anos não era nada comparado a uma vida inteira de liberdade. Além do mais, não era tão horrível assim – ela tinha um teto, uma educação excelente, um trabalho do qual podia tirar dinheiro de tempos em tempos e, o melhor de tudo, suas amigas. As meninas a mantinham inteira, então ela não sucumbiria.

Assim, Ella persistia.

Colocando os fones de ouvido, deu play em um audiolivro de contos de fadas que encontrara. Não fizera muitas pesquisas durante a aula – o único lugar onde podia acessar o Wi-Fi era a escola, então pesquisara apenas na hora do almoço, e o livro de Ari não tinha título, nem outras pistas. Ella se lembrava de ler contos de fadas em casa com a mãe, a voz dela sendo uma das únicas coisas a permanecer na lembrança da garota. A voz em seu ouvido era suave, mas diferente de sua mãe, o que lhe causou uma pontada de dor no coração. Queria ter mais tempo para ler, mas mal conseguia ficar parada. Aprendera a assistir filmes enquanto fazia crochê ou costurava, e ouvia livros e podcasts ao mesmo tempo que cozinhava e fazia faxina. Cada pedaço de prazer, cada pedaço de descanso, envolvia trabalho.

Quando se virou de novo para pegar a salada na geladeira, Stacie estava encostada à porta, de braços cruzados. Ela não herdara os olhos cinzas de Sharon. Stacie e Silla não tinham nada de extraordinário, mas ainda eram bonitas, com cabelos escuros e olhos castanhos.

– Que história é essa que ouvi sobre você conversar com o Frederick? – exigiu saber Stacie.

Ella tirou os fones de ouvido.

– O quê?

– Você me ouviu – disse Stacie, mas a voz estava baixa.

A garota também não queria que a mãe ouvisse. Era uma das coisas que as três compartilhavam, relutantemente. Sharon atormentava Ella, mas não deixava as gêmeas em paz por completo, exigindo que tivessem notas perfeitas, que não comessem muito, que não fracassassem. Quando Silla largou o hipismo, o estado de guerra reinou na casa durante um mês, com Sharon jogando as medalhas que a filha havia ganhado no fogo. Porque, se Silla estava desistindo, era melhor não lembrar de seu fracasso.

– Eu sei que você é a dupla dele naquela aula besta de Culinária – continuou Stacie.

Freddie tinha reclamado com Stacie por ser sua dupla? O rosto de Ella queimou, imaginando os dois falando dela.

— Você deveria falar para os seus amigos chegarem mais cedo se não quiserem ficar presos a outras pessoas.

O olhar de Stacie não deixou o rosto de Ella.

— Ele não é meu amigo de verdade – disse ela. – A Silla gosta dele.

Agora Ella entendia onde a conversa estava chegando. Ela se virou de novo para a geladeira.

— Por que acha que isso me interessa?

— Estou cuidando de você – disse Stacie. – Não quero que se machuque. Não é como se ele fosse gostar de você mesmo.

As palavras fizeram Ella parar. Respirou fundo, tentando encontrar qualquer coisa para olhar além de Stacie. Doze ímãs de geladeira. Três facas no balcão da cozinha. Dez pratos no escorredor.

Pensou em responder, mas não disse nada, não mordeu a isca.

Era assim que as coisas funcionavam, era esse o jogo que fazia consigo mesma. Muitas coisas eram permitidas a ela, contanto que mantivesse a cabeça baixa, que não rebatesse. Ella parecia derrotada, acuada, usava sapatos feios e roupas de segunda mão. Esse era seu disfarce. Esse disfarce sabia costurar remendos, mas não fazer vestidos; sabia como sobreviver sem chamar atenção para não tornar sua vida ainda pior. Seu disfarce quase não vivia, quase não era uma pessoa.

Ella jogava esse jogo havia tanto tempo que não sabia ao certo se ainda era um jogo.

— Ele só está com pena de você porque sua amiga morreu – disse Stacie. – O que mais poderia ser? A coisa mais interessante na sua vida é que as pessoas que você ama morrem.

Ella abriu a boca, sentindo as lágrimas arderem. Mas, quando recuperou a voz, Stacie já tinha subido as escadas de volta para o quarto.

14
NANI

Três semanas haviam passado, e Nani ainda não tinha respostas sobre o pai. Tentara se aproximar da sra. Blumstein de novo, mas sem sucesso. Chegara em um beco sem saída, e tudo que queria era voltar para casa.

Ela não gostava das aulas. Não gostava dos alunos. Eram todos esnobes que a olhavam com desdém. Nani não se importava em não ter amigos, não quando tinha certeza de que eles faziam o que as pessoas tinham feito durante toda sua vida: virado e rido pelas suas costas. Nani conhecia bem essa atitude, e ali não seria diferente.

Então ela descartou essa ideia na primeira oportunidade, antes que se machucasse de verdade. Era mais fácil assim. Não se aproximava de ninguém e não deixava ninguém se aproximar dela.

Só uma coisa a interessava: o paradeiro do pai e o motivo pelo qual a mandara para Grimrose.

Na última vez que ele partiu, dissera as mesmas palavras de sempre: *Até a próxima,* kuʻuipo.

O pai sempre a chamava assim, como havia chamado a mãe dela, porque era uma das poucas palavras em havaiano que conhecia por causa da música estúpida do Elvis, e ele nem a usava do jeito certo. A mãe de Nani sempre ria da pronúncia, estrangeira demais, não importava o quanto ele tentasse. Era uma das poucas coisas que Nani se lembrava da mãe. Ele a chamava assim, e então, depois que ela faleceu, a palavra recaiu sobre Nani, um lembrete doloroso das coisas que não voltavam.

Só havia um jeito de ela conseguir respostas em Grimrose. Àquela altura, Nani sabia que o pai não poderia ter arcado com a ida dela para lá, o que significava que ele tinha feito ou oferecido alguma coisa a alguém. E esse alguém precisava ser a diretora.

Nani já estava familiarizada com a arquitetura de Grimrose, e, no sábado, sabia exatamente aonde precisava ir. A garota subiu as escadas até a torre administrativa, passando pela ala dos professores e parando no fim do corredor, diante de uma porta fechada. Ela bateu e esperou.

– Entre. – A voz de Reyna soou abafada.

Nani abriu a porta com firmeza.

A sala em si não era diferente de qualquer outra parte do castelo, mas os móveis, sim. O lugar era austero, embora confortável – cadeiras simples de madeira preta, uma mesa escura. Atrás da mesa havia uma janela com vista para as montanhas a oeste do castelo, e a decoração era basicamente vidro e metal.

A única coisa que podia ser considerada pessoal era uma foto de Reyna com uma garota bem mais nova, que Nani facilmente reconheceu ser Yuki. Ela era linda mesmo quando criança, com olhos grandes e cílios longos, a boca tão vermelha que não parecia natural. A foto havia sido tirada pelo menos dez anos antes, mas Reyna não parecia ter envelhecido um dia sequer.

– Srta. Eszes, presumo? – perguntou Reyna.

Nani piscou, surpresa pela diretora saber quem ela era.

– É… sim. Como sabe?

– Você tem os olhos do seu pai – disse Reyna, e Nani vacilou.

Ela sempre se sentira dividida, entre o pai e a mãe, sem pertencer a nenhum dos dois. Ainda assim, uma completa estranha a reconhecera.

– Eu não estava esperando você – disse Reyna, gesticulando para cadeira à sua frente. – Sente-se, por favor.

Nani se perguntou se aquele era algum tipo de jogo de poder. Honestamente, ela não se importava. Queria apenas respostas.

– É sobre isso que quero conversar – disse Nani. – Meu pai.

As sobrancelhas de Reyna se ergueram em surpresa.

– Não sei ao certo como posso ajudá-la, srta. Eszes. Temos um telefone que pode usar, se quiser falar com ele.

– Não é isso que… – Nani parou, acalmando-se. Ela não recuaria. – Eu vim aqui para encontrá-lo. Recebi uma carta, passagens para cá. Pensei que o encontraria quando chegasse.

Reyna se surpreendeu de novo, juntando as mãos sobre a mesa. As unhas eram compridas e afiadas, de um vermelho liso e brilhante.

– Não posso dar mais explicações do que as que seu pai já deu – respondeu ela. – Você tem uma vaga aqui, em uma das melhores escolas do mundo inteiro, uma oportunidade que nem todos têm.

Reyna disse "oportunidade", mas Nani sabia o que a palavra significava: privilégio.

Foi entregue a ela o privilégio de uma vida inteira, e ela deveria se sentir grata.

– Gostaria de saber por que – disse Nani. – Por que estou aqui?

– Você está aqui porque conseguiu uma vaga na escola. Seu histórico escolar é excelente, com boas notas. Você tem todos os motivos para estar aqui, compreende?

– Não, não compreendo – respondeu Nani, com mais veemência. Como deveria compreender? – Nossa família não tem dinheiro. Eu nunca poderia vir para esta escola. Meu lugar não é aqui, e quero saber o que aconteceu com meu pai.

Nani terminou a frase sem saber onde sua explosão a levaria, sem sequer ter certeza se tinha fôlego o bastante para terminar de falar. Ela ajustou os óculos, tentando ocupar as mãos.

– Então temo não poder ajudá-la – disse Reyna. – Seu pai deixou o emprego depois do fim do ano letivo.

O coração de Nani congelou. Os dedos afundaram no braço da cadeira de madeira, que não oferecia conforto algum.

Reyna suspirou, olhando a foto dela com Yuki por um momento.

– Esta é uma conversa confidencial – disse a diretora, por fim, voltando seu intenso olhar castanho para Nani. – Não tenho certeza se deveria estar contando isso a você, mas pensei que seu pai teria explicado essa situação delicada. Quando ele se registrou para trabalhar aqui, não estava interessado em receber um salário. O interesse dele era em uma vaga para você. Trabalhou para nós durante um ano. Oferecemos bolsas de estudos aos funcionários para que seus filhos possam frequentar a escola, e não fazemos distinção entre eles e aqueles que pagam a mensalidade cheia.

Nani tentou assimilar aquilo, mas a voz de Reyna estava distante, como se atravessada pelo som do oceano que inundava o coração da garota.

Seu pai tinha ido embora.

– Então onde ele está? – disse Nani, recuperando a voz.

– Eu não sei – respondeu Reyna. – Quando o contrato terminou, ele deixou o serviço. Eu soube apenas que você estava vindo. Foi tudo o que ele me contou antes de partir.

Se Reyna não sabia, então o pai tinha ido embora. De novo. E não tinha apenas partido, mas estava desaparecido. Ninguém sabia onde ele estava. Ele não voltaria para buscá-la.

Ele a deixara em Grimrose, e ela não tinha outro lugar para ir.

A crise de Nani foi interrompida por uma batida repentina na porta. A cabeça da sra. Blumstein surgiu no batente, espiando a sala.

– Posso entrar?

Reyna se aprumou na cadeira, sentando-se ereta.

– Pode.

A sra. Blumstein trajava um de seus costumeiros vestidos vermelhos, os quais Nani já estava acostumada a ver. Ela abriu um sorriso para a garota.

– Preciso conversar com você em particular – disse a sra. Blumstein. – O assunto da srta. Eszes é urgente?

– Não – disse Reyna, trocando olhares com a menina.

Nani olhou para as duas por um momento. Notou os ombros tensos de Reyna, o comportamento amigável da sra. Blumstein.

– Ora, vamos. – A sra. Blumstein gesticulou para ela. – Uma garota como você não deveria desperdiçar tempo trancada aqui dentro. Tem tantas coisas para explorar.

Nani olhou para a porta aberta e se levantou.

– Obrigada pela ajuda.

Ela sentiu o olhar de Reyna seguindo-a até a porta e ouviu palavras serem balbuciadas atrás de si, embora não tenha distinguido nenhuma. Porém, não importava o que estava acontecendo dentro daquela escola, ou que Nani havia tomado o lugar de uma garota morta, ou que estava presa naquele castelo por uma barganha feita pelo pai. Nada disso era importante agora.

Seu pai estava desaparecido.

15

RORY

R ory revirou a noite inteira na cama e acordou com um humor terrível. Tivera uma péssima noite de sono, o que era normal, seus ossos incapazes de se acomodar dentro do corpo, como se não pertencessem a ele. Acordou com olheiras e uma dor nas costas insuportável que irradiava pela coluna inteira de tal forma que até respirar era difícil.

Saiu da cama e engoliu dois comprimidos que deixava escondido, feliz por Yuki e Nani não estarem acordadas para vê-la suando, os dedos trêmulos enquanto fechava o pote do remédio. Costumava tomar os remédios no escuro, quando ninguém podia vê-la, quando ninguém podia saber que ela precisava deles. Porém, a dor estava muito forte naquela manhã.

Fraca, ela pensou consigo mesma. *Fraca*.

Sentada na beirada da cama, respirou com dificuldade até o corpo ficar entorpecido, sucumbindo ao analgésico. Quando finalmente conseguiu se levantar, deu um passo após o outro, tentando ensinar seu corpo a funcionar de novo, tentando mostrar como se fazia, como se tivesse que aprender a andar todos os dias desde que nascera, como se fosse a primeira vez. Tomou um banho quente que quase queimou sua pele, mas ajudou.

Quando saiu, arrependeu-se imediatamente de ter se levantado ao lembrar que iriam para Constanz encontrar Ella e fazer compras.

Seis horas mais tarde, Rory ainda estava arrependida.

– Hum, não, esse não – murmurou Ella, testando um tom de rosa brilhante contra a pele de Rory. – Odeio organza. Acho que preciso mais de um dourado rosé do que de um pink.

Ella fez um muxoxo para o tecido de um jeito bem britânico, o que Rory acharia divertido em circunstâncias normais, e não quando elas estavam presas na mesma loja de tecido pelas últimas duas horas.

Rory evitava a maioria das atividades que não envolvessem correr ou praticar esportes, mas, para Ella e Ari, fazer compras *era* um esporte. Rory não conseguia diferenciar uma coisa de outra, a especialista era Ella. A loja sempre tinha as melhores coisas – e era, afinal de contas, o único destino aonde os alunos podiam ir sozinhos durante o fim de semana.

Parecia estranho estar ali sem Ari. A amiga estaria ao lado de Ella oferecendo opiniões sobre tudo, combinando tecidos com acessórios e perfumes. Ari também já tinha feito compras com Rory, mas para que Rory não se sentisse sozinha olhando a seção masculina em busca de roupas confortáveis, de camisas que a vestissem melhor, que a fizessem se sentir no controle de quem era. Completamente diferente de quem era em casa. Até aí, Grimrose era sua casa de verdade, o único lugar onde podia ser um pouco mais como ela mesma.

Um lugar onde não precisava se esconder.

Rory quase riu da ironia.

Agora, elas estavam ali, as três, e a sensação era boa, mas toda vez que Rory olhava em volta, queria gritar. Era como se nunca pudesse estar só com Yuki ou Ella, porque, com as três juntas, Ari sempre faria falta.

– Esse chegou semana passada. – A vendedora da loja pegou um dos tecidos para mostrar a Ella.

A garota analisou por um momento, depois negou com a cabeça. A vendedora fez o máximo para esconder a frustração em seu rosto pelo capricho daquela cliente em particular.

– Eu estou sendo perfeitamente *razoável* – disse Ella, para ninguém em particular. – Que tal um *voile* prateado? Mas nada brilhante, só para a base do vestido.

– A costureira não terá problemas para costurar os tecidos? – perguntou a vendedora, parecendo em dúvida.

– Bobagem – respondeu Ella, dispensando o comentário com um aceno de mão.

A mudança de atitude em Ella era impressionante. Na loja, era como se outra pessoa tomasse o controle – ela se tornava impositiva e crítica, e fazia careta para metade dos produtos mostrados. Rory observava, entretida, enquanto a vendedora corria apelo espaço, tentando encontrar o que Ella queria.

Enfim, depois que Ella encontrou as últimas peças para o vestido, elas estavam prontas para ir embora.

– Mal posso esperar para começar a trabalhar nisso – suspirou Ella, confidenciosa. – Vocês vão amar.

Rory suspeitava que a amiga não se importaria se elas odiassem os vestidos – se a própria Ella os achasse gloriosos, era suficiente. Contudo, precisava admitir que, quando o assunto eram coisas como costurar e cozinhar, Ella era uma campeã imbatível. Ela *amava* isso.

– Então terminamos? – perguntou Rory.

– Sim, só precisamos pagar – disse Ella, virando-se para a vendedora. – Esses são delas, e esse aqui...

Tanto Rory quanto Yuki a interromperam ao mesmo tempo, colocando as mãos na frente de Ella em um movimento sincronizado.

– Vou pagar tudo – disse Rory, encarando Ella, desafiando-a a protestar. A garota franziu a testa, mas não disse nada. – Pode colocar tudo na mesma conta, por favor.

O cartão de crédito de Rory tinha que ser útil para uma coisa. Ella pegou os tecidos, segurando as sacolas junto ao peito. Para alguém que se recusava a praticar qualquer esporte, Ella era forte. Rory sabia de onde vinha essa força, e só de pensar no assunto, seu estômago revirava.

Rory pagou, mal olhando o recibo, e as três saíram andando para a tarde ensolarada do último fim de semana de setembro. A brisa estava começando a mudar, o vento soprando entre as montanhas, e em uma semana ou duas as folhas começariam a ficar amarelas e vermelhas. Era a época favorita do ano para Rory, a última porção de calor pouco antes do frio tomar conta.

Exceto que, naquele momento, algo parecia estar faltando. O aniversário de 17 anos de Rory seria na semana seguinte, e ela sequer queria celebrar. Não podia celebrar porque Ari não estava lá.

— E agora? — Rory se virou para as amigas. Estava ávida para correr em volta do lago, sentir o vento em seus cabelos. Mas isso também não seria certo. Rory sabia que precisavam fazer uma coisa antes de encontrarem paz de verdade. — Acho que temos que dar uma olhada no livro, né?

Yuki a encarou com um olhar inexpressivo.

— Você leu? — perguntou Ella a Yuki.

Rory esperou, temendo a resposta que sabia que estava por vir.

— Não, vou fazer isso outra hora.

— Já faz uma semana — disse Rory.

— E daí? — Yuki ergueu uma sobrancelha. — Se está tão preocupada, talvez você devesse ler. — As bochechas de Rory coraram. — Desculpa — murmurou ela. — Não é nada demais.

— É, sim — insistiu Rory. — Pode ser uma pista sobre o que aconteceu com Ariane.

— Todas nós sabemos o que aconteceu com Ariane! — cortou Yuki. — Ela *morreu*!

As palavras ecoaram pela rua pavimentada. Pássaros voaram pelas árvores, mas, felizmente, ninguém estava por perto.

— Não tem necessidade... — balbuciou Ella baixinho, tentando ficar entre as duas.

Rory odiava brigar com as amigas, mas isso não era só um desentendimento. Era importante.

Era sobre a Ari.

— Dá pra entender o Edric dizer que não tem nada além disso — disse Rory, a voz rouca e baixa. — Dá pra entender a Penelope. Entendo todo mundo na porra da nossa escola falar, mas não sei por que você quer tanto deixar esse assunto pra lá. A gente pode ter encontrado algo pra ajudar a entender o que realmente aconteceu, e a gente precisa da sua ajuda. A Ari precisa da sua ajuda.

Rory manteve o olhar firme em Yuki, mas não havia nada por trás daquela frieza, daquele vazio escuro.

Pela primeira vez, Rory não reconheceu a amiga.

– Vou fazer isso depois…

– Esquece – interrompeu Rory, sua voz saindo mais esganiçada do que gostaria. – Sabe qual é a pior parte? Sempre achei que ela também fosse sua amiga. Acho que eu estava errada.

Rory só teve tempo de ver o choque no rosto de Yuki antes de se virar e deixar as duas para trás.

16

ELLA

Rory marchou rua abaixo antes que Ella pudesse impedi-la. Não era estranho que fizesse isso – ela costumava explodir, ficar furiosa e depois voltar rastejando, mansa e dócil. Saía para correr, voltava pingando de suor, aperfeiçoando seu corpo para que crescesse, para que melhorasse, para que se tornasse uma arma e um escudo para protegê-la de qualquer ferida. Esse era o jeito de Rory; Ella sabia disso desde o dia em que a conheceu.

O que ela não sabia era como Yuki reagiria, parada ao seu lado, imóvel como as montanhas no horizonte.

Ella quis esticar a mão, mas achou melhor não, mantendo-as nas sacolas pesadas com os tecidos. Mal podia esperar para ir para casa e começar a trabalhar.

Tentou não pensar que faria um vestido a menos.

A manhã tinha sido ótima. Passaram um tempo juntas, conversaram sobre as aulas, os vestidos e o plano de Alethea para o baile, e tudo havia corrido normalmente. Como deveria ser.

Exceto que não deveria ser assim.

Ari não estava ali para atrasá-las por estar cansada de andar, para urrar uma risada alta nos ouvidos delas e fazer todos no restaurante olharem para ela, para contar histórias elaboradas sobre cada um de seus colegas de turma, para cantarolar enquanto caminhavam.

Não havia nenhuma Ari com seu cabelo brilhante, seus grandes olhos verdes, sua voz suave e bonita.

Não havia Ari, e tudo estava errado.

Ella tentou não focar nisso, porque ainda tinha Yuki, ainda tinha Rory. Todas elas ainda eram amigas. Mas Ella também tivera Ari, e estar ali sem ela parecia uma traição. Curtir algo onde Ari deveria estar, mas nunca estaria de novo, parecia uma coisa que ela não deveria curtir de forma alguma.

– Deveríamos tomar um sorvete – disse Ella com leveza, observando o rosto de Yuki.

A amiga assentiu, os olhos ainda presos em algum lugar ao longe.

– Você sabe como a Rory é – continuou Ella, atrevendo-se a falar seus pensamentos. – Ela vai superar.

– Você também me pediu para ler o livro.

Ella se virou para Yuki.

– Porque você é boa em descobrir coisas. Porque talvez você encontre algo.

Yuki ainda não olhava para ela. O cabelo estava preso em um coque no topo da cabeça, seguro por uma faixa vermelha. Parecia calma e incrivelmente linda, de um jeito desconcertante. Às vezes, Ella olhava para a melhor amiga e prendia a respiração, mesmo depois de todos aqueles anos.

– Como tem tanta certeza? – perguntou Yuki, a voz mais baixa que o normal, um sussurro com medo de sair.

Ella não sabia como interpretar isso. Yuki nunca sentia medo.

– Como assim? – perguntou, franzindo a testa.

– Como tem certeza de que sequer existe algo para ser encontrado? – completou Yuki. – Como pode saber?

Ella piscou, atônica, sentindo a perda de Ariane entre elas. Agora, tudo o que restava eram as três, cada uma tentando descobrir como se encaixarem mesmo quando uma parte do quebra-cabeça havia desaparecido. Lutando para se manter unidas.

– Qual é a alternativa? – perguntou Ella, por fim. – Fracassarmos com ela?

Yuki estremeceu, e Ella sentiu como se tivesse sido seu próprio corpo.

– Você não fracassou com ela – disse Yuki.

– Nem você.

Yuki finalmente se virou para encará-la, e Ella reconheceu a melhor amiga de novo. Ainda via parte daquele medo, mas compreendia de onde vinha. Para onde as levaria se não o encarassem de frente.

Porque Yuki estava certa. Ariane estava *morta*.

Não havia nada que pudessem fazer para mudar esse fato. Não podiam trazê-la de volta, e não podiam agir como se ela não tivesse partido. Deixar para lá, no entanto, significava esquecer. Significava que Ariane morrera e que o mundo a engolira, e que, algum dia, elas acordariam como se nada tivesse acontecido.

Só que tinha acontecido. A única forma de honrar Ari era descobrindo o porquê.

– Talvez o livro não nos ofereça nada – disse Ella. – Mas talvez sim. Talvez a gente descubra algo que não sabíamos.

– E talvez não.

– Certo – concordou Ella. – Mas temos que tentar.

Yuki assentiu, enfim, com o olhar distante de novo.

– Vamos. – Ella a cutucou de leve com uma das sacolas. – Ainda podemos tomar sorvete. Isso cura tudo.

As duas andavam lado a lado, e Ella observou a melhor amiga com cuidado, com medo de estar olhando para algo feito de vidro, prestes a quebrar se ela tocasse do jeito errado.

17

YUKI

Yuki ficou acordada na cama por um bom tempo.

Rory já estava roncando, a respiração suave ecoava pelo quarto, metade do rosto espremido contra o travesseiro, o braço direito para fora da cama, os lençóis amarrotados. A respiração de Nani era lenta e curta, como se estivesse prestes a acordar a qualquer momento. Yuki se virou de novo, tentando ficar confortável, ainda pensando sobre a conversa daquela tarde. As palavras de Ella ecoavam em seus ossos.

Qual é a alternativa? Fracassarmos com ela?

Yuki afundou as unhas na palma das mãos até formar cavidades em formato de meia-lua na pele. Acendeu a luminária, prendendo a respiração, esperando para ver se aquilo acordaria as outras. Não acordou, então, lentamente, Yuki pegou o livro de contos de fadas de Ari.

Ela abriu o livro em uma página aleatória. As rasuras de Ariane eram difíceis de ler. Pareciam ter sido feitas com certa pressa, ilegíveis de propósito, tornando quase impossível distinguir as letras. Ela folheou até o começo, mas não nada atrás da capa indicava que havia pertencido a alguém. O livro sequer tinha folha de rosto ou nome de autor.

Enquanto passava as páginas grossas, Yuki viu que alguns dos contos de fada eram conhecidos – não só porque tinha assistido à maioria dos filmes da Disney, mas por tê-los visto dúzias de vezes, recontados de novo e de novo, com uma pequena diferença em cada versão, até que todas se misturassem, interpretações nebulosas do original, até que não existisse um original de fato.

Eles vinham em trios. Três tarefas, três ursos, três filhas. Três amigos. Três princesinhas presas em três torres. Às vezes havia uma maçã, ou um sapato, ou uma roca, ou uma flor. Às vezes era verão, primavera, outono ou inverno. Às vezes terra, água, ar ou fogo. Na maioria das histórias, existia uma maldição. As maldições também variavam: às vezes eram para dançar até a sola dos pés ficarem em carne viva, às vezes precisavam beijar sapos ou se transformar em cisnes, e às vezes, nas piores histórias, dormiam para sempre. Até que encontrassem o beijo do amor verdadeiro. Até que houvesse prova de que o amor poderia derrotar até mesmo a morte.

As histórias se repetiam através de diferentes países, de novo e de novo, Cinderelas se transformando em Vasilisas, Rainhas da Neve em Jack Frost, Belas adormecidas em Rosas Vermelhas e Rosas Juvenil. Madrastas más, fadas cruéis, princesas bailarinas. Uma maldição e um beijo.

Um ciclo sem fim.

A lista era longa; e o livro, volumoso como uma bíblia, com quase quinhentas páginas. Bem no início estavam os contos que toda criança lera pelo menos uma dúzia de vezes: "Branca de Neve", "Cinderela", "A Bela Adormecida", "A Bela e a Fera". Esses a receberam com uma familiaridade acolhedora. Os olhos de Yuki passaram pelas páginas e encontraram outros títulos que conhecia: "Chapeuzinho Vermelho", "João e Maria", "As doze princesas bailarinas", "A pastorinha de gansos", "A princesa e o sapo". Duas ela tinha ouvido de seu pai: "O espelho de Matsuyama" e "O conto da Princesa Kaguya". Lembrava-se dele as contando com uma voz solene, depois de terem jantado juntos, uma tradição passada pela mãe dele, e pela mãe dela antes disso, e, já que Yuki não tinha mãe, esse se tornou um dever do pai. Havia outros que ela nunca tinha ouvido falar, mas parecia que ainda eram parte da mesma história: "A princesa silenciosa", "Rosa da noite", "A mulher de duas peles", "A chegada da noite".

Embora Yuki não os conhecesse, tinham os mesmos temas familiares, usando palavras um pouco diferentes: a filha de um rei que se torna filha de um cacique, um cavalo que se torna um camelo, uma floresta que vira um oceano, um castelo que vira uma ilha.

As rasuras de Ariane ladeavam algumas histórias, mas não todas; às vezes era só uma palavra, a maioria tinha apenas frases específicas sublinhadas, que não pareciam especiais. Yuki virou as páginas, mas era repetitivo – quase meia hora mais tarde, sua cabeça estava inundada, atolada em tantos contos.

Yuki não fazia a menor ideia do porquê Ariane estava tão interessada naquele livro, ou porque sentiu que precisava escondê-lo.

As anotações não continham nenhuma pista. Algumas de suas palavras pareciam nomes. As passagens que ela sublinhara eram sobre mães mortas, ou pais mortos, ou crianças sendo abandonadas. Alguns dos contos de fadas, no entanto, pareciam estranhos, mas era tarde demais para Yuki entender precisamente o que a incomodava.

Ela não chegou ao fim de nenhuma das histórias, visto que perdia a paciência no máximo no quarto parágrafo. Sempre terminavam do mesmo jeito, com um "felizes para sempre".

Yuki bocejou, tentando não pensar em Ariane. No dia que a amiga voltara à escola, no dia de sua morte.

Não encontraria nada naquele livro que pudesse elucidar a morte de Ari. Ela já sabia o que tinha acontecido.

Yuki fechou o livro com tanta força que um pedaço solto de papel saiu voando. Ela reconheceu o papel, um cartão de boas-vindas que todos recebiam no dia que voltavam à escola, que os aguardava nos travesseiros quando chegavam.

Ela o pegou, conferindo o verso para encontrar algo escrito nele.

VOU TE CONTAR A VERDADE.
TRAGA O LIVRO.

18

RORY

—Rory – a voz de Yuki a chamou, e por um momento pensou que ainda estivesse sonhando, mas seu braço estava sendo chacoalhado por cima dos lençóis. – Rory, acorda. Você precisa ver isso.

Ela grunhiu em resposta, abrindo os olhos, mas tudo ao redor ainda estava escuro. Por um instante, ficou na dúvida se tinha mesmo acordado ou se era apenas um dos sonhos vívidos que costumava ter. Não conseguia ter certeza se estava acordada ou dormindo, petrificada e inerte, aterrorizada de não acordar por completo, o coração tão imóvel como se estivesse morta.

Então a imagem de Yuki surgiu acima de sua cabeça.

– Que horas são? – perguntou Rory, esfregando os olhos para afastar o sono.

– Uma da manhã.

– *Uma da manhã?!* – exclamou Rory tão alto que Yuki colocou a mão em sua boca. A garota piscou, atônita, vendo a forma adormecida de Nani de costas para elas. Completamente parada. Yuki abaixou a mão depressa, evitando o toque, seu olhar ainda carregado de advertência. – Você só pode estar zoando.

Rory grunhiu outra vez, profundamente tentada a se virar e voltar a dormir. Pela primeira vez naquela semana, os músculos das costas estavam bem, não pareciam estar tentando protestar para sair do corpo ou exigir um aumento. Porém, algo em Yuki a impediu. Aquele olhar escuro, frio e sério como o de um corvo.

– O que foi? – Rory se sentou, tensa de repente, o cabelo caindo em ondas ao seu redor.

– Eu estava lendo o livro – disse Yuki, em um tom cuidadoso. – Você estava certa.

– Repete o que você disse – balbuciou Rory.

– Encontrei isto – continuou Yuki, ignorando o comentário e deslizando um papel para a mão da amiga.

A luminária de Yuki era a única fonte de luz naquele quarto cheio de sombras. A respiração de Nani era silenciosa, quieta demais, e Rory estreitou os olhos para as costas da garota antes de voltar sua atenção para o bilhete. Não era a letra de Ari, isso era certeza. Rory sabia porque metade de seus cadernos estavam cobertos com a caligrafia da amiga, já que Ari frequentemente anotava coisas para Rory quando esta não se preocupava em fazê-lo.

Vou te contar a verdade. Traga o livro.

– Livro? – perguntou Rory. – Que livro?

– Tem que ser este aqui – disse Yuki, batendo a mão contra a capa. – Encontrei o papel aqui dentro. Mas Ari não deve ter levado, seja lá com quem foi se encontrar.

– Como pode ter tanta… – Ela virou o recado, vendo o cartão de boas-vindas. Rory tinha jogado o dela no lixo na mesma manhã que chegara à escola. – Foi alguém do colégio.

Yuki assentiu.

– Provavelmente outro aluno.

Rory ficou atônita de novo, tentando entender. Desde a morte de Ari, passara a maior parte do tempo sem acreditar que aquilo tinha acontecido. Sem acreditar que era real. Não podia ser real, não poderia ter sido um acidente ou suicídio, e agora isso.

Não uma prova, mas uma pista.

– Quem você acha que ela foi encontrar? – perguntou, ainda com o papel na mão. – E por que o livro? Você não encontrou nada nele, né?

Yuki negou com a cabeça.

– Tem anotações da Ari, mas não entendi por que ela as marcou assim.

– Talvez seja um código.

– Ari deixaria uma mensagem codificada? – perguntou Yuki, erguendo uma sobrancelha como se soubesse que Rory não estava falando sério.

– Tá, provavelmente não. Mas tem que ter outra coisa, se não é só sei lá, um livro normal. As pessoas não morrem por causa de livros.

Vou te contar a verdade.

Qual verdade? E como as duas coisas estavam conectadas?

Rory segurou o livro, passando a mão pelas páginas. Mal tinha olhado quando Nani o entregara, colocando na mesa para dar a Ella mais tarde de forma que não precisasse lidar com aquilo.

Agora o livro parecia mais pesado, como se carregasse uma verdade secreta. Ele sabia o que havia acontecido. Rory passou as páginas rapidamente, vendo palavras e palavras até as linhas do texto virarem um borrão em sua mente.

– Não tem mais nada – disse Yuki, mas Rory continuou até chegar ao fim.

Então, encaixada entre as páginas de um dos últimos contos, havia uma folha de caderno. Rory reconheceu imediatamente: era do caderno de Ariane, as folhas sempre cheias de rascunhos de corações e carinhas sorridentes feitos com canetas de gel nos cantos.

– O que é isso? – Yuki franziu a testa.

Rory desdobrou o papel.

– É uma lista – disse ela, enrugando a testa também. – Com… nomes?

Yuki se aproximou para espiar por cima do ombro de Rory, a pele gelada roçando o corpo quente da amiga. Ainda não estava frio no castelo, nem mesmo do lado de fora – o outono estava apenas no início, as flores começando a definhar e perecer. Yuki, como sempre, estava tão fria quanto mármore, como se tivesse sido feita permanentemente daquele jeito.

Yuki franziu o cenho.

— Nós estamos na lista.

Estavam entre os primeiros nomes, na verdade. Yuki, Eleanor, Aurore.

O uso do verdadeiro nome de Rory a sobressaltou. Ariane nunca o usava. Nunca o escrevia em lugar nenhum, nem mesmo nas cartas que acompanhavam seus presentes de aniversário. Apenas os pais de Rory a chamavam assim.

Elas não eram as únicas na lista.

O rol seguia, uma lista com vinte, trinta nomes, a maioria meninas. Apenas os primeiros nomes. Nomes que soavam familiares de alguma forma.

— São tantos — murmurou Yuki. — Por que Ariane estava fazendo uma lista?

— Eu não sei — respondeu Rory, mais uma vez assustada com tudo que ela não sabia. Com tudo que Ariane estava escondendo. Com tudo que não contava às amigas.

Rory não afastara Ari quando Edric terminara com ela, mas a amiga ainda assim havia se retirado do grupo de alguma forma, em luto por algo que elas não compreendiam. Rory tinha se sentido culpada, mas não insistira no assunto com Ari, especialmente por não conseguir fingir ter compaixão pela perda de Edric. Rory sabia que era lésbica desde o dia que conheceu uma garota de sua idade, e namorar garotos parecia incompreensível.

Bem no fim da folha havia outra anotação de Ari, mas não era um nome dessa vez.

Eu sou uma delas.

— Eu sou uma delas? — leu Rory mais alto do que gostaria. — Que merda é essa?

Nani se remexeu na cama e as duas pararam na hora, conscientes de como estavam cochichando alto.

— Vamos falar com a Ella de manhã — disse Rory, os olhos presos nas costas de Nani.

A garota que encontrara o livro, que o tinha colocado nas mãos delas.

A garota que estava no lugar de Ari.

– Sim – concordou Yuki, baixinho. – Vamos descobrir o que isso significa.

Rory assentiu, fechando o livro e devolvendo-o à amiga. Quando fechou os olhos para voltar a dormir, ainda conseguia ver a lista de nomes em sua mente, infinita, interminável, presa em um ciclo.

19

ELLA

Não importava quantas vezes Ella fosse à biblioteca, era sempre como vê-la pela primeira vez.

Todas as estantes estavam repletas de livros sobre prateleiras de mogno. Também havia tapetes grossos cobrindo o chão, várias mesas de estudo e poltronas acolchoadas ocasionalmente posicionadas nas laterais para sonecas improvisadas. Era a parte favorita de Ella no castelo, com janelas gigantes que filtravam a luz. Na primavera, as flores nas trepadeiras que cobriam algumas das paredes do jardim floresceriam, forrando a sacada com um lindo painel de rosas vermelhas e amarelas.

Quando Ella viu o castelo de Grimrose pela primeira vez, achou-o tão bonito que não conseguiu conter as lágrimas. Sentiu-se boba parada no corredor, entre as pinturas, com os olhos marejados de admiração.

Ela encontrou Yuki e Rory no terceiro andar. Mefistófeles não foi visto em nenhum lugar, provavelmente atormentava os alunos do primeiro ano que estavam rindo no andar de baixo. Rory estava com a cabeça deitada na mesa, a baba escorrendo da boca.

— Você chegou! — exclamou Yuki quando Ella entrou.

— Tá bom! — gritou Rory, erguendo a cabeça, os olhos ainda um pouco desconcentrados. — Acordei! Foi só uma soneca!

— Você estava babando no mogno.

– Que mentira!

Ella apontou para a pequena poça onde a cabeça da amiga havia recostado.

– Vem pra cima – ordenou Rory.

Ella suspirou, sentando-se enquanto Rory limpava a baba com a manga do blazer do uniforme.

– Não tenho muito tempo – disse Ella. – O que aconteceu?

Rory e Yuki trocaram olhares, mas ninguém disse nada.

– Fala você – disse Rory, abrindo um sorriso enorme.

– Eu encontrei um recado dentro do livro – contou Yuki.

– E? – perguntou Rory, em um tom provocativo.

– Foi escrito no cartão de boas-vindas.

– Eeeee? – repetiu Rory, mexendo as sobrancelhas sem parar.

Yuki suspirou.

– Rory estava certa. O livro é importante.

– *Obrigada* – disse Rory. – Fora isso, sim, acho que Ariane pode ter sido assassinada.

A palavra caiu como uma pedra, pesando o clima de forma considerável. Yuki entregou o recado à amiga e Ella franziu a testa diante das palavras.

– Parece uma chantagem – disse Ella.

Rory fez uma careta.

– Essa conclusão foi meio do nada.

– Se alguém está prometendo a verdade – respondeu Ella –, então Ari deve ter conversado com a pessoa antes. Isso não é jeito de começar uma conversa.

– É uma forma de terminá-la – disse Yuki, entendendo o que Ella queria dizer.

Não era isso que Ella queria provar? Que Ari não havia simplesmente partido, que sua morte não fora um acidente infeliz ou algo proposital feito por ela mesma?

– Tem mais – falou Rory, pegando uma folha e entrando para a amiga.

Ella leu. Havia alguns nomes que conhecia e outros que não.

Eu sou uma delas.

Uma de quem? Uma do quê? E qual era o significado da lista? Ella reconheceu o nome das suas amigas mais próximas, mas não tinha certeza sobre o resto. Eram todos alunos?

– A gente não entendeu – continuou Rory. – A lista, o recado. Tem alguma coisa aí, óbvio, mas o que Ariane estava tentando dizer?

Ella franziu o cenho.

– Posso ver o livro?

Yuki assentiu, empurrando-o pela mesa.

Ella virou as páginas, vendo as anotações tão pequenas de Ariane, quase ilegíveis, propositalmente difíceis de decifrar. Batucou na mesa com a mão esquerda, quase sem perceber, enquanto examinava o livro. Não combinava com os outros livros de Ari, não combinava com o resto da escola.

Se o livro tinha alguma relação com a morte de Ariane, Ella não desistiria. Não até descobrir exatamente o que tinha acontecido.

Voltou para o começo. Conhecia todos aqueles contos muito bem – e gostava deles, ou das versões felizes deles. Eleanor ficava toda boba com finais felizes.

– Não precisa julgar – murmurou ela.

– Quê? – perguntou Rory do outro lado da mesa.

– Nada – respondeu Ella. – Estou falando sozinha. Eu conheço a maioria desses contos.

Começou com "Cinderela". Não tinha muitas anotações de Ari ali. Na verdade, as únicas partes que foram sublinhadas eram fatos simples da vida. Cinderela trabalhava duro. Cinderela tinha uma madrasta cruel e duas irmãs postiças maldosas. Ela trabalhava o dia inteiro em casa, as pessoas não a deixavam sair. Ela queria ir ao baile.

Seguiu em frente. "A Bela Adormecida." Pais negligentes, entregaram a filha para ser criada por outra pessoa. A filha não sabia quem realmente era. Dorme para sempre. "Branca de Neve." Pai morre, madrasta assume o cuidado com a criança, começa a ressentir o sucesso da criança.

Tudo aquilo provavelmente significava algo. Pareciam pistas, como em um cofre: acerte a combinação e todos os segredos serão entregues. Ella só precisava encontrar a senha.

"A Bela e a Fera" não tinha nenhuma anotação, assim como alguns outros. Porém, quando Ella chegou em "A Pequena Sereia", percebeu que tinha uma anotação da amiga na margem: o próprio nome de Ari.

Um calafrio percorreu a coluna de Ella, fazendo seu corpo inteiro estremecer. Queria fechar o livro e fingir que nunca existiu. Uma vibração estranha emanava dele. Um aviso para não o segurar, porque continha segredos que elas não aguentariam suportar.

– Posso ver a lista de novo? – perguntou Ella, tentando controlar a voz, tentando não transparecer que sabia de algo.

Ela não sabia. Não poderia saber.

Ella tinha uma memória excelente para detalhes. Às vezes, sua ansiedade tornava qualquer coisa impossível de esquecer. Agora, estava contente por isso funcionar a seu favor. Voltou para os outros contos, pegando a lista de Ari.

E assim, quando chegou ao conto "A Pequena Sereia", ela parou de novo.

Eu sou uma delas.

Ela sabia como terminava o conto original. Ela se lembrava, porque era trágico. Em "A Pequena Sereia", a garota precisava matar o príncipe para receber as pernas permanentemente, senão, cada passo seria como caminhar em cima de cacos de vidro, alfinetes e agulhas perfurando sua pele. A Pequena Sereia não conseguiu matá-lo, então voltou a ser espuma no mar.

"A Pequena Sereia" se matou afogada para poupar a dor de seu amado.

O coração de Ella começou a bater mais rápido. Passou novamente os olhos pelos contos que conhecia desde criança. Estava procurando por finais felizes. Histórias em que Cinderela se casava com o príncipe e a Bela Adormecida acordava.

Porém, não estavam naquele livro. Cada um daqueles contos terminava em morte e tragédia.

Ella sacudiu a cabeça, empurrando o livro para o lado, os dedos tremendo. Soltou a lista que segurava.

– Ella? – chamou Yuki, franzindo a testa. – Você está bem?

A menina balançou a cabeça lentamente. Não sabia se podia falar mais nada. Não sabia se queria.

E, ainda assim, Ariane também soubera.

– O que foi? – perguntou Rory, com preocupação na voz.

– Vocês vão me achar maluca – sussurrou Ella.

Yuki estreitou os olhos.

– Se você tem uma teoria…

Ella respirou fundo.

– Ariane fez a lista porque o livro é… – Ella não podia terminar a frase daquele jeito, então tentou outra coisa: – Acho que o livro previu a morte dela.

PARTE II

UMA CERCA DE ESPINHOS

20

NANI

Nani ouvira os sussurros, mas não tinha certeza do que pensar a respeito.

Yuki acordara Rory durante a noite e tinham conversado segurando o livro que Nani encontrara no armário de Ariane. Ela assegurou que sua respiração estivesse silenciosa, calma, adormecida, para conseguir ouvir os sussurros com atenção.

As pessoas não morrem por causa de livros, Rory dissera. Isso significava o que parecia? Que Ariane não havia simplesmente morrido? Que alguém a matara? Alguém em Grimrose? Que outros segredos a escola escondia?

Para descobrir o que acontecera com seu pai, talvez Nani precisasse decifrar primeiro os segredos de Grimrose.

Ela não tinha que ser amiga de ninguém para fazer isso. Tinha apenas que descobrir o que as garotas sabiam.

As meninas saíram depressa pela manhã, e Nani apreciou o tempo que tinha para si. Abriu a janela, sentindo o vento remexendo lá fora, as folhas carregadas pelo ar, e mais uma vez sentiu falta de casa. Estava com saudade do verão, o verão de verdade que conhecera no Havaí, em que os dias eram longos e a brisa do oceano estava sempre cantando em harmonia com o sol.

Nani trouxera apenas alguns de seus vestidos. Não tinha roupas de inverno, não fazia ideia de como eram ou a sensação de usá-las.

Só conhecia a sensação do algodão contra a pele, a saia sempre curta por causa das curvas do corpo. Ela amava suas roupas, mesmo sendo velhas e mais apertadas porque haviam pertencido à sua mãe – e toda vez que Nani usava um de seus vestidos, sentia-se mais próxima dela.

Nani olhou pela janela e ligou para Tūtū. Tocou várias vezes antes de ela atender, e a garota esperou para ouvir a voz fina e rouca da avó.

– Nani, *moʻo*, você não deveria estar na aula? – Foi a primeira coisa que ela ouviu. Tūtū sempre usava o encurtamento para a neta, sua boca se abrindo em um círculo quando estendia as vogais. – Está tarde.

Havia onze horas de diferença entre elas naquele momento, em lados opostos do mundo. Nani nunca tinha ficado tão longe, nunca tinha ido além do oceano que as cercava.

– Começa em mais ou menos meia hora – respondeu.

Nani conseguia ouvir o barulho da noite do outro lado da linha, a música do vizinho, o barulho distante de uma lancha perto da praia. Sons que a faziam pensar em sua casa.

– Ótimo, ótimo – respondeu Tūtū. – Estamos com saudade de você aqui, *moʻo*. Está estudando muito?

Estamos com saudade de você aqui. Nani ouviu as palavras, então quis esquecê-las. Quem era *nós*, além da própria avó, que sequer a havia impedido de partir?

O erro de Nani era pensar que ela também pertencia àquele lugar.

– Sim, Tūtū – respondeu a garota, sentindo a dor no coração a meio mundo de distância.

– Fez novos amigos? – perguntou a avó, meio esperançosa, meio tentando esconder esse sentimento.

– Não – respondeu ela, embora a imagem das meninas tenha vindo em sua mente. Rory e Yuki no quarto, Ella oferecendo uma cópia do dever de casa. Svenja perguntando sobre seus segredos. – A senhora sabe que estou aqui só para estudar.

– Ter amigos nunca fez mal. Você era tão solitária aqui, com todos aqueles livros, todo dia em casa.

– Recebeu alguma notícia do meu pai? Alguma novidade?

Tūtū ficou em silêncio, então respondeu:

– Nada ainda. Mas pode chegar algo logo. Sabe como ele é, Nani.

– Ele me prometeu. E ele não está aqui.

– Não acha que está se preocupando à toa? – questionou Tūtū, sua voz gentil, cuidadosa. Tentando contornar a teimosia da neta, um traço que ela herdara do pai, assim como os olhos e o nariz. – A escola foi um presente. Você deveria aproveitar, não se preocupar. Ele vai voltar para casa.

– O celular dele cai direto na caixa postal, ele não deixou nenhum endereço. Como a senhora não está preocupada? – A voz de Nani saiu esganiçada no final, finalmente demonstrando sua raiva.

Tūtū sempre providenciava desculpas para o pai de Nani. Tūtū, cuja filha se casou com um homem do continente que partiu no dia seguinte e passou semanas longe enquanto três mulheres esperavam por sua volta. Tūtū, que perdera a única filha para esse destino e nunca fez questão de revidar.

Nani não queria ser como Tūtū. Ela não queria ser como sua mãe. Recusava-se a passar a vidar inteira esperando por coisas que nunca viriam.

– Preciso ir.

– Se cuida. Faça a lição de casa. Meu coração está sempre com você – disse Tūtū, como se Nani precisasse desse lembrete. – *Aloha wau iā 'oe, mo'o.*

– Também te amo, Tūtū – murmurou a garota para o telefone, mas a ligação já tinha sido interrompida.

❈

Com Reyna fora da equação e sem a cooperação de nenhum dos professores, Nani não sabia por onde começar, exceto o único lugar que sempre lhe dava respostas: a biblioteca. Ela já tinha ido até lá, um lugar tão ostentoso que a fez perder o fôlego quando entrou. Um ambiente tecido por sonhos que todos na escola tratavam como algo comum, o que a fazia odiá-los ainda mais.

Nani queria começar do básico. A própria biblioteca não oferecia muito sobre a história de Grimrose, apenas da construção e a missão da escola, que era profundamente desinteressante, sem nada de inspirador.

Alguém se sentou ao lado dela na mesa, e Nani se virou para mandar a pessoa ir embora antes de perceber que era Svenja. O cabelo castanho estava solto dessa vez, seus olhos delineados de preto.

– E aí? – cumprimentou Svenja, cruzando as pernas de um jeito elegante na cadeira.

– Oi.

– Não te vi muito por aí depois da assembleia.

– Parece que não temos os mesmos horários.

Svenja abriu um sorriso divertido, estalando a língua nos dentes.

– Você sabe que temos seis aulas juntas, né? – Nani ficou atônita, abrindo a boca para retrucar e percebendo que não tinha uma resposta. – Isso me faz pensar se você é mesmo distraída ou se só decidiu me ignorar por ter ficado com raiva de algo que eu fiz.

A postura de Svenja estava ereta, os ombros alinhados. Nani não conseguia fazer seu corpo ficar tão reto mesmo se tentasse.

– Então, você está? – perguntou a garota, erguendo uma sobrancelha.

– Estou o quê?

– Com raiva.

– Por que estaria? Eu mal me lembro de ter conversado com você – mentiu Nani.

– Acho que você se lembra muito bem – rebateu Svenja, com clareza, reclinando-se na cadeira. – Não quis te assustar assim tão depressa.

– Por que se importa?

– Porque gosto de você – respondeu ela, dando uma piscadela. – Mas, se te assustei, espero que tenha sido de um jeito bom. Um friozinho na barriga, esse tipo de coisa.

Nani sentiu isso naquele momento, como se tivesse sido invocado pelas palavras de Svenja. Sentiu os joelhos bambos quando a garota se ergueu, movendo-se com graça, cada passo parecendo que flutuava.

– Você devia mesmo prestar mais atenção nas aulas – disse Svenja, repousando um dedo no ombro de Nani, deliberadamente pressionando-o contra a camisa dela. – Seria uma pena se você ficasse presa aqui por mais um ano. Talvez desse jeito você seja mesmo obrigada a conversar com as pessoas.

– Você presume muitas coisas para alguém que não me conhece.

– Mas eu meio que te conheço. Você é a garota sem segredos. Não tem nada além disso.

Svenja abriu um sorriso malicioso, depois afastou a mão do ombro de Nani, os últimos vestígios de seu perfume picante permanecendo no ar enquanto ela se afastava. Nani engoliu a raiva, sentindo-a emergir pela garganta como uma bola de fogo, tentando ignorar a sensação prolongada que a presença de Svenja causara.

Ela fechou o livro à sua frente. A história de Grimrose seria inútil se não entendesse o que estava acontecendo na escola naquele momento. Seu pai tinha desaparecido antes do começo do ano, não cem anos atrás.

Bem naquele momento, Nani viu Ella subindo as escadas, apressada. Vencida pela curiosidade, seguiu a colega escada acima até uma das menores salas escondidas da biblioteca. Ella fechou a porta atrás de si e Nani colocou o ouvido contra a parede. Yuki e Rory também estavam lá, as vozes delas mais altas agora.

Ainda conversavam sobre a porcaria do livro que haviam encontrado. Nani não sabia por que isso era tão importante. Ela ouviu enquanto a conversa ficava mais tensa, escutando apenas algumas palavras ditas mais alto, quando Ella falou algo baixo demais para que compreendesse.

Alguma coisa encostou na perna de Nani. Ela olhou para baixo e viu uma sombra preta passar por ali. Quando a coisa se virou, Nani viu os olhos amarelos, e o gato abriu a boca em um sibilo, mostrando as presas afiadas. O bichano bateu a pata contra a perna de Nani, fazendo três arranhões idênticos em sua panturrilha.

Nani gritou, jogando-se com força o bastante contra a porta, que se abriu. Ela caiu dentro da sala – e bem no meio das garotas – que vinha espiando. O gato passou pela porta, chiando de um jeito que Nani só podia descrever como satisfeito.

– Ai, meu Deus – disse Rory.

– Que *coisa* é essa? – perguntou Nani, apertando a perna, latejando de dor, enquanto os arranhões ficavam avermelhados pelo sangue.

Ella caminhou em direção ao gato, pegando-o com facilidade e ignorando seu chiado ameaçador.

– Esse é Mefistófeles – disse ela, simplesmente. – Ele pode ser meio superprotetor quando alguém fica escutando.

As meninas se viraram para Nani, que não sabia por onde começar a se explicar.

21

YUKI

As quatro se sentaram em volta da mesa da biblioteca, o livro aberto com a lista de Ari, o gato maligno magnanimamente aconchegado no colo de Ella, ronronando como um filhotinho feliz, enquanto sua vítima ainda apertava um curativo para a perna parar de sangrar.

— Gato mau! — murmurou Ella enquanto acariciava a orelha dele.

— O que é essa monstruosidade? — perguntou Nani, encarando o bicho do outro lado da mesa, o sangue ainda jorrando dos arranhões.

— O flagelo de Deus — respondeu Rory. — A prole de Satá. O diabo encarnado. O pai de todas as mentiras, o inimigo, a besta, o Mal renascido.

— É só um gato — disse Ella, de maneira protetora, colocando as mãos sobre as orelhas de Mefistófeles.

— Isso não é um gato, é a droga de uma pantera — declarou Nani, sarcástica.

— Vocês são ridículas. Ele é praticamente inofensivo.

— Ella, ele arranhou a cara da bibliotecária.

— Ela mereceu — rebateu a garota, o comentário mais cruel que Yuki já a vira fazer. — Mefistófeles nunca fez nada de errado na vida, e eu o amo.

— O nome dele é literalmente Satá.

– Isso porque a bibliotecária o odiava – defendeu Ella. – Minha sugestão era Fofuxinho, mas ninguém deu ouvidos.

As outras três olharam para o gato maligno, cuja fúria incondicional informava a elas que seu ressentimento era recíproco.

Enfim, foi Rory quem voltou ao assunto.

– Você estava bisbilhotando.

Nani sentiu as orelhas esquentarem.

– Você que estava gritando.

– Eu não gritei – protestou Rory.

– Ouvi vocês conversando ontem à noite – disse Nani. – Sei que pensam que sua amiga foi assassinada.

O silêncio que se seguiu deixou Yuki inquieta. Uma coisa era cogitarem a possibilidade, mas ouvir em voz alta, na voz de uma total estranha, parecia tornar aquilo real.

– Foi por causa deste livro? – perguntou Nani, encarando o objeto aberto com curiosidade. – Não é só um livro de contos de fadas?

Yuki fitou os olhos brilhantes de Ella do outro lado da mesa, incentivando-a a falar algo, porque Yuki ainda não tinha engolido toda aquela história.

– Acho que o livro e o que aconteceu com Ari estão ligados – disse Ella, cautelosa, ainda encarando Yuki. – Ari definitivamente achava que havia algo… *estranho* com o livro, e alguém alegou saber a verdade a respeito disso, quer isso signifique a verdade sobre o próprio livro ou sobre a lista que ela fez. Se entendermos o que tudo significa, talvez possamos descobrir por que Ari morreu.

Nani olhou para as três. Yuki não conseguia avaliar a garota. Ela trouxera apenas algumas coisas, uma coleção de vestidos e livros antigos que empilhara sobre a mesa e que cheiravam a jasmim-manga, e nada mais. Nada que mostrasse quem ela era de verdade.

– Como assim? – perguntou Nani.

– E por que isso é da sua conta? – perguntou Rory, claramente a desafiando.

Nani e Rory se encararam de lados diferentes da mesa.

– Eu sou uma aluna da escola.

– E mais umas outras seiscentas pessoas. Por que a gente deveria falar com você?

– Porque eu não estava aqui quando sua amiga morreu – disse Nani. – Porque eu posso ajudar.

A oferta recaiu com força sobre elas, e Yuki finalmente encontrou sua voz de novo para falar.

– Ajudar como?

– Alguém quer o livro, certo? – perguntou Nani, pegando o bilhete. – Essa pessoa não vai parar porque sua amiga morreu. Ela pode pensar que está com vocês, então vai atrás de vocês, mas a pessoa não sabe que *eu* sei. Posso fazer perguntas porque sou nova.

– Por que a gente deveria confiar em você? – perguntou Rory, sua voz ainda irritada. – Você acabou de chegar. Por que está oferecendo de ajudar?

Nani travou a mandíbula e ajustou os óculos redondos, seus cachos caindo por cima dos ombros.

– Tenho meus próprios motivos.

Yuki a encarou, analisando a resposta. Nani era evasiva, mas não tinha a possibilidade de esconder um segredo pior que o da própria Yuki.

– Vai precisar falar mais que isso – disse Rory, verbalizando o que provavelmente todas elas estavam pensando.

Nani se demorou, e Ella esticou a mão em sua direção. O toque fez Nani dar um pulo, e Ella lhe ofereceu um sorriso de compaixão.

– Está tudo bem – disse Ella. – Pode falar com a gente.

Era a coisa errada a ser dita, e Yuki sabia disso. Não por Ella estar errada em oferecer sua compaixão, mas porque Nani não queria conversar, não queria compartilhar. Yuki conhecia a sensação.

– Meu pai me mandou para estudar aqui sem me dizer nada – falou Nani, a voz firme, afastando a mão de Ella. – Quero saber o motivo. Quero saber o que está acontecendo aqui na escola, assim como vocês.

Yuki olhou para Ella e Rory, que ainda estava irritada, com os braços cruzados. A antipatia dela por Nani não era novidade. Ella, no entanto, estava fazendo o que sempre fazia: abrindo os braços.

– Se decidir ajudar, precisa ser sincera conosco – disse Yuki, a língua pesada enquanto falava, a mente a chamando de hipócrita. – Sobre tudo.

Os olhos castanhos de Nani encontraram os de Yuki e não recuaram. Yuki não conseguia se lembrar da última vez que alguém olhara para ela sem desviar o olhar. Às vezes, Yuki pensava que os outros podiam ver a escuridão à espreita mesmo quando ela tentava esconder, e era por isso que sempre quebravam o contato visual primeiro, desviando-se para não terem que reconhecer.

Às vezes, tinha medo de que a olhassem e vissem absolutamente tudo.

– Me digam o que sabem – disse Nani, simplesmente.

Ella empurrou a lista na direção da garota, com Mefistófeles ainda em seu colo, dormindo profundamente, parecendo bem menos demoníaco, exceto pelas orelhas, que ainda lembravam muito chifres.

– Ari fez anotações – disse Ella. – Escreveu uma lista de nomes, mas não sei quem são a maioria dessas pessoas. Exceto por nós, claro.

Nani franziu a testa, unindo as sobrancelhas enquanto olhava da lista para o livro. Yuki se perguntou se ela também conseguia sentir que tinha algo estranho nele. Pensou na primeira vez que segurou o livro, na onda de choque que perpassou seu corpo. Como se houvesse algo do qual não conseguisse lembrar, escondido na medula de seus ossos, enterrado dentro dela, ainda mais fundo do que a escuridão que sentia, fora de alcance.

– Além do mais, Ari colocou o próprio nome na lista – continuou Ella.

Nani folheou o livro, virando as páginas cuidadosamente.

– A lista pode significar qualquer coisa.

– Pode – admitiu Ella. – Mas o problema é que… Ari escreveu o nome dela embaixo da história "A Pequena Sereia". E ela se afogou.

Yuki não conseguiu se controlar.

– Pode ter sido só uma coincidência.

– Sim – concordou Ella. – Mas o resto do livro está errado.

– Como assim, errado? – perguntou Nani, olhando para cima através de seus óculos borrados.

– Todos os contos terminam mal, não só "A Pequena Sereia" – explicou Ella, então encarou Yuki, como se tentasse convencê-la a compreender.

Nani pulou para a história e a leu depressa, seus olhos passando tão rápido pelas páginas que Yuki quase não acreditou que ela estivesse lendo de verdade.

– Ah.

– Pois é – disse Ella.

Rory suspirou, exasperada.

– Olha, vocês precisam ser mais claras. tudo que eu sei de contos de fadas vem de *Shrek*, o maior conto de fadas de todos os tempos. Eles não terminam sempre igual, felizes pra todo sempre e tal?

– Todas as versões da Disney têm finais felizes – Yuki a interrompeu. – Mas não é assim com todas as originais.

– Não?

– A Pequena Sereia precisa matar o príncipe se quiser ficar com as pernas – disse Nani, com indiferença. – A Bruxa do Mar dá uma adaga a ela, a sereia recusa o acordo e se atira no mar.

Rory levanta a cabeça bruscamente, com uma expressão horrorizada no rosto.

– O quê? Ela *morre*?

– É assim com vários deles – disse Yuki, e algo se revirou em seu estômago. – A Bela Adormecida é estuprada quando adormece e só acorda quando o bebê nasce e chupa a farpa até que saia do dedo dela.

– A Chapeuzinho Vermelho é engolida pelo lobo – acrescenta Nani. – Os olhos das irmãs da Cinderela são bicados por pássaros, e elas cortam os pés fora. João e Maria são devorados pela bruxa. O coração da Branca de Neve é comido pela madrasta. São histórias divertidas.

Rory continuou encarando Nani.

– Essa é sua definição de divertido?

Nani dá de ombros, voltando-se para o livro como se não estivesse listando coisas terríveis que causariam pesadelos em qualquer criança.

– São alegorias do que acontece na vida real. Garotas são agredidas e morrem. É um aviso para viver de maneira casta. Se você é uma boa menina, você sobrevive.

– A história de "A Pequena Sereia" é basicamente sobre como o autor não podia viver com quem amava porque ele era gay e isso era ilegal – suspirou Ella.

– Sério? – perguntou Rory.

– Achei que todo mundo soubesse.

– Enfim, nada como um bom e velho gay sofrendo por amor.

– Por quê? – perguntou Ella, olhando diretamente para Rory e inclinando-se por cima da mesa. – Parece familiar?

– Cala a boca.

Yuki balançou a cabeça de novo. Sentia uma enxaqueca chegando. Os braços repousavam em uma posição estranha na cadeira, como se ela fosse uma marionete presa por fios. Embora fosse exatamente isso que Ella estivesse insinuando, certo? Eram todas marionetes, com seus fios sendo puxados em uma peça de teatro cujo propósito desconheciam.

– Essas histórias são alegorias. Não fazemos ideia do que Ari estava pensando – disse Yuki, massageando as têmporas. – Precisamos de provas de que algo realmente aconteceu com ela. Depois conferimos se o livro tem a ver com isso.

– Quer jogar "livro mágico secreto de contos de fadas" no Google? – perguntou Rory. – É essa sua sugestão?

– Não. Eu quero saber por que alguém estaria atrás disso – respondeu Yuki. – Onde foi que ela encontrou esse livro? De quem são os outros nomes na lista?

Para a surpresa de Yuki, era a própria Rory quem tinha as respostas.

– O trabalho de história do ano passado – disse Rory.

Yuki ficou confusa, sem saber ao certo como um trabalho poderia ter algo a ver com aquilo.

– Era uma redação ou sei lá – continuou Rory. – Não lembro direito. A gente fez dupla, mas, sabe né, ela fez basicamente toda a pesquisa e eu só assinei meu nome. Enfim, era isso que ela estava pesquisando: a história de Grimrose. Vai ver a Ari encontrou o livro por causa disso. Vai ver foi assim que ela arrumou essa lista.

– Mesmo que seja, não podemos considerar isso uma verdade – insistiu Yuki. – Talvez este livro não tenha nada a ver com o que aconteceu com ela.

– Não pode ser só uma coincidência – disse Ella baixinho. – Precisamos saber de onde veio o livro, tentar encontrar mais alguma ligação entre os nomes e as histórias. E descobrir se alguém sabe mais sobre Ari do que transpareceu.

– Posso fazer isso – ofereceu-se Nani. – Ninguém vai questionar por que a garota nova está fazendo perguntas.

– Ótimo. – Ella assentiu. – Acho que posso ficar com a lista de nomes. Se eu perguntar por aí, talvez descubra se eram outros alunos…

O olhar de Yuki foi de encontro ao da amiga, e algo envolveu seu coração. Um aperto ao qual não queria ceder. Algo que a chamava. Algo à espreita. Ella falaria com mais pessoas. Ella falaria com todo mundo na escola, o que incluía…

– Isso é uma desculpa para conversar com Frederick? – Yuki desviou o assunto. – Se for, outra pessoa pode ficar com a lista.

Ella franziu a testa, uma ruga se formando entre as sobrancelhas loiras. Não importava que ela estivesse andando com Frederick, mas Yuki não conseguiu ficar calada.

– Frederick? – perguntou Rory. – Quem é esse?

– Ele é do nosso ano – respondeu Yuki. Rory nunca sabia quem era ninguém. – Freddie. Alto. Muito ruivo.

Rory franziu a testa de novo, a expressão confusa.

– Eu não conheço ningué… ah, pera aí. Ella, não! Aí não dá!

– Por quê? – perguntou Ella, genuinamente surpresa, esquecendo-se da cutucada anterior de Yuki.

– Ele é francês! – protestou Rory.

– Você é metade francesa – pontuou Ella.

– Por isso eu sei! – exclamou Rory. – Tudo bem ser francês, tipo, na ficção, mas não na vida real. Sei que você tem um fraco por arcos de redenção, Ella, mas você tá forçando a barra.

– Eu não… – Ella começou a dizer.

– É um defeito mortal – continuou Rory. – Às vezes, as pessoas são ruins, ou francesas, e não podem se redimir. Elas só precisam ser abatidas, como um cachorro raivoso. Ele toma banho? Por favor, me diga que ele toma banho.

– Podemos voltar ao assunto? – perguntou Ella, seu rosto corando intensamente. – É claro que ele toma banho. Deus do céu.

– Ótimo – interrompeu Nani, claramente perdendo a paciência. – Então cada uma de nós pega uma tarefa diferente. Vou perguntar por aí sobre a morte de Ariane. Ella cuida da lista para ver se consegue descobrir algo. Rory e Yuki vão tentar descobrir de onde veio o livro e se mais alguém sabe sobre ele.

– *Sem* falar para ninguém sobre o livro – completou Ella.

– Isso foi pra mim, né? – Rory suspirou. – Eu sei ser discreta. – Três pares de olhos viraram na direção dela. – Tá, saquei! – exclamou Rory, jogando os braços para o alto. – Eu já entendi. Não vou ferrar tudo. Vou ser completamente normal.

Yuki suspirou, pegando o livro de novo, o couro quente em suas mãos, quase vivo. Sentiu aquela onda de energia e a enterrou de novo, tentando evitar qualquer pensamento sinistro. Ela sabia a verdade. Tudo aquilo era faz de conta.

22

ELLA

Agora que sabia quais contos de fadas estavam no livro, Ella copiou todos os títulos, tentando se lembrar o que conhecia deles. Listou-os em ordem alfabética e tentou resgatar o que era importante em cada um.

Havia histórias que ela não conseguia distinguir, ainda que muitos dos contos fossem parecidos, interlaçados por culturas de todo o mundo para formar o mesmo padrão. Era o que Nani dissera antes: contos de fadas eram avisos, lembretes do que poderia acontecer às garotas se não fossem cuidadosas.

Ella tinha certeza de onde colocar Ariane. Não era coincidência que a amiga tivesse se afogado em um lago. Ela, que sempre desejara deixar a família para trás e ir para outro lugar, para mundos além dos dela. Restavam as outras.

Estava tão focada em ler a lista com atenção que mal percebeu quando Frederick se aproximou.

– O que está fazendo?

Ella se sobressaltou quando ele se sentou ao seu lado. Então, dobrou a lista e colocou dentro do caderno.

– Nada.

Frederick estreitou os olhos.

– Não parecia nada. O que está escondendo?

– O quê? Agora você acha que eu escondo coisas?

– Bom, você *é* misteriosa – respondeu ele. – Não deixa ninguém ver sua casa, some assim que a aula termina. Estou começando a achar que Stacie estava pelo menos um pouco certa sobre você ser algum tipo de entidade.

Ella pressionou os lábios com força, tentando se manter calma mesmo quando seu coração parecia bater mais forte no peito.

– Estou só organizando algumas coisas para o baile de inverno – disse ela.

– Não está muito cedo para isso? Outubro nem começou direito.

– Acha que se faz um vestido da noite para o dia?

– Espera – disse Frederick. – Você está fazendo o vestido?

– Shhh! Não conta para ninguém.

– Fazendo. Um vestido inteiro. Um vestido de festa de verdade.

Ella sentiu-se corar por inteiro, algo que não apreciou, seu corpo todo esquentando porque Frederick a observava com tanta atenção. Não conseguia esconder sua alegria por impressioná-lo.

Ella suspirou.

– Não é tão difícil assim – disse, baixinho, tentando minimizar.

Quando perguntavam como ela sabia fazer essas coisas, ela nunca era capaz de responder de fato, ou de explicar por que amava tanto aquilo.

Nunca havia sido pintora, nunca havia sido escritora, nem mesmo musicista. Podia apreciar tais coisas, mas sempre alçando-as a uma posição elevada. Tudo isso era arte, tudo isso tinha significado.

Porém, cozinhar não era arte, nem costurar vestidos, nem limpar a casa. Eram coisas que esperavam que as mulheres fizessem desde sempre, já que não podiam fazer mais nada. Agora que o resto lhes era permitido, elas faziam coisas lindas, maravilhosas e podiam mudar o mundo. Ella continuava fazendo suas coisas em silêncio, porque enquanto essas pessoas estavam por aí tornando o mundo mais belo, precisavam de um lugar seguro para serem elas mesmas. De um bom lar para prosperar.

A arte de Ella era fazer com que todos se sentissem confortáveis para serem livres, para darem o melhor de suas próprias habilidades especiais.

– Acho que você está se subestimando – disse Frederick. – Então, vai se fantasiar de quê? É um baile de máscaras, certo?

– É segredo.

– Ah, é assim? – disse Frederick, subitamente sério. Ele se inclinou para a frente de um jeito conspiratório. Ella podia sentir o cheiro de sua colônia, um aroma leve, quase floral, e quis ficar perto dele daquele jeito para sempre. – Então vou ter que te encontrar.

Frederick sorriu e os olhos de Ella encontraram os dele. O coração dela quase parou, e aí ela percebeu.

Ele estava... *flertando* com ela?

Ella não tinha ideia do que dizer, abrindo a boca e fechando-a de novo como uma boba.

– Me desculpa, eu...

Bem, ela tentou falar, mas todas as palavras fugiram, aparentemente.

– Perdeu a fala na minha presença, né? Esse efeito é comum nas pessoas ao meu redor. Normalmente porque eu digo algo incrivelmente idiota, mas aceito o que vier.

Deus. Ele *estava* flertando. Com ela.

Ella tinha quase setenta e cinco por cento de certeza.

– Também não vou te contar como eu vou – disse Frederick. – Assim fica justo.

– Bom, eu sou ótima em encontrar coisas – respondeu Ella, e se arrependeu imediatamente por dizer aquilo do jeito mais estúpido possível.

– Então quem encontrar o outro primeiro no dia da festa ganha uma dança.

Ella o encarou.

– Você... acabou de me convidar para o baile?

Ele jogou as mãos para o alto, exasperado.

– Foi sutil demais? Eu deveria ter me ajoelhado?

– Não consigo acreditar – disse Ella.

– Isso é um não?

– Não! – exclamou Ella, alto o bastante para alguns colegas de sala virarem as cabeças.

– Não? Tipo, não, você não vai comigo? Ou não, você vai, sim?

– Não, eu aceito. Espera. Sim. Isso foi um sim.

– Estou muito confuso – disse Frederick.

Ella começou a rir, Freddie também. Nunca reparara como a luz parecia encontrar cada uma de suas sardas. Era adorável. Ele era adorável.

O riso deles foi esmaecendo, deixando apenas um olhar fixo no outro. Ella sentiu-se corar de novo.

Outra pessoa entrou na sala.

– Quem morreu? – perguntou Micaeli ao ver os dois em completo silêncio. – Ah, merda. Desculpa, Ella.

Ella demorou um momento para perceber que Micaeli estava falando sobre Ari, então se tocou. Por um instante, havia se esquecido. Ari estava morta, e lá estava ela, eufórica e sem palavras por causa de um garoto que a convidara para o baile.

– Está tudo bem – respondeu Ella automaticamente, a culpa sugando sua felicidade.

Micaeli era a última garota com quem Ella queria conversar naquele momento, mas também era a pessoa que poderia ter respostas. Não era como se ela não fosse legal; era animada, divertida e nunca parava de falar sobre seus filmes históricos favoritos.

Também era a maior fofoqueira da escola.

– Vocês estão bem? Os dois parecem sem fôlego – comentou Micaeli, incerta, estreitando os olhos e procurando por qualquer coisa que pudesse lhe entregar uma boa história.

Quando jogou o cabelo castanho curto para trás, a pele de seu rosto brilhou sob o iluminador.

– Estamos bem – disse Frederick, se recuperando. – Eu só estava tendo uma...

– Uma alergia – completou Ella, tentando ajudar.

Micaeli não demonstrou nenhuma compaixão, sequer parecia acreditar na lorota.

– Bom, já tivemos mortes suficientes por um tempo – disse a garota. – Melhor não se engasgar com nada.

– Ele está bem – prometeu Ella, olhando para Frederick em busca de apoio.

– Estou ótimo – respondeu ele, ficando ainda mais vermelho, quase combinando com a cor de seu cabelo.

Só que Ella não estava mais focada nele. Estava piscando, atônita, se dando conta de algo.

– Mortes, no plural. – Ela não podia acreditar que não tinha pensado nisso antes. – Ari não foi a primeira.

Micaeli a olhou como se estivesse avaliando se estupidez era uma doença contagiosa.

– Como é?

– Outras pessoas morreram – repetiu Ella, tentando se lembrar.

– Ella, isso é chocante. Sempre achei que você fosse boazinha demais para se interessar por uma coisa tão medonha.

– Eu tinha me esquecido – continuou a garota, sentindo o coração afundar no peito, porque essas eram coisas das quais ela deveria se lembrar. Grimrose era uma escola interna de elite. Mortes não deveriam acontecer. – Quem foi a última?

Micaeli inclinou a cabeça como se também estivesse tentando se lembrar de algo mais específico, mas com dificuldade em recordar os detalhes.

O estômago de Ella afundou. E se isso também acontecesse com Ari? E se todas elas simplesmente deixassem para lá e se esquecessem?

– Está na ponta da língua – disse Micaeli. – Ela estava alguns anos na nossa frente, acho. Usava uma faixa vermelha horrível como se fosse 2007. Tipo, oi?

Micaeli estalou os dedos, completamente entretida com a ideia de uma fofoca, como sempre, e Ella se sentiu contente por estar fazendo algum tipo de progresso.

– Espera, eu sei quem vai saber. Ô, Molly! – chamou Micaeli, gesticulando para uma garota menor em um banco no fundo da sala. – Molly, qual era o nome daquela menina? A que morreu, que a avó era dona da doceria?

Molly pareceu confusa, os olhos castanhos se estreitando enquanto tentava se lembrar, ignorando o tom insensível de Micaeli.

– Flannery?

– Isso! – exclamou Micaeli, animada. – Obrigada! Sabia que você ia se lembrar. Meu Deus, Ella, estava em todos os jornais. Encontraram ela e a avó, e tinha manchas de sangue em todas as paredes. Pareciam ter sido atacadas por um animal, mas não foi isso. Acho que foi o namorado.

E assim, de repente, Ella se lembrou de tudo. As notícias por toda Constanz. Flannery O'Brian, que morava com a avó, que sempre trazia doces da loja de bolos para a escola. Flannery, que nunca tirava a faixa vermelha do cabelo. Devia ter acontecido há menos de dois anos.

Ella não precisava olhar a lista de contos para saber que "A Chapeuzinho Vermelho" estava lá.

Se ela procurasse, se realmente procurasse com atenção, quantas garotas na lista de nomes estariam mortas?

E se ela não se lembrava dessa, quantas outras tinham sido lançadas às sombras?

– Houve mais mortes – repetiu Ella, repassando a lista de Ari em sua mente.

Micaeli inclinou a cabeça.

– Claro que sim. Tipo, tem uma lista inteira. Grimrose é um castelo assombrado.

Não havia apenas garotas na lista. Não havia apenas alunas.

Todas elas eram alunas *mortas*.

23

RORY

Havia poucas coisas que Rory odiava mais do que seu aniversário; uma delas era o dia de tirar foto na escola. Naquele ano, por puro azar, as duas coisas caíram no mesmo dia.

Ela saiu da cama grunhindo. Colocou o uniforme, escovou os dentes, não penteou o cabelo, ajustou os brincos que usava na orelha direita e marchou escada abaixo até o jardim, onde já havia uma fila de alunos.

A cabeça de Rory estava nebulosa desde a conversa na biblioteca. Ela não queria acreditar que podia existir algo tão insano quanto o que Ella dissera. Sabia que não havia sido acidente ou suicídio, mas isso? Isso parecia surreal demais.

Ainda assim, não duvidava que, seja lá quem tivesse contatado Ari, também estava atrás do livro e do que ele continha. O que só mostrava que outra pessoa também estava ávida e disposta a acreditar nesse tipo de teoria bizarra. Os nomes surgiam no fundo de sua mente, como se algo não quisesse que ela esquecesse.

Quando chegou ao gramado, a primeira pessoa que viu foi Ella. A garota correu até Rory, jogando-se em um abraço e fazendo-a cambalear.

— Feliz aniversário! — gritou Ella. — Trouxe *cupcakes* para você.

— Graças a Deus, tô morrendo de fome.

Ella entregou o pacote à amiga. Os *cupcakes* de chocolate tinham cobertura rosa com as letras de seu nome escritas de um jeito dramático. Rory pegou o primeiro R e enfiou na boca, as migalhas caindo por sua camisa.

– Cadê a Yuki? – perguntou, de boca cheia.

– Chegou mais cedo – explicou Ella. – Está bem lá na frente da fila.

Rory olhou para a longa fila de alunos à sua frente e praguejou baixinho. Isso levaria horas, e depois ainda teriam que tirar uma foto da turma inteira. Rory nunca entendia o motivo dessa palhaçada. Pelo menos não estava chovendo.

– Como está se sentindo?

Rory deu de ombros.

– Dezessete não é nada demais.

– Nada demais? Você é quase uma adulta! – exclamou Ella, e Rory sentiu o estômago revirar. A cada ano que passava, estava mais perto de voltar para casa, de reencontrar seus pais, de voltar para tudo que fora decidido desde o dia em que nasceu.

Por sorte, outras pessoas chegaram um segundo depois, e Rory pode desviar do assunto.

Por azar, as pessoas atrás delas eram ninguém menos que Penelope Barone e sua colega de quarto, Micaeli Newman. Rory não queria falar com Penelope. Ainda sentia rancor pela garota ter roubado Ari dela, de todas elas. Se Penelope não existisse, Rory poderia ter passado mais tempo com a melhor amiga.

– Parece que não somos as últimas – disse Rory.

– Pode agradecer a Micaeli – disse Penelope, escondendo um bocejo com a mão. – Ela testou cem penteados diferentes.

– É dia de foto – falou Micaeli, como se isso explicasse tudo, confirmando a teoria de Rory de que ela com certeza era uma psicopata. – Eu amo.

Rory não gostava de fofoca, mas sabia que Micaeli tinha sido mandada para estudar no exterior como punição por invadir cerca de cinco casas de uns outros ricaços. Ela roubara sapatos, roupas, bolsas, e até tinha tirado uma selfie no armário de Timothée Chalamet.

– Sim, meus pais amam ver como estou feliz na escola – murmurou Rory, irônica.

– Eu não falo com meus pais – comentou Penelope, seca. – Não depois de me mandarem de volta para cá.

Rory conseguia se identificar com isso, infelizmente. Não que ela tivesse parado de conversar com os pais, porque isso implicaria em falar com eles, para começar. Era difícil conversar com pessoas que estavam tão dominadas pela ideia de sua fragilidade que afastavam a única filha para não a colocar em perigo, ao ponto de parecerem ter esquecido de sua própria existência.

Ella, ao lado, ficou boquiaberta.

– Você está aqui há dois anos.

– E o que tem isso? – perguntou Penelope.

– Vamos mudar de assunto – sugeriu Rory, tentando manter a paz. Ela adoraria brigar, especialmente com Penelope, mas sabia que não seria satisfatório. – Vamos falar sobre problemas do pai dos outros, pra variar, só por Deus, Ella, mas se você mencionar *Star Wars*, vai aparecer na foto de olho roxo.

Ella revirou os olhos. Rory percebeu que a amiga estava agitada, mais que o normal. Mexia os dedos depressa demais pela alça da mochila às suas costas, colocava o cabelo atrás da orelha, puxava-o de novo.

Não ajudou o fato de Penelope parecer tão consciente das duas quanto as duas estavam dela, e uma grande tensão surgiu no ar. Micaeli pareceu perceber também.

Rory decidiu que precisava fazer algo, e rápido.

– Yuki disse que vocês conversaram sobre a Ari.

Não era a coisa mais inteligente de se dizer. Penelope ergueu o olhar, os ombros tensos.

– É, conversamos. Por quê?

– Estamos tentando entender as coisas, só isso – disse Ella, suavemente.

Micaeli ficou perplexa.

– Era por isso que você estava falando sobre as mortes na escola?

– Mortes? – perguntou Rory. – Que mortes?

– A gente lembrou da Flannery no ano retrasado – respondeu Micaeli, e os olhos de Penelope se estreitaram na direção da colega de quarto. – Mas, sabe, com Ari foi diferente. Ou vocês não acham que ela se matou?

Rory sentiu as mãos se fecharem em punhos automaticamente.

– Ela não deixou uma carta.

– Bem, eu nem estava na escola quando ela morreu, se é isso que está querendo dizer – disse Penelope, com a voz ríspida. Ela jogou os ombros para trás, parecendo mais alta. – Cheguei aqui no domingo de manhã. Pergunte a qualquer um.

– Não estamos acusando você – respondeu Rory, irritada por Penelope estar levando para o lado pessoal e ajeitando a própria postura para ficarem na mesma altura.

– Mas com certeza é o que parece – disse Penelope, os olhos verdes sustentando os azuis de Rory.

– Nossa, que climão – interveio Micaeli, rindo de nervoso. – Tentar descobrir o que está acontecendo faz parte do processo do luto.

Rory não queria que ela se intrometesse ainda mais, mas não pôde se segurar.

– Ari ia voltar.

– Ela levou as coisas junto? – perguntou Micaeli, com as orelhas em pé.

– Bom, não – respondeu Rory, irritada. – Não levou nada.

– Então é isso – disse Penelope.

– É isso o quê? – Rory exigiu saber.

– Preciso ser mais clara? – perguntou Penelope. – Se ela estava só saindo para ir caminhar toda feliz, acha mesmo que não levaria aquela bolsinha verde-água espalhafatosa com o vidro de perfume e o batom vermelho dentro?

– É – disse Micaeli –, quando você coloca dessa forma…

Era o que a polícia dissera. Ariane fora encontrada sem nada, o que corroborou com a teoria de suicídio. A raiva de Rory aumentou, o desespero apertando seu pescoço porque Ari havia começado a esconder segredos dela, e agora Rory não sabia por que a estava defendendo.

– Você não conhecia ela direito.

– Eu conhecia Ari muito bem – retrucou Penelope. – Talvez seja você quem se recusa a ver que sua *melhor amiga* não queria mais andar com você.

– Cala essa boca – falou Rory, e Ella automaticamente colocou a mão na frente da amiga.

– Não – retorquiu Penelope. – Eu também perdi Ari. Tenho tanto direito quanto vocês. Não são as únicas que podem ficar bravas.

O olhar de Rory fuzilou Penelope, que ainda a encarava, implacável.

Ella parecia desesperada para se apegar a qualquer outro assunto.

– Esse anel que está usando é lindo – disse Ella, olhando de soslaio para Rory, implorando para ela não continuar a briga.

Penelope olhou para o próprio dedo, o anel brilhando na luz.

– Sim, ele é único. Meus pais mandaram fazer quando completei 15 anos.

Micaeli então disparou a contar uma história muito complicada sobre um anel que ela tinha quando criança, citando nomes de pelo menos três celebridades diferentes. Rory comeu outro *cupcake* de Ella, tentando se acalmar, enquanto a amiga educadamente continuava a conversa.

Quando finalmente tiraram a foto, Rory sentiu um livramento. Pelo menos não estava na lista de seus cinco piores aniversários. No primeiro, houve uma invasão na segurança no castelo e eles precisaram fugir da ameaça. Rory não se lembrava, claro, mas histórias foram contadas. Foi por isso que seus pais acabaram ficando mais paranoicos com o passar dos anos. Foi por isso que decidiram mandá-la para longe em vez de tê-la por perto. Porque ela precisava de *proteção*.

Então, Rory viu Yuki sentada em um banco no jardim, lendo um livro. Acenou para que as duas se aproximassem. Yuki também estava sem maquiagem para a foto, e Rory ficou agradecida, embora o rosto da amiga sem maquiagem ainda fosse assustadoramente lindo. Rory enfiou o terceiro *cupcake* na boca.

– Maior figurinha essa sua amiga nova – comentou Rory quando se aproximaram.

Yuki franziu a testa.

– De quem está falando?

– Penelope – respondeu Rory. – Ela é um doce.

– Ah, você quem o diga. Feliz aniversário, aliás.

– Vai se foder.

– Gente! – disparou Ella. – Encontrei algo sobre a lista.

Rory e Yuki imediatamente voltaram a atenção para a amiga.

– Alguma conexão? – perguntou Rory.

– Acho que estamos olhando tudo do jeito erado.

Rory arqueou uma sobrancelha.

– Acho que Ari viu os mesmos padrões que eu – continuou Ella. – Tem mais de uma morte. Foi assim que Ari soube. Ela não foi a primeira.

– A primeira? – perguntou Rory, confusa. – A primeira a fazer o quê?

– A primeira a morrer – respondeu Ella. – Ari não foi a primeira morte a acontecer em Grimrose.

Yuki franziu ainda mais a testa.

– Do que está falando?

– Lembra da Flannery O'Brian? Ela estava dois anos na nossa frente. Foi morta. Me dá seu celular.

Rory fez o que a amiga pediu, entregando o aparelho, e Ella digitou depressa. Segundos depois, ela virou o celular para as duas.

GAROTA E AVÓ SÃO ESQUARTEJADAS
EM CIDADE PEQUENA

Rory pegou o celular, com Yuki espiando por cima de seu ombro.

Flannery O'Brian era aluna em Grimrose. Rory se lembrava de vislumbres: o cabelo escuro preso em um rabo de cavalo, sempre com uma faixa vermelha. Ela tinha um namorado – um cara de fora, alguém em quem ninguém confiava. Flannery não se importava com isso. Rory continuou lendo a matéria. Um dia, o namorado pediu para ela o levar até a casa da avó na cidade.

O namorado havia cortado tanto Flannery quanto a avó em pedacinhos, o sangue esguichado nas paredes, os corpos dilacerados.

O estômago de Rory se revirou.

— Flannery é a Chapeuzinho Vermelho. Estava no livro. Elas estão conectadas. E se investigarmos mais, se encontrarmos os outros nomes, veremos que todos se encaixam. Todas as garotas estão mortas, exatamente como no livro.

— Ella, eu não acho… — começou Yuki.

Ella se virou para a amiga.

— Você não acha que isso é mais do que uma coincidência agora?

Ella estava corada quando Rory a encarou. Yuki parecia calma, impassível, e pela primeira vez Rory desejou não precisar escolher um lado. Era sempre a primeira a ter uma opinião, a primeira a saber qual lado era o certo, mas, naquele momento, não queria fazer parte disso.

— Não – disse Yuki, enfim. – Você está tirando conclusões precipitadas desde que encontrou o livro. Sua mente tem estado fora de controle.

— Ah, sim. – Ella riu, um som tão cheio de escárnio que fez Rory se encolher. – Eu e minha imaginação descontrolada. Talvez eu tenha estado ociosa demais essa semana, por isso estou cheia de ideias.

— Não foi o que eu disse – rebateu Yuki. – Estou dizendo que, se queremos descobrir o que aconteceu com Ari, não podemos nos apoiar em magia de contos de fadas. Temos que ter em mente o que é real.

— Isso *é* real – disse Ella. – Ari morreu porque acreditava nisso. Alguém queria o livro.

— Então às vezes a pessoa que matou Ari acreditava nisso aí, quisesse queria transformar os contos de fadas em mortes na vida real – interrompeu Rory, finalmente dando seu pitaco na discussão. — Olha, eu sei que nada faz sentido, mas a única coisa que a gente sabe é que quem assassinou Ari queria o livro. Nada mais.

Os olhos de Ella se fixaram em Rory e seu lábio inferior estremeceu suavemente, como se fosse chorar.

— Se não acreditarmos na Ari, então fracassamos com nossa amiga – sentenciou Ella, ainda encarando Rory. – Não vamos conseguir encontrar a verdade se vocês não estiverem dispostas a acreditar nela.

O estômago de Rory se revirou de novo e Ella marchou de volta para o castelo.

Ainda não entrava para a lista dos cinco piores aniversários, mas chegava bem perto.

24

NANI

Nani sabia que havia mais coisas no mundo do que poderia compreender – e ela não tinha esperado por esse momento sua vida inteira? Um momento em que algo mudaria, em que o mundo viraria de cabeça para baixo, em que um caminho apareceria onde não havia nada, em que tudo que a tornava diferente magicamente não importasse mais?

O lugar de Nani era entre as capas dos livros que lia, abraçando seus mundos, tentando ser engolida pelo esquecimento que providenciavam. Livros raramente decepcionavam, mesmo quando tinham finais horríveis, porque ela podia apenas seguir em frente e encontrar outro de que gostasse. Livros eram seguros.

Nani ainda sentia um pouco de culpa por esconder sua verdadeira motivação das outras meninas, mas elas não compreenderiam. Estavam muito focadas na morte de Ariane, não se importavam com Nani ou com seu pai. Elas queriam a verdade, e Nani também. Tinham um objetivo em comum. Assim que desvendasse o verdadeiro segredo de Grimrose e descobrisse onde seu pai estava, ela iria embora e nunca olharia para trás. Nem uma vez.

Quando a semana começou, Nani decidiu que prestaria mais atenção nas aulas, e, assim que entrou na primeira aula, de inglês, percebeu que havia uma carteira vazia ao lado de Svenja. Nani endireitou os ombros.

– Tem alguém sentado aqui? – perguntou.

Svenja estreitou os olhos, erguendo-os do celular.

– Não sei – falou ela de um jeito arrastado, então viu o curativo na perna de Nani. – Ai, meu Deus, o que aconteceu?

– Fui atacada por um demônio – respondeu Nani, colocando a mochila na mesa e se sentando.

Os arranhões estavam melhores, mas ainda tinham doído muito durante o banho naquela manhã. O cabelo ainda estava úmido, com os cachos se enrolando em diferentes direções.

– Ah, Mefistófeles. Entendi. – Svenja assentiu. – Agora você completou todo o ritual de ser uma aluna em Grimrose.

– Não podia ter me avisado sobre o gato satânico da biblioteca?

Svenja fez uma expressão falsa de horror.

– Achei que você já soubesse tudo que precisava sobre a escola.

O queixo de Nani caiu.

– Estou brincando – esclareceu Svenja.

– Mais alguma coisa de que preciso ser alertada? – perguntou Nani.

A expressão de Svenja se tornou um pouco mais séria. Ela examinou Nani com atenção, e Nani manteve o olhar fixo no rosto da garota. Tinha a sensação estranha, misteriosa, de que sempre sabia quando Svenja a encarava, como se a garota observasse algo que não fora feito para os olhos, algo poderoso demais para ela lidar.

– Na verdade, não – disse Svenja. – Tenho certeza de que já ouviu todos os boatos a essa altura. Ainda mais que você...

– Peguei a cama da menina que morreu?

– Eu teria dito com mais delicadeza, mas é isso, basicamente.

Nani suspirou, porém estava direcionando a conversa para onde queria. Não podia confiar em Svenja, mas ter aquela conexão entre elas era melhor do que nada. Svenja podia ser a pessoa que Nani estava procurando, até onde sabia.

– Acho que começamos mal – disse Svenja. – Minha mãe sempre diz que, entre nós duas, Odilia tem a melhor personalidade.

– Odilia? Sua prima psicopata?

– Dá para acreditar?

— Sua mãe não sabe de nada — respondeu Nani, franzindo o rosto, e então se deu conta de que podia ter dado um bola fora. — Desculpa, não foi isso que eu quis dizer.

— Ah, não, você quis sim, cada palavra — disse Svenja. — Não tenho uma relação maravilhosa com a minha mãe, especialmente desde que comecei a transição. Ela achava que era uma fase, sabe, e quando percebeu que não era, ficou de luto. Mas ela não perdeu filho nenhum. Eu ainda estou aqui.

Nani não sabia o que dizer, já que nunca havia passado por algo parecido, mas organizou o que sabia sobre Svenja — o que era quase nada, já que não andava prestando atenção em ninguém, absorta nos próprios pensamentos. Ella também não tinha mencionado nada, mas até aí, por que o faria?

— Deve ser difícil ter alguém de luto por você, como se tivesse morrido, quando na verdade você está finalmente sentindo que sua vida começou — disse, por fim, invocando o sentimento da própria mãe. As duas nunca tiveram um começo real e sólido. — Minha mãe morreu quando eu era pequena.

— Não sabia que estávamos comparando histórias tristes — disse Svenja, e Nani apreciou o fato de ela não se desculpar ou oferecer condolências. De alguma forma, era como se soubesse que Nani não queria a pena de ninguém. — É minha vez agora, então me deixe pensar. É difícil reclamar quando se mora em um castelo. Coloca as coisas em perspectiva.

Nani riu, e o momento obscuro passou como se o Sol tivesse saído de trás de uma nuvem. Como se Svenja, com seu sorriso, tivesse apagado tudo.

— Fui meio grossa na biblioteca, quando provoquei você — disse Svenja. — Não vou me desculpar, mas você não precisa encarar esse castelo inteiro sozinha. Você acabou de se mudar do outro lado do mundo, pelo amor de Deus.

— Eu gosto de fazer as coisas sozinha — disse Nani, mesmo sem saber se isso ainda era verdade.

— Vou começar com o pé direito dessa vez — sugeriu Svenja. — Como foram suas primeiras semanas aqui?

Nani hesitou para responder. Ela *queria* a ajuda de Svenja. Precisava de alguém que pertencesse ao castelo, que conhecesse os caminhos do lugar, que conhecesse os alunos, que notasse as coisas.

Svenja a levaria até onde precisava ir.

— Um pouco… complicadas – respondeu Nani. – Achei estranho terem me colocado no quarto de uma garota que morreu e ninguém querer falar disso.

— Muitas pessoas acham que foi suicídio – revelou Svenja, de forma neutra. – Além do mais, a escola não quer que a gente fique falando no assunto. Fica com uma reputação ruim.

— E se não tiver sido um acidente?

Svenja parou, atônita, analisando Nani.

— Não sei o que você acha que vai descobrir – respondeu ela. – Grimrose tem mais de cem anos. Há tantos segredos aqui quanto lances de escadas. E a morte de Ariane foi estranha, mas não inédita.

— Como assim?

Svenja suspirou.

— Teve esse dever de história que alguns de nós fizemos ano passado, para ganhar créditos extras. Tínhamos que escrever um relato sobre algum aspecto do passado de Grimrose. A maioria só focou na arquitetura e nos jardins. Eu fiz o meu sobre a história dos alunos.

Igual a Ariane. Era o mesmo trabalho que Rory mencionara. Parecia estranho que as tivessem escolhido quase o mesmo tema, que tivessem percebido a mesma coisa, algo que nenhum dos outros alunos percebeu.

— E então? – perguntou Nani, tentando não transparecer sua curiosidade.

— Tiveram outras mortes – respondeu Svenja, simplesmente.

— E isso não te faz pensar?

— Ariane era bem querida. Ela tinha amigas. Tinha tudo que uma garota poderia querer. – Svenja fez um gesto vago, apontando para Grimrose no geral. – Então, claro, foi estranho. Mas acontece, embora eu consiga perceber que você não vai descansar até chegar em seja lá qual for a verdade, né?

Nani ajeitou os óculos.

— Como sabe isso?

— Você parece do tipo curiosa – brincou Svenja. – Quer respostas? Vou te levar aos arquivos dos alunos.

— Você vai me ajudar? – perguntou Nani.

— Por que não ajudaria? – rebateu Svenja.

— Ninguém fez isso antes.

— Bem – disse Svenja, abrindo um daqueles brilhantes sorrisos astutos –, não sou como os outros.

25

ELLA

Ella estava andando sozinha quando Nani a encontrou.

— Svenja disse que vai me levar aos arquivos — disse Nani ao se aproximar, andando mais rápido para alcançar Ella no corredor. — Assim podemos conectar os nomes que restam na lista.

Ella ergueu uma sobrancelha, surpresa. Tinha memorizado a lista e podia recitá-la de trás para frente. Em vez de contar números, agora recitava os nomes, como uma oração em sua mente. Não descobrira muito sobre as outras garotas, mesmo tendo passado seu horário de almoço na biblioteca, digitando cada combinação possível de Grimrose, Constanz e dos nomes que podia pensar. A busca havia rendido alguns resultados, mas não oferecia os detalhes de que precisava.

— Acha que são todas alunas? — perguntou Ella.

— É possível — disse Nani. Ella estava tão acostumada a andar atrás de Yuki e Rory que era estranho caminhar ao lado de Nani, que era mais alta, mais larga e nunca desviava das pessoas. Era um pouco impressionante a forma como todo mundo se certificava de sair do caminho de Nani. Ela não parecia perceber. — Se Ariane encontrou os nomes por causa de um trabalho de escola, têm que estar ligadas a Grimrose.

— Provavelmente — concordou Ella, mas algo a incomodava. — Sabe que alunos não deveriam entrar nos arquivos da escola sem permissão, certo?

Nani olhou para Ella através dos óculos, travando a mandíbula.

– Pensei que quisesse investigar isso.

– Quero que você tome cuidado – disse Ella. – Não sei em quem podemos confiar. Svenja é legal, mas não sabemos se ela não está envolvida de alguma forma.

Ella odiava isso. Ella, sempre pronta para estender a mão a quem precisasse, sempre disposta a ajudar, porque era isso que sabia poder fazer quando não era o caso dos outros. Ella podia ser gentil e confiava em todos, mas agora, com Ari morta, era como se a escola estivesse tentando tirar isso dela.

– Não preciso que cuide de mim – disse Nani, irritada. – Sei o que estou fazendo. Me ofereci para ajudar.

Ella olhou para Nani, seus olhos fixos à frente. Conseguia ver a chama, a sede de respostas tanto quanto as meninas. Ella não compreendia o motivo. Aceitara a ajuda de Nani, a acolhido, mas era difícil quando Nani se fechava como se as próprias paredes de Grimrose estivessem se erguendo ao redor dela.

No entanto, havia algo que Ella via ali: a curiosidade de Nani. Sua disposição de ir além. Sua habilidade de seguir adiante. Algo nela a lembrava de Yuki no começo, e Ella queria oferecer um lugar onde Nani pudesse se sentir confortável sendo quem ela era.

– E as outras? – perguntou Nani.

Ella parou.

– O que tem elas?

– Falou com elas sobre a lista?

– Sim – respondeu Ella, tentando não sentir o caroço crescendo em sua garganta. – Elas não estão completamente convencidas sobre o livro.

Independentemente do desdém de Yuki e do ceticismo de Rory, Ella sabia que algo estranho estava acontecendo em Grimrose, e não começara com a morte de Ari.

– É um pouco *estranho* – admitiu Nani quando chegaram na sala. – Você não espera que as pessoas simplesmente acreditem em magia, né?

– Quem acredita em magia? – perguntou Rhiannon, sentada na primeira fileira, virando-se para as duas quando entraram na sala.

Ella parou na entrada e um círculo de colegas se virou para olhá-la. Eram todas conhecidas. Sua memória era terrivelmente boa para esse tipo de coisa, o que foi o motivo pelo qual a morte de Flannery a incomodou tanto. Ella nunca esquecia um rosto.

Nani cruzou os braços na defensiva, parecendo desgostar da atenção. Rhiannon era uma das estrelas da equipe de natação. Micaeli estava sentada na mesa da amiga, encarando Molly. O resto do grupo era composto por outras duas garotas: Alethea, a presidente do conselho estudantil, que Rory odiava, e Annmarie, uma garota quieta com quem Ella nunca tinha conversado de verdade.

— Foi só uma aposta — disse Ella, murchando sob os olhares delas. — Sobre coisas de Grimrose.

— Ah, agora você acredita na escola assombrada, é? — disse Micaeli, erguendo as sobrancelhas, que tinham sido clareadas para contrastar com seu cabelo escuro. — Eu avisei.

— Eu vi um fantasma uma vez — relatou Molly.

— Que mentira — disparou Micaeli. — Era a Sabina de toalha. Ela é branca que nem papel.

As meninas começaram a rir e Nani avançou por elas para se sentar em uma cadeira. Ella ficou na mesa atrás de Rhiannon, e todas se viraram para encará-la.

— Não me diga que viu o fantasma de Ari — disse Rhiannon, conspiratória. — Micaeli disse que você estava falando dela outro dia. E da Flannery.

Micaeli censurou Rhiannon com uma cotovelada, mas, dessa vez, Ella não se importou.

— Foi só estranho — disse Ella. — Quer dizer, nós nunca nem falamos sobre isso. E as pessoas eram amigas da Flannery, certo?

— Eu comprava os bolos da avó dela, tipo, semana sim, semana não — disse Molly.

— E não sentiu falta quando ela morreu? — perguntou Ella.

Molly mordiscou o lábio. Ella podia ver a preocupação em seu olhar, mas era opaca. Passava aquela sensação de haver algo errado, inexplicável. Algo que todas elas deveriam saber, mas continuavam esquecendo.

– Bom, mais ou menos – respondeu Molly, enfim. – Mas sei lá, Ian e eu focamos em outras coisas. Depois que ela partiu, ela simplesmente partiu.

– Bingo – disse Micaeli.

Ella não estava gostando nada daquilo. Virou-se para Nani, que fingia ler um livro, exceto que Ella sabia que não virara uma página desde que se sentaram.

O problema não era Flannery.

O problema era que Ella estava com medo de esquecer Ari.

Não queria se esquecer. Era Ari que a fazia rir, que nunca a fazia se sentir boba quando falava sobre a forma que lidava com as coisas, que nunca a fazia se sentir culpada por não ser forte o bastante, por não revidar o suficiente. Ari nunca fazia Ella se sentir errada por ser quem era.

Primeiro Flannery, agora Ari, e qualquer uma daquelas garotas podia ser a próxima. Garotas que Ella conhecia desde os 12 anos. Não queria que nenhuma seguisse aquele destino.

– Não vamos esquecer a Ari – prometeu Rhiannon, como se estivesse lendo a mente de Ella. A menina apertou sua mão. – Ela sempre vai estar conosco.

– Anime-se – disse Alethea, tentando ser prática. – Pode acreditar no que quiser acreditar. Eu faço isso.

– Ah, lá vamos nós de novo – murmurou Micaeli, baixinho. – Alethea, ninguém quer ouvir sobre sua ida na médium da cidade. Uma leitura de mão e agora você acha que é a reencarnação da Cleópatra ou sei lá!

– Dá licença? – disse Alethea, ofendida. – Não foi isso que ela disse.

– De quem estamos falando? – perguntou Annmarie, perdida.

– Foi só um passeio divertido de fim de semana – disse Alethea. – Eu não acreditei em *tudo* que ela me disse.

– Mas acreditou o bastante. – Rhiannon riu.

– Como se precisasse de mais incentivo – disse Micaeli, o sorriso cheio de escárnio. – Este castelo até pode ser mal-assombrado, mas a coisa mais assustadora aqui é esse seu ego enorme.

– Cala a boca – disse Alethea. – Você é tão má. Não vou te convidar para a festa de Halloween.

– Você nem sonha em me deixar de fora – rebateu Micaeli. – Você me ama, você me odeia. Enfim, Annmarie não foi com você aquele dia?

As garotas se viraram para Annmarie, que desenhava no caderno. Ela ergueu a cabeça com seu olhar escuro.

– Não fui eu. Eu não acredito nessa coisa de hippie.

Micaeli urrou de tanto rir.

– Na verdade – comentou Alethea, franzindo a testa e virando-se para Ella –, foi Ariane. Foi ela quem sugeriu de irmos ver a sra. Váduva.

– O que Ariane queria com uma médium? – Micaeli bufou. – A visita nem serviu pra nada se ela nem deu um pé na bunda do Edric.

– Eu não sei – disse Ella quando a professora entrou. – Ari tinha os próprios segredos.

26

YUKI

Yuki não conversara com Ella desde o desentendimento no dia da foto. Vira a amiga apenas nas aulas e às vezes com Frederick nos corredores, ambos rindo, felizes.

Yuki odiava isso, mas não deixou ninguém perceber.

Ninguém, exceto Penelope. De alguma forma, a garota sempre sabia o que estava incomodando Yuki, e não a julgava. De todas as meninas no castelo, era Penelope quem sabia pelo que ela estava passando, quem entendia o que a morte de Ari significava.

E Yuki queria acreditar. Queria acreditar que Ari tinha morrido por causa de um livro idiota, e não por sua causa. Era tão mais fácil assim, tão melhor. Nada deveria mudar.

Exceto que Yuki tinha mudado, e ela se sentia estilhaçando em centenas de pedaços toda vez que surgia uma nova conversa, toda vez que era forçada a ser compreensiva. Ella fazia isso com tanta facilidade, falava com todas as meninas, via suas perdas, reconhecia a dor delas. Yuki tentou, e seguia fracassando, de novo e de novo.

Não é como se você entendesse como é amar alguém.

Continuava empurrando as palavras de Ari para longe, enterrando-as cada vez mais fundo. Elas estavam em seu interior, em sua essência, e agora não conseguia se livrar delas, não importava o quanto tentasse.

Era sábado quando Yuki bateu na porta de Reyna, contente pela distração. A madrasta morava em uma das torres mais afastadas do castelo; sua suíte pessoal era separada do escritório da diretoria. Como ela não abriu de primeira, Yuki entrou.

A madrasta apreciava uma decoração simples e tinha um gosto minimalista – quase tudo em seus aposentos era feito de metal ou vidro. Nada de vasos estampados, de porta-retratos, daquela sensação de ambiente cheio. A única decoração na parede era um espelho enorme, cuja moldura de metal imitava galhos se entrelaçando. Yuki olhou seu reflexo por um momento, se perguntando se alguém que a olhasse poderia ver mais do que sua pele marfim, o cabelo preto sedoso, os lábios sempre vermelhos.

O único objeto pessoal no aposento era uma fotografia sobre uma prateleira de vidro – uma foto de Reyna e Yuki quando ela tinha 8 anos. Elas não se tocavam na imagem, mas Reyna estava o mais perto que podia. As duas não se pareciam em nada, o que era constantemente trazido à tona na segurança de aeroportos, e Yuki sempre sentia uma pontada de desconexão quando Reyna precisava explicar que Yuki era sua filha. Como se Yuki não tivesse o direito de ser chamada assim por elas serem tão diferentes.

– Você está aqui – disse Reyna, entrando na sala de estar e encontrando Yuki olhando para a foto. Seu cabelo escuro estava molhado do banho, e Yuki sempre ficava maravilhada ao ver como ela ainda parecia jovem. – Ótimo. Acho que queimei nosso almoço.

O cheiro vindo da cozinha era divino, então Yuki tinha suas dúvidas. Reyna estava constantemente preocupada com o que cozinhava, e sempre achava que tudo ia dar errado até a hora que a comida era servida.

– Você deveria trancar a porta.

– Qualquer ladrão que tentar entrar terá que subir oitenta degraus primeiro. Garanto que vou ouvir a respiração dele a quilômetros.

Yuki abriu um sorriso fraco. Reyna não era exatamente descuidada; era assertiva, como se o mundo fosse se dobrar ao que ela quisesse.

– Como foi sua semana? – perguntou a madrasta, correndo de volta para a cozinha para terminar a comida.

Era a tradição delas: Reyna fazia almoços aos sábados em seu apartamento desde que foram para Grimrose. Um dia que passavam juntas, às vezes lendo, às vezes não fazendo nada além de estar na companhia uma da outra.

— Está com dificuldade nas aulas?

Yuki balançou a cabeça.

— Não. Está tudo bem.

— E as meninas?

Yuki não respondeu, recostando-se contra o batente da porta. Reyna se virou para encará-la, e havia um brilho de preocupação em seus olhos.

— Vocês brigaram? – perguntou ela.

Yuki odiava que, mesmo fazendo o máximo para esconder, isso ainda estava evidente.

Yuki não brigava com as amigas porque isso significaria que ela não era *perfeita*.

Ella não brigava com as amigas porque acreditava no que elas tinham a dizer mesmo quando não concordava. Estava sempre disposta a ajudar e seguia acreditando, seguia sendo gentil, mesmo quando Yuki não merecia.

Yuki estava cansada de tentar ser o que não era.

— Um pequeno desentendimento – disse ela, por fim. – É só que, com a morte de Ariane...

A voz dela sumiu, incapaz de terminar a frase.

— Vai levar um tempo – disse Reyna, com gentileza, finalmente tirando o carneiro do forno.

A carne parecia derreter no prato, cheia de alho assado e com um cheiro forte de vinho. Por um momento, Yuki se perguntou se deveria contar a teoria de Ella à madrasta, apenas para que alguém concordasse com ela. Porém, sabia que jamais faria isso.

— Não vai ser fácil – continuou Reyna. — Sempre vai parecer que existe uma parte vazia, não importa o quanto tente preencher.

Vazia era uma boa palavra para como Yuki se sentia.

Vazia, tentando se preencher com palavras e gestos que não eram dela. Vazia, porque não importava o quanto tentasse, não podia segurar nada para si.

Ela se perguntou, por um minuto, o que aconteceria se deixasse tudo desmoronar. Se deixasse que a vissem por trás das aparência – a cor de seus anseios, a forma de suas vontades.

O problema era que Yuki sequer sabia pelo que ansiava.

O que queria.

Do que tinha medo.

– Chegou uma carta de Cambridge hoje – disse Reyna, mudando o assunto quando se sentaram para comer. – É sobre a entrevista. Estão pensando em maio.

O sangue de Yuki congelou nas veias, a proximidade da data a golpeando mais forte do que havia imaginado.

– É bem cedo – disse ela.

Tinha feito a inscrição, mas nem era algo que ocupava sua mente. Fez porque precisava. Porque era o esperado.

– Nunca é cedo demais para pensar no futuro, Yuki.

– Mas eles já mandaram todas as cartas, não foi? Agora é só esperar e pensar.

Reyna estreitou os olhos escuros para Yuki.

– Tem certeza de que quer tudo isso? Muita coisa pode mudar antes do dia da entrevista.

Yuki se remexeu no lugar.

– Vou ficar bem – balbuciou ela.

As duas terminaram o almoço em silêncio, embora Yuki apenas remexesse na comida, já que perdera o apetite. Pensou em como seria o próximo ano, porque não importava o quanto tentasse evitar, o ano seguinte ainda seria real.

O ano que Yuki partiria, ou que todas a deixariam.

Os olhos castanho-escuros de Reyna estavam fixos em Yuki, como se tentassem descobrir o que se passava na cabeça dela. Yuki duvidava que soubesse. As duas sempre faziam uma dança cuidadosa uma em volta da outra.

Elas eram próximas, mas não muito próximas. Yuki gostava de Reyna, mas, ao mesmo tempo, nunca sentiu que conhecia sua madrasta de verdade. Como se Reyna sempre escondesse parte de si, como se nunca tivesse se permitido sentir mais do que era esperado dela.

Não que Reyna conhecesse Yuki tampouco.

– Tenho uma surpresa para você – disse a madrasta, sorrindo, e voltou para a cozinha, trazendo de lá uma torta de maçã com um cheiro delicioso. – Prometo que não queimei essa. Você está bem? Parece pálida.

Yuki percebeu que estava encarando a torta com incerteza. Se o livro de contos de fadas estava ligado às meninas, Yuki não tinha a menor dúvida de qual história era a dela.

Só que isso era ridículo.

– Sim – conseguiu dizer depois do que pareceram eras.

Reyna deslizou um pedaço de torta para o prato, a crosta esfarelando enquanto as fatias de maçã, vermelhas como a boca de Yuki, começavam a escorrer para o prato.

– Eu queria perguntar uma coisa – disse Yuki em voz baixa, e tentou deixá-la mais forte, e demonstrar mais força. – É sobre Nani. Sei que poderia ter colocado ela em qualquer outro quarto vago, então por que o nosso? Depois do que aconteceu?

Reyna pressionou os lábios, a incerteza dançando em seu olhar.

– Não queria que ela se sentisse sozinha – respondeu a madrasta. – O pai de Nani trabalhava aqui, mas se demitiu antes de ela chegar. Eu prometi que tomaria conta dela. Achei que seria bom para ela ter um lar.

– Por que é tão importante que ela se encaixe? – questionou Yuki, sentindo que a pergunta era mais sobre si mesma. – Não vejo como ter amigos possa fazer alguma diferença.

Reyna hesitou, a expressão quase triste. Então sorriu gentilmente e deu uma mordida na torta.

– Você não faz ideia.

27

RORY

Rory tentou limpar o quarto no sábado, *tentou* sendo a palavra-chave. Nunca havia sido particularmente boa em organização, mas, com Ari e Ella, quando esta aparecia para ajudar, Rory até que conseguia lidar com a bagunça. Agora, com Ari ausente e Ella tão distraída, não havia ninguém para obrigá-la a limpar o quarto – e isso estava nítido.

Com um suspiro, prendeu o cabelo em um rabo de cavalo e começou a remexer em uma pilha de camisas e uniformes, separando as coisas. Encontrou a bolsa de Ariane embaixo da cama, mas não tinha disposição alguma para lidar com aquilo. Além do mais, para quem ela daria a bolsa? Era melhor que ficasse embaixo da cama.

Sábado sempre era o dia que passava com Ari. Rory corria pela manhã, depois as duas se sentavam perto do lago, ou nos jardins, ou Ari organizava sua coleção de perfumes pela centésima vez, enquanto Rory a ouvia falar. Era isso que mais amava em Ari: ela falava. Também era o que amava em Ella, embora sempre zombasse dela por isso.

Rory nunca tinha se sentido inadequada por não ter algo a agregar à conversa. Quando estava com Ari, nunca precisava encontrar uma resposta. Ouvir era o bastante, e Rory sentia falta disso.

Bem naquele momento, Yuki entrou no quarto, incrédula ao ver Rory fazendo arrumação.

– O que está acontecendo aqui?

– Estou limpando – respondeu Rory, erguendo suavemente a cabeça de seu posto na cama.

Yuki franziu a testa.

– Preciso te levar à enfermaria?

Rory mostrou o dedo do meio para ela. Yuki sorriu, se divertindo e sentando na própria cama. O céu já estava escurecendo do lado de fora, o vidro das janelas do quarto ficando rosado enquanto o sol deslizava para trás das montanhas, os raios alcançando as duas camas.

– Onde está Nani? – perguntou Yuki.

– Sei lá – respondeu Rory. – Não vi ela hoje.

Elas ficaram em silêncio, e Rory percebeu que Yuki encarava a cama de Nani com tanta intensidade que, se continuasse por mais um minuto, poderia abrir um buraco no colchão.

– Você confia nela? – perguntou Rory.

Yuki parou de encarar, virando-se para a amiga. Quando Rory descobriu que dividiria o quarto com a filha da diretora, pensou que sua vida em Grimrose seria um inferno. Achou que Yuki seria mandona, mas a única pessoa de quem Yuki exigia alguma coisa era de si mesma. Era quase cansativo vê-la sempre trabalhando até tarde, a forma como organizava a vida até nos mínimos segundos.

Rory e Yuki eram completamente diferentes, mas havia algo que compartilhavam: o peso do que as pessoas esperavam delas.

– Em Nani? – perguntou Yuki. – Não sei.

– Nem eu – disse Rory.

Mais silêncio, mas Rory e Yuki eram assim: diferente de Ari, Rory sempre sentia que era ela quem devia falar algo, tirar Yuki da concha, e nunca sabia realmente como fazer esse trabalho delicado. Mesmo depois de quatro anos, ainda havia coisas sobre Yuki que Rory não compreendia.

– E a teoria de Ella?

Yuki travou a mandíbula.

– O que tem?

– Acha que existe alguma chance de ser real?

Yuki hesitou, juntando os dedos sobre o peito. Elas tinham tantas conversas como aquela, com cada na própria cama, a metros de distância, sem olhar uma para a outra, mas também sem precisar disso.

— Eu não sei — repetiu Yuki, e Rory percebeu a irritação em sua voz.

— Também não precisa responder igual uma filha da puta.

A respiração de Yuki ficou mais forte.

— Eu sei, tá. Desculpa. É só que… E se seguir por esse caminho acabar mal? E se não descobrirmos nenhuma resposta? Você não pensa nem um pouco sobre isso, Rory?

— Você pensa?

— O tempo inteiro.

Rory se aprumou na cama, apoiando-se nos cotovelos para realmente olhar para Yuki, que voltara a encarar a cama de Nani. Rory quase se sentia mal por odiar Nani de primeira. Mesmo com a nova coberta e os livros novos, porém, o lugar ainda era de Ari, e Nani nunca seria capaz de mudar isso.

Yuki retorceu os dedos sobre o colo, mexendo a cabeça.

— Eu não quero que você e Ella fiquem decepcionadas.

— Você não precisa proteger a gente.

— Só que preciso, sim — disse Yuki, voltando-se para Rory, e havia uma determinação feroz, um fogo e uma mágoa que Rory quase nunca via no olhar frio da amiga. — Eu *preciso*.

Naquele momento, Rory percebeu do que estava com medo esse tempo todo.

Agora que Ari havia partido, ela não teria mais um lugar entre as amigas. Yuki e Ella eram quem eram; elas estavam lá desde o começo, e Rory era a intrusa. Rory era quem estava do lado de fora, e algum dia elas perceberiam isso. Então, Rory ficaria sozinha, sem amigas.

Mas talvez não. Yuki era um pilar, não iria a lugar algum. Como as pedras da fundação de Grimrose, Yuki não se moveria, e Rory não tinha que se preocupar com ela ir embora.

— Somos garotas crescidas — disse Rory, finalmente. — A gente lida com isso.

— E se as respostas te magoarem?

— Bom — Rory respondeu —, aí você vai estar com a gente para ajudar.

— Sim — afirmou Yuki. — Eu estarei.

28

ELLA

Ella estava acostumada a andar por Constanz sozinha, mas não estava acostumada a bater na porta de estranhos. Sentiu o frio no ar quando parou em frente a um jardim de grama alta, as folhas das árvores começando a amarelar à medida que o inverno se aproximava mais e mais depressa. Ella mal podia esperar pela chegada da primavera, e não só porque seria seu aniversário.

Bateu na porta de novo, se preparando, se encolhendo dentro do vestido velho de *Star Wars*. Estava pequeno demais agora. O pai lhe dera no décimo segundo aniversário dela, apenas alguns meses antes de morrer, e agora era uma das poucas coisas que restava do amor que eles compartilhavam pela saga espacial. Ela contou as máscaras de Vader na saia, achando catorze antes da porta finalmente se abrir e revelar uma mulher.

Havia mechas cinza naturais em seu cabelo preto e pés de galinha ao redor dos olhos escuros. Ela parecia, acima de tudo, cansada, e encarou Ella com desconfiança.

– O que você quer?

– Você é a sra. Váduva? – perguntou Ella.

A mulher continuou a encará-la.

– Depende de quem está perguntando.

– Sou Ella Ashworth. Eu estudo em Grimrose.

Ao ouvir "Grimrose", a sra. Váduva arregalou os olhos e tentou fechar a porta, mas Ella foi mais rápida e deslizou o pé pela fresta.

– Prometo que não vou demorar muito – disse Ella, e então sua voz vacilou. – Preciso da sua ajuda.

A mulher a olhou de cima a baixo, observando seu vestido gasto, o cabelo penteado, o rosto coberto por uma camada grossa de base e corretivo. A única coisa nova nela eram os sapatos – lindas sapatilhas rosa que Rory tinha lhe dado.

A sra. Văduva abriu um pouco mais a porta, conduzindo-a para dentro.

Foi fácil para Ella encontrá-la. A cidade cochichava palavras como "bruxa", mas as cidades nunca eram especialmente gentis com mulheres velhas e solitárias. A sra. Văduva era, contudo, uma médium, uma palavra que significava bruxa, mas de um jeito mais educado.

– Não é isso que significa – resmungou Ella.

A sra. Văduva olhou por cima do ombro.

– Você disse alguma coisa?

– Não – respondeu Ella, olhando para o teto enquanto andava para a sala de estar.

A casa estava mais limpa do que o lado de fora, antiga de um jeito rústico. Havia cadeiras de vime, uma mesinha de centro com velas brilhando suavemente e outra luz mais forte, filtrada pela janela antiga.

– Quer de um pouco de chá? – perguntou a sra. Văduva.

– Não quero incomodar – respondeu Ella.

A garota analisou o restante da sala e encontrou uma foto acima da lareira, alguém que reconhecia da escola anos antes, da época que chegou lá.

– Não é incômodo.

A sra. Văduva foi até a cozinha e voltou com duas xícaras fumegantes. O cheiro era ardido, como canela e pimenta misturadas, e Ella o inalou, contente. Ao longe, o relógio imponente de Grimrose badalou três vezes. O som ecoou por toda a cidade.

– Sente-se – disse a sra. Văduva, apontando para o sofá, e Ella obedeceu, pressionando um joelho no outro, sentindo o nervosismo crescer.

Não achou que teria coragem de ir até ali sozinha, mas, agora que tinha ido, não sabia o que dizer.

– Estou aqui para falar de uma amiga. – Ella deu um gole no chá para se acalmar. – Ela tinha cabelo ruivo tingido, olhos verdes bem grandes. Você deve se lembrar dela.

A sra. Vǎduva franziu a testa e se sentou em uma cadeira de vime no canto mais escuro da sala.

– Vá direto ao ponto, menina.

– Sei que muitas garotas vêm aqui – disse Ella.

– As jovens gostam de se entreter tentando saber do futuro. Não é por isso que está aqui?

Ella balançou a cabeça.

– Não, vim falar de outra coisa. Não estou aqui para você fazer uma leitura, e sim para perguntar o que sabe sobre o que está acontecendo em Grimrose.

A expressão da sra. Vǎduva se tornou amarga de repente, seus olhos indo para a lareira, para o retrato na prateleira de cornija, depois de volta para Ella.

– Não sei o que você soube – disse a sra. Vǎduva –, mas há coisas que é melhor deixar para lá.

Ella não hesitou. Já tinha ido até ali.

– Você está com medo.

– A morte persegue todas as meninas da Académie – disse a sra. Vǎduva, sombria. – Não farei parte disso.

Ella não se mexeu, ainda encarando a sra. Vǎduva. Então, colocou o chá na mesa.

– Ela veio aqui – disse Ella. – Ariane, minha amiga. Acho que ela queria respostas sobre algo que encontrou.

– Não tenho as respostas que procura.

– Mas você sabe alguma coisa – insistiu Ella, sua voz ficando mais firme. – Sua filha também foi uma vítima, não foi?

Um momento de pausa enquanto a sra. Vǎduva olhava para a foto. Ella acompanhou seu olhar. Do que mais a cidade falava além de a mulher ser bruxa? Da filha da bruxa, a garota que morreu.

– É ela na foto, não é? – perguntou Ella, persistindo.

– Sim – a sra. Vǎduva respondeu. – Minha Camelia. Uma garota linda e esperta, e aquela escola tirou tudo dela.

– O que aconteceu?

– Ela se enforcou – disse a sra. Vãduva simplesmente, mal disfarçando a dor em sua voz. – Fui eu quem a encontrei. Amaldiçoei a mim mesma por ter deixado nossa casa para vir para cá. Foi ideia do meu marido trabalhar nos jardins da escola, assim Camelia poderia estudar lá.

Os lábios da mulher tremeram, e então ela afastou o olhar da foto, voltando-se para Ella.

– Se sabe o que é bom para você, pegue sua amiga e vá embora.

– Não posso – disse Ella. – Ariane está morta.

O choque ficou nítido no rosto da sra. Vãduva. Ela não sabia. Grimrose tinha escondido muito bem essa notícia.

– Por favor – disse Ella, a voz fraquejando –, não sei o que está acontecendo. Pensei que você pudesse ter respostas. Ari deixou uma lista, mas muitas meninas lá estão mortas. O nome da sua filha está lá. Eu preciso… preciso conversar com Ari.

Ella não se permitiu pensar demais sobre aquilo. Eram coisas feitas para meninas bobas que não conseguiam aceitar a verdade. Ella não acreditava em fantasmas, e, ao mesmo tempo, queria desesperadamente acreditar. Queria perguntar para Ari o que acontecera, o que ela tinha descoberto.

– Você não sabe o que está pedindo – disse a sra. Vãduva, o tom surpreendentemente gentil. – Você sequer acredita nessas coisas.

– Eu acredito *nela* – respondeu Ella. – Acredito que ela descobriu algo importante e que não podia nos contar. E acredito que temos que terminar o que ela começou.

A sra. Vãduva umedeceu os lábios. Ella não sabia se podia insistir mais. Queria apenas respostas, apenas uma conclusão. Precisava de algo significativo.

– Sua amiga veio aqui, sim – disse a mulher finalmente. – Foi há alguns meses. Ela estava com um livro, e eu não consegui dizer a ela o que ele significava, mas consegui sentir algum tipo de poder. Ela disse que as garotas estavam no livro. Queria respostas que não pude dar. Não sou uma bruxa, apenas tenho fé e acredito no que meus ancestrais me ensinaram. Não pude ajudá-la porque não faço parte dessa história.

Ella absorveu cada palavra.

– Mas eu faço – disse a garota.

– Pode ser – concordou a sra. Văduva. – As respostas estão em Grimrose, mas não no mundo exterior, e talvez no livro.

– Acha que posso conversar com ela? – perguntou Ella, sua voz trêmula.

Odiou a forma como soava naquele momento – um pouco esperançosa, fragilizada, tentando alcançar respostas que estavam além daquele mundo.

Porém, se acreditava em Ariane, as respostas só poderiam ser encontradas lá, do outro lado da história, em um lugar onde as regras do mundo não se aplicavam. Um lugar onde magia era muito, muito real.

A sra. Văduva se levantou, procurando algo nas gavetas. Quando se virou, carregava quatro tipos diferentes de cristal de cores variadas e quatro velas brancas grossas.

– Aqui – disse ela, entregando tudo a Ella. – Vai precisar de mais amigas. Quatro é o número ideal.

– Pensei que coisas mágicas fossem sempre em três. Três irmãos, três anéis, esse tipo de coisa.

A sra. Văduva abriu um pequeno sorriso.

– As histórias fazem você acreditar nisso. Três é um bom número, mas são quatro pontos cardeais, quatro elementos, quatro estações, quatro formas de ir para casa. Na próxima lua cheia, coloque suas amigas em um círculo e acenda as velas. Tentem tirar um sentido disso.

Ella pegou os cristais, mais pesados do que pareciam.

– É isso? – perguntou ela. – Sem mais instruções?

– Esse tipo de coisa não tem receita pronta, menina – disse a sra. Văduva. – Baseia-se em sentimento. Baseia-se na alma. Apenas sua alma sabe o caminho que quer seguir.

Ella guardou os objetos na bolsa, tentando se lembrar porque estava fazendo aquilo. Era para honrar Ariane, por acreditar que a amiga havia morrido por algum motivo, e não só para encontrar o culpado. Ella se importava com a verdade, mas, mais do que isso, acreditava que honrar alguém significava dar continuidade ao trabalho que tinham feito antes de partir, seja lá qual fosse.

Ariane tinha morrido tentando descobrir a verdade.

Se Ella queria honrar isso, ela mesma teria que encontrá-la.

– Obrigada – disse Ella, com sinceridade. Andou até a porta, abrindo-a e deixando a luz entrar. – Acha mesmo que posso mudar alguma coisa?

– Quem sabe? – disse a sra. Vãduva, ainda sentada. – O importante é que está tentando. Encontre seu final feliz. Por minha Camelia também.

Ella sorriu.

– Eu vou.

29

RORY

Quando acordou na segunda-feira, Rory foi golpeada pela realidade de que mais de um mês se passara desde a morte de Ari. Sentiu uma pontada de culpa, pois sua vida ainda seguia, e ela não sabia mais no que acreditar.

Rory não dormira bem nas últimas semanas, seu corpo se revoltando, tentando exceder os próprios limites. Sentia dores no corpo inteiro e estava certa de que não seria capaz de se levantar. Usou a cama de muleta, respirando com dificuldade, a dor aumentando até que ela não conseguisse ver nada além de estrelas no escuro.

Levantou-se assim mesmo.

Não deixaria seu corpo golpeá-la até se render. Não cairia sem lutar.

A dor perdurou o dia todo; ainda assim, Rory estava animada para ir treinar, para fazer seu corpo funcionar por ela de novo. As aulas de esgrima eram sempre às segundas e quartas à tarde, mas as sessões contra Pippa aconteciam apenas às sextas. Rory queria que fosse sexta; uma distração seria útil. As amigas ainda pareciam tensas durante o almoço. Ela e Yuki trocaram olhares por cima da mesa, mas só discutiram assuntos seguros.

Rory tinha feito o que podia. O que sabia. Tinha até encontrado o trabalho antigo de Ari na escola, mas não passava de informações inúteis sobre a área do castelo – nada sobre os alunos. O que quer que tivesse encontrado no livro, Ari não colocara na redação.

Quando Rory finalmente chegou no ginásio, a equipe já estava lá. Em vez de empunhar espadas, porém, o grupo ouvia o instrutor falar.

Os olhos dela encontraram os de Pippa do outro lado da sala. Parecia uma visão, toda de branco, uma cavaleira com a postura ereta, a pele negra, o cabelo trançado para mantê-lo longe do rosto.

– O que está rolando? – perguntou Rory ao se aproximar dela.

– Não prestou atenção nenhuma no último mês? – rebateu Pippa, erguendo uma sobrancelha. – É o treino para o torneio.

Rory tinha esquecido completamente do torneio, ou de qualquer coisa que não envolvesse a morte de Ari.

– Tudo bem, pessoal – disse o instrutor, batendo palmas. – Formem duplas.

A equipe de esgrima não era particularmente grande, mas continha as doze pessoas às quais Rory costumava dar ordens, algo que gostava de fazer. Ela ajustou o uniforme, as calças brancas apertadas, o equipamento que a mantinha firme.

Assim que Rory chegou à pista, todo o resto desapareceu – quem ela era, suas responsabilidades, tudo que a levara até ali. Era apenas o que tinha treinado para ser: rápida, brutal, letal.

A equipe se espalhou pelo salão, cuja janela, grande, dava para as montanhas. A luz era refletida pelo azulejo preto e branco do piso, lembrando levemente um salão de baile.

Rory deslizou a máscara para baixo e apertou os dedos em volta do sabre, o punho belga familiar e confortável. Pippa preferia a espada, mas todos treinavam em diferentes modalidades, especialmente as duas, que praticavam a sério desde que chegaram em Grimrose. Rory estalou o pescoço, sentindo o peso da jaqueta protetora sobre si.

E então começaram. Rory se esquecia de tudo que não fosse o duelo, que não fosse o ali e o agora. A morte de Ari, o livro, suas amigas, tudo recuava, o mundo se tornando embaçado enquanto sua mão segurava o sabre, a dança branca das lâminas cruzadas, as fintas e defesas e investidas e trocas. Tudo se apagou em um mundo monocromático, o qual via apenas através dos buracos da máscara.

Rory lutou contra cada um de seus colegas, golpeou-os brandindo seu sabre para a esquerda e para a direita, o instrutor gritando correções, fazendo-a tentar fintas, outro contra-ataque, um novo movimento de pé que precisava melhorar. Ao fim do treino, quando todos os outros estavam cansados, Rory ainda continuava, até que não pudesse mais aguentar.

Ela tirou a máscara, colocando o sabre e o restante dos equipamentos de volta no lugar. No vestiário, Pippa e Rory se despiram de costas uma para a outra. Às vezes, Rory vislumbrava o ombro nu de Pippa pelo espelho, as escápulas, fragmentos de pele descoberta que Rory tentava apagar da memória enquanto focava em se trocar.

O aviso sobre o torneio entre escolas europeias estava preso à parede. Pippa o encarou por um instante enquanto as duas saíam do vestiário.

— Você vai se inscrever?

— Para o torneio? Não — respondeu Rory. — Você sabe que não faço isso de viajar por aí.

— Rory, você é uma das melhores da nossa equipe.

— E por que não dizer a melhor?

— Poderia ser, se você competisse.

— Essa coisa de torneio é uma perda de tempo. Pode ficar com as minhas medalhas de presente.

Dessa vez, Pippa não aceitou a piada. Ela empurrou Rory em direção à parede, mantendo-a presa contra a pilastra de mármore do salão de treino vazio, um braço sobre o pescoço e o outro apertando o braço de Rory. A garota sentiu o toque como uma queimadura, e quando encarou os olhos de Pippa, foi como se seu corpo inteiro estivesse escaldado em água fervente, aquecendo seus músculos e ossos. Rory não conseguia desviar o olhar, o coração batendo depressa, a raiva aumentando, mas também outra coisa que tentava desesperadamente esconder.

— Me solta — disse, em voz baixa.

Pippa não soltou.

— Quando eu ganho, não é porque você não está competindo comigo. Eu ganho porque eu *mereço*. Porque dou duro. Porque não desperdiço meu tempo enquanto estou aqui, porque eu *quero* ter um futuro nisso. Você quer?

Rory sentiu as bochechas corarem. Notou os cílios castanhos de Pippa, um pouco mais claros que os pelos das sobrancelhas e ainda mais claros que seu cabelo. A pele lisa não tinha sequer um defeito de perto, enquanto Rory ainda lutava contra as espinhas que insistiam em aparecer em seu queixo. Pippa, cujos músculos eram como armas treinadas, tinha tudo lapidado e poderoso, e Rory queria derreter sob o toque dela.

Finalmente, Pippa a soltou, e Rory caiu de joelhos, tentando respirar sem emitir sons ridículos enquanto massageava a nuca.

– Não pode continuar se escondendo, Rory – disse Pippa por fim. – Um dia você vai ter que lutar por alguma coisa.

Ela se virou e Rory ficou ali, encarando a trança da garota enquanto ela desaparecia pela porta.

30

NANI

Nani passou a maior parte do fim de semana na biblioteca. Svenja dissera que as duas iriam aos arquivos na segunda-feira, então passou o sábado e o domingo lendo, tentando organizar o que podia do livro, segurando-o com as duas mãos. Tūtū a ensinara a segurar livros daquele jeito para que mantivesse as mãos ocupadas, evitando roer as unhas e esfolar as cutículas. Mais de um dos livros de Nani tinha manchas de sangue, as margens vermelhas de quando ela se distraía e começava a mordiscar os dedos de novo.

Em vez de mais perguntas sobre a morte de Ari ou o paradeiro do pai, Nani organizou as mortes no livro. Ela leu os contos de fadas, a maioria já conhecia de cor. Não eram seus favoritos. Desde sempre, gostava dos mais sinistros: "Um olhinho, dois olhinhos, três olhinhos", "Os três cabelos de ouro do Diabo" e seu favorito, "Barba Azul". Nunca se esqueceria da sensação de quando o leu pela primeira vez, de quando a princesa viu as esposas mortas, sabendo que seria a próxima, determinada a sobreviver, não importava o preço.

As mortes ao final de cada história eram medonhas. Nani não gostava dos finais felizes dos contos de fadas tradicionais; achava que não reconheciam o que ela acreditava ser o mais importante em toda história: o caminho, a escuridão pela qual passavam. "Felizes para sempre" nunca falava sobre o que vinha depois disso, a forma como parte dos heróis poderia ficar marcados pelo resto da vida. Era uma mentira vendida para manter garotinhas sonhando com algo que não existia.

Porém, o livro ainda era estranho. Nenhum dos contos tinha qualquer promessa de algo bom para equilibrar, e era assustador como todos eram desesperançosos.

Nani não acreditava na teoria de Ella de que o livro, de alguma forma, previa mortes, mas não conseguia evitar reconhecer a coincidência em tudo aquilo, o que não era nada agradável.

Nani nunca acreditou em magia, mesmo admitindo que havia algo estranho acontecendo na Académie. Tūtū diria para ela manter a mente aberta, assim como os olhos, mas Tūtū era uma avó que amava histórias da carochinha mais do que deveria. Nani crescera ouvindo histórias de ilhas, vulcões, batalhas, deuses-peixes e homens-tubarões, mas magia nunca mudara a realidade delas. Não havia mudado quem elas eram, a cor da sua pele, o idioma que fora arrancado de seus ancestrais, o qual Nani mal falava, proibido por tanto tempo de ser repassado, uma barreira para todo o seu povo.

Quis fechar o livro e jogá-lo do outro lado da sala. Talvez ele não oferecesse respostas de verdade. As histórias continuavam as mesmas, guardando seus segredos, e Nani estava farta de segredos, inclusive dos seus.

Ou talvez essa fosse a verdadeira magia do livro: a habilidade de fazer todos que o tocassem ficarem muito, muito irritados.

Ela fechou o livro com força, assustando outra pessoa na mesa. Não percebera que havia alguém ali, uma garota que já vira pela escola, mas que não lembrava o nome. A mesma que falara muito casualmente sobre mortes na aula outro dia, enquanto Nani fingia não prestar atenção.

A menina franziu a testa para o livro.

– O que é isso?

Nani praguejou internamente por sua falta de cuidado.

– É meu – respondeu ela. – Eu trouxe de casa.

A garota estreitou os olhos.

– Acho que já vi ele antes.

Agora, Nani se lembrava do nome dela. Michaella ou Mickaylee, ou algo igualmente cheio de letras desnecessárias. Resistiu à vontade de esponde-la com grosseria. Além do mais, se ela tinha visto o livro antes, talvez soubesse de algo.

Nani a deixou olhar a capa, e a garota fez um biquinho.

– Ah, deixa pra lá – disse ela. – Achei que fosse o mesmo.

– É só um livro – disse Nani, gesticulando para a biblioteca. – Tem um monte por aqui.

A garota franziu a testa outra vez, mas decidiu ignorar o comentário.

Nani colocou o livro de volta na bolsa, olhando a menina com cuidado, se perguntando se ela sabia mais do que estava dizendo.

Na segunda-feira, Svenja mostrou o caminho até a sala de arquivos. Não era exatamente o que Nani imaginara, mas estava contente por Ella tê-las acompanhado depois do almoço.

– Tem certeza de que é seguro em dia de semana? – perguntou Ella enquanto Svenja subia um lance de escadas, dando voz aos pensamentos de Nani.

– Os professores estão ocupados demais dando aula – respondeu Svenja, sem olhar para trás. – Já está mudando de ideia?

Ella não respondeu, bufando em resposta. Nani caminhava logo atrás de Svenja, mantendo o olhar na curva elegante de seu pescoço, em seus ombros perfeitamente equilibrados, na covinha do lado direito da nuca. Svenja virou como se sentisse seu olhar. Os olhos das duas se encontraram e Nani olhou para baixo depressa, fingindo intenso interesse no chão. Ela não sabia se podia confiar em Svenja. Correção: ela definitivamente não podia. Como todos os outros alunos, Svenja podia ter algo a ver com a morte de Ariane. Ninguém estava acima de suspeitas.

Passaram pela parte inferior do castelo, desviando da irritada e infeliz sra. Blumstein, que saía dos aposentos dos professores. Svenja o fez com tanta facilidade que Nani não pôde evitar se perguntar quantas vezes já tinha feito aquilo antes. Quando chegaram a uma porta, Svenja parou e se virou para as duas.

— É aqui — disse ela. — Agora seria o momento ideal para vocês me contarem o que estão procurando.

— Temos que entrar na sala primeiro — disse Nani.

Svenja revirou os olhos e virou a maçaneta. A porta abriu com um rangido.

— Está aberta? — arfou Nani, chocada.

— É a sala de arquivos — respondeu Svenja, com desdém —, não uma prisão de segurança máxima.

Nani hesitou na entrada.

— Mas…

— É proibido para os alunos, claro, mas é mais por uma questão de privacidade do que qualquer outra coisa — disse Svenja. — Não tem nenhum cadáver por aqui, prometo.

Svenja entrou primeiro. Nani olhou para Ella, que hesitou.

— Você não precisa vir — disse Nani. — Se não quiser quebrar as regras.

Ella fechou as mãos em punhos.

— Isso é mais importante do que regras.

A garota marchou para dentro antes que Nani pudesse impedi-la, restando apenas segui-la.

A sala de arquivos era surpreendentemente normal e sem graça. Nani pensou que sentiria uma onda de adrenalina, que encontraria respostas, mas tudo o que viu foram dúzias de armários cheios de pastas com papéis, todos alinhados em fileiras organizadas, relativamente bem iluminados.

Era a visão mais entediante em Grimrose até agora.

— Os arquivos dos alunos estão no fundo — pontuou Svenja, indo até lá.

Ela passou pelas fileiras de armários, finalmente chegando à última. Então, apontou para uma única torre de arquivos.

— Esses são deste ano — disse Svenja. — Eles tiram daqui se você ficar para o próximo ano e deixam no lugar se você se forma ou sai da escola, então só precisa ir voltando.

– Vou começar do fundo – disse Ella, apontando para o outro lado da sala. – Pode ser difícil, já que devem estar organizados pelos sobrenomes, e não temos isso.

Svenja ergueu uma sobrancelha, mas Nani não disse nada enquanto Ella desaparecia de vista.

Nani testou uma das gavetas, que abriu com facilidade, revelando dúzias de pastas de papéis com nomes de alunos.

– Como sabe de tudo isso? – perguntou ela.

– Já vim aqui antes – respondeu Svenja, e então parou, hesitante, algo que Nani sabia que ela não costumava fazer. – Meu arquivo estava com meu nome morto.

– Ah – disse Nani –, espero que tenha picotado o papel em pedacinhos.

Svenja sorriu.

– Não dava para queimar tudo por aqui, então precisei me contentar. Sei que eles mantêm organizado com um propósito, mas não era meu nome. Nunca foi. Não era eu, de jeito nenhum, que estavam mantendo aqui embaixo.

Talvez fosse bom ela não estar ali embaixo, já que tudo que esperavam encontrar era uma lista de garotas mortas.

– Como você escolheu seu nome? – perguntou Nani, abrindo um armário de arquivos e procurando nomes que combinassem com a lista de Ariane.

– Pareceu certo – respondeu Svenja. – Significa cisne. Achei que seria como a história, sabe. O patinho feio que no fim descobre quem era desde o começo.

Um calafrio percorreu a coluna de Nani. Um patinho feio? Não. Impossível.

Exceto que impossível não era mais uma palavra no vocabulário delas.

– É – disse Nani com a voz rouca, sem confiança nas cordas vocais –, combina com você.

– É o *meu* nome, afinal. – Svenja sorriu.

Nani abriu mais armários, passando o dedo pelos arquivos, descartando-os ao ver que não continham os nomes que queria. Havia mortes, mas todas pareciam normais. Nenhum acidente misterioso, pelo menos. Encontrou o arquivo de Flannery, aquela que Ella tinha mencionado, mas o resto dos nomes não batia.

– Tem certeza de que não posso ajudar? – perguntou Svenja. – Não me leve a mal, a vista é ótima daqui, mas acho que posso ser mais útil se você me disser o que quer, aí não vou precisar ficar só parada aqui.

Nani ergueu a cabeça na mesma hora em que Svenja se aproximou. Ela prendeu um dos cachos de Nani atrás da orelha. O toque a congelou no lugar, as unhas longas de Svenja roçando a pele sensível de seu pescoço. Nani esqueceu o que deveria responder. Ela balbuciou, pigarreando.

– Como eu disse, estamos só dando uma olhada nas mortes da escola – murmurou ela.

– Ah, então vocês estão investigando Ariane – disse Svenja. – Sabia que é perigoso fazer esse tipo de coisa?

Nani ficou tensa.

– Isso soa como uma ameaça.

Svenja riu.

– O quê? Acha que tive algo a ver com isso?

– Não sei – respondeu Nani. – Eu acabei de chegar, lembra?

– E ainda assim, já está envolvida – brincou Svenja. – Para uma garota sem segredos, você é muito misteriosa.

Nani a ignorou, voltando aos arquivos. Tudo que precisavam era confirmar os nomes, garantir que as ligações na lista de Ariane eram reais e que estavam mesmo conectadas com o livro.

Continuou procurando, então encontrou alguém. Camelia Vắduva.

Então, encontrou outras.

Bianca e Siofra. Kiara e Alice. Lilia e Neva. Diane e Irena. Liesel e Willow.

Afogadas, perdidas na floresta, atacadas por um urso selvagem, caídas de uma das torres, vítimas de intoxicação alimentar. Acidentes sinistros que não deveriam acontecer mais do que uma vez na vida, mas que estavam alinhados de um jeito bizarro com as histórias, de novo e de novo, datando de anos antes. Anos de história do colégio, de mortes que tinham sido esquecidas.

Ella apareceu em um canto, o rosto pálido e preocupado enquanto apertava a lista nas mãos.

– Você também encontrou? – perguntou Nani.

Ella assentiu.

– Desde o começo.

O olhar de Svenja ia de uma para a outra, cheio de curiosidade.

– Alguma de vocês vai me contar o motivo real dessa investigação?

Ella voltou os olhos cor de mel para Svenja.

– Confie em mim, acho que é melhor se você não souber de nada.

31

ELLA

Ella tinha mantido os cristais e as velas escondidos sob uma tábua frouxa embaixo de sua cama no sótão.

O lugar não era grande, mas era a única parte da casa que pertencia a ela e a mais ninguém. Lá ficavam as poucas coisas que pode guardar depois que se mudaram: algumas *action figures* que o pai colecionava, alguns vestidos e casacos de inverno – todos descombinados, antigos e retalhados mais vezes do que ela conseguia contar –, a máquina de costura que fora de sua mãe, que contrabandeada entre as coisas da cozinha para que Sharon não percebesse.

Embaixo da cama, escondido sob as tábuas do assoalho, estavam os bens mais preciosos de Ella – o dinheiro que deixava guardado, uma pequena quantia que conseguia juntar quando era paga por costurar ou fazer biscoitos na cozinha no fim de semana que ninguém estava em casa. Ela também escondia a coleção de botões da mãe, com os brancos grandes, os verdes pequenos em forma de morangos ou com brasões, todos diferentes uns dos outros. Havia presentes que recebera de Rory, Ari e Yuki ao longo dos anos, todos mantidos em segredo e distantes do seu toque, porque só assim Ella podia ter qualquer coisa na vida: escondidas onde nem ela podia ver.

Na segunda-feira, Ella passou o dia inteiro contando as cadeiras em volta de si, os passos que dava para cima e para baixo para ir a diferentes salas, as janelas do lado oposto do castelo. Contar a mantinha calma, porque mesmo havendo números que ela não gostava, aqueles nos quais tropeçava em sua ansiedade, números ainda eram infinitos. Eles se estendiam para sempre, e se apenas continuasse contando, tudo ficaria bem.

Então Nani perguntou se ela queria ir até os arquivos, e Ella não pôde negar. Não pôde negar a confirmação daquilo que já sabia ser verdade.

A lista infinita de garotas mortas repassava por sua mente enquanto ela e Nani caminhavam até a biblioteca para encontrar Yuki e Rory. Ficar mais tempo na escola a faria se atrasar, e Ella temia o que aconteceria em casa se isso ocorresse, mas aquilo era mais importante.

Nani não esperou que as garotas se acomodassem em volta da mesa de sempre na biblioteca, escolhida antes de ela irromper lá dentro.

– Todas as garotas da lista estão mortas – anunciou Nani, jogando seu caderno na mesa, na direção de Yuki e Rory. – Acabamos de voltar dos arquivos.

Ella olhou para Yuki. As duas não tinham conversado de verdade desde a última discussão, exceto para trocar anotações das aulas. Era estranho brigar com Yuki.

– E? – disse Yuki, com a voz gélida ao erguer a cabeça.

– São coincidências demais – falou Nani.

– Várias meninas se afogaram – alegou Yuki. – Isso não é novidade, ou está dizendo que existe mais de uma história em que isso acontece? Podemos fazer qualquer coisa caber na teoria, se quisermos.

– Estão você acha que essas mortes são só coincidências – disse Ella.

– Só estou afirmando que, no curso de cem anos, acidentes acontecem – respondeu Yuki. – Você acredita que o que aconteceu com Ari é algum tipo de teoria da conspiração que o livro prevê? Que as mortes das alunas as conectam com algum conto de fadas mágico?

Ella sabia o que parecia: que estava tentando muito acreditar em algo, nas pistas que Ari tinha deixado, mas isso não significava que sua teoria estava errada. Olhou para Nani em busca de ajuda, mas a garota não ofereceu nada.

– Sei que é difícil de acreditar – disse Ella. – Mesmo que houvesse um assassino usando isso como inspiração, é algo que vem de anos. E ninguém sequer parece lembrar das mortes.

– É só que… – Yuki parou. – Precisamos encarar isso de outra forma. Primeiro encontramos provas, *depois* formamos teorias. Talvez as mortes estejam conectadas, mas o que isso significa?

Ella respirou fundo. Era uma boa pergunta. *O que* aquilo significava? Quando conversou com a sra. Vãduva, a mulher perguntou a mesma coisa.

Até onde Ella sabia, significava que tinha algo muito errado acontecendo em Grimrose.

Ela só precisava convencer todas disso.

– Você encontrou alguma coisa? – perguntou, por fim, tentando abordar o assunto de outra forma. – Tentou descobrir onde Ari pode ter encontrado o livro?

– Não, mas isso também não vai nos levar a lugar algum – respondeu Yuki. – Ariane era nossa amiga, e agora sabemos como ela gostava de guardar segredos.

– Vocês devem tê-la visto com o livro em algum momento – disse Nani, usando a lógica. – Pela quantidade de coisas escritas, ela devia estar trabalhando nisso há um tempo.

O que significava que Ari estava trabalhando naquilo enquanto Edric ainda era seu namorado. Ella se lembrava de como a amiga ficara de coração partido quando a relação terminou, o quanto ela chorou, ainda que Ella não conseguisse entender de verdade o que o Edric tinha, para começar, nem o que eles gostavam um no outro ou como aquilo funcionava. Ella raramente sentia uma atração romântica por alguém, mas quando acontecia, era por uma pessoa de quem gostava primeiro – e principalmente – como amiga, alguém com quem pudesse conversar, alguém que admirasse, não importava o gênero. Porém, romance e atração eram experiências muito diferentes para todo mundo, e era bem difícil desvendá-las sem julgamentos, então Ella nunca disse nada a Ari.

– Ari passava muito tempo fora do quarto – disse Rory, pensando alto. – Tipo, a gente não via ela durante horas. Sempre estava procurando lugares inexplorados do castelo. Ari tinha uma lista de salas e passagens secretas que a mãe conhecera na época dela.

Nani a encarou.

– Passagens secretas? E você conhece quais são?

– Ari nunca mostrou para ninguém – respondeu Yuki, e Ella pensou ter detectado uma ponta de amargura no tom da amiga, mas talvez estivesse apenas imaginando. – Se você descobre uma passagem secreta de Grimrose, ela é sua, e precisa deixar as pessoas descobrirem sozinhas.

– Então isso é tipo... uma regra? – perguntou Nani, confusa. – Desculpa, estou tentando entender. Isso é coisa de gente rica?

– Como eu saberia? – disparou Yuki.

– Todas vocês frequentam a escola – pontuou Nani. – Na verdade, vocês conhecem esse mundo de escola de alunos ricos e privilegiados onde todos moram em um castelo.

– Você não sabe nada sobre nós – revidou Yuki. – Eu estudo aqui porque minha madrasta é a diretora. Ella está aqui porque conseguiu uma bolsa.

Ella corou com a menção à bolsa de estudos, mas Nani não prestou atenção, virando-se para Rory.

– E você?

Rory deu de ombros, colocando os pés sobre a mesa enquanto se reclinava na cadeira com um sorriso largo.

– Ah, eu com certeza sou a aluna rica e privilegiada.

Nani suspirou meio brava, meio cansada.

– Não posso ajudar vocês se não quiserem a ajuda.

– Bem, tem outro jeito – disse Ella. Todas as cabeças se viraram em sua direção, e a garota quase encolheu na cadeira. – Eu falei com a sra. Váduva, a médium de Constanz. Ari também foi fazer uma visita a ela no ano passado. A filha dela está na lista.

Yuki a encarou, aqueles grandes olhos escuros fixos nela. Pela primeira vez, Ella viu algo que não reconheceu ali – algo que fazia Yuki parecer diferente, estranha, como se Ella sequer a conhecesse.

– Você contou para uma médium o que está acontecendo aqui? – perguntou Yuki. – Onde estava com a cabeça, Ella?

– Ela perdeu uma filha. E a Ari foi lá primeiro.

– E? – perguntou Rory, erguendo as sobrancelhas. – O que foi que ela disse?

– Disse que, seja lá o que esteja acontecendo, tem a ver com Grimrose, disso ela tem certeza. E tem a ver com o livro. Exatamente como prova a lista de mortes.

– Até aí já entendemos – murmurou Nani, descontente.

– Isso é bem maior do que a Ari – insistiu Ella. – Não é sobre uma ou duas garotas que morreram. É sobre todas nós.

– A gente não morreu – disse Rory.

– Mas Ari colocou todas nós na lista – disparou Ella de volta, surpresa com a própria insistência. – Ela descobriu alguma coisa.

As últimas palavras de Ella recaíram no silêncio. A garota respirou fundo, sentindo um caroço na garganta. Era como gritar com as paredes.

– Eu disse à sra. Vãduva que queria conversar com Ari – contou Ella, por fim. – E ela me deu as coisas para fazermos um ritual sob a luz da próxima lua cheia.

O silêncio ao redor de Ella era ensurdecedor.

E então Yuki começou a rir.

– Você só pode estar brincando – disse Yuki, o desdém pingando de sua voz. O olhar era intenso, raivoso, irreconhecível. – Você quer que a gente converse com o fantasma da Ari.

Ella corou.

– Bom, não exatamente, mas...

Yuki se levantou.

– Isso já foi longe demais – disse ela, suas palavras frias. – Sei que estamos de luto. Sei que sentimos saudade, mas não podemos continuar com isso. Um ritual, Ella? Sério?

Ella sentiu as bochechas queimarem, sentindo um pouco de vergonha, mas também de indignação.

– Temos que tentar! Não podemos deixar ela na mão!

– Acorda! – berrou Yuki, gesticulando expansivamente para o nada. – Já deixamos! Ela morreu!

As palavras ecoaram no silêncio da biblioteca, reverberando pelos cantos e nos espaços entre os livros, e tudo que Ella podia pensar era: *é verdade, nós fracassamos com ela, Yuki está certa, não tem nada que possamos fazer agora.*

– Isso precisa parar – continuou Yuki. – Sem mais essa conversinha de contos de fadas. Vamos viver o luto por Ari como pessoas normais. E mesmo que a morte dela seja culpa de alguém, não seremos nós que encontraremos o responsável. Já chega.

Yuki pegou a bolsa, colocou no ombro e passou trombando em Ella, que ainda tinha palavras presas na garganta.

– Eu esperava mais de você – disse Ella baixinho.

Yuki a ouviu. Ela parou, virou e olhou diretamente para a amiga.

– Então esperou errado.

Ella estava no ponto de ônibus, atrasada.

Ficava olhando para o relógio para impedir que as lágrimas caíssem de novo. Não sabia como ajudar, e ajudar era a única coisa que sempre fora boa em fazer.

O interior das bochechas estava em carne viva de tanto mordê-las; podia sentir o gosto de sangue. Ela merecia isso. Merecia cada pedacinho daquilo. Era o que merecia por pensar que poderia encontrar uma solução quando ninguém mais conseguira. Era o que merecia por acreditar.

O ônibus também não chegava, piorando a situação. Se ela tivesse corrido mais rápido, se tivesse saído cinco minutos mais cedo, se não tivesse discutido, se tivesse apenas sido *melhor*, nada daquilo teria acontecido.

Quando ergueu a cabeça do relógio, um cavalo a estava encarando bem perto do seu rosto.

Ella pulou para trás e o cavalo recuou. O cavaleiro, porém, continuava a encará-la, sorrindo de um jeito meio divertido.

– Tem medo de cavalos? – A voz de Frederick ressoou lá de cima, interrompendo os pensamentos dela e o ciclo de ansiedade que se formava em sua mente.

Ella tentou encontrar sua voz.

– Tenho medo de cavalos que estão no caminho do meu ônibus.

– Ah, entendi.

Frederick manobrou o cavalo para o lado, liberando a rua. Ella se sentiu zonza ao seguir a marcha do animal. A cabeça estava começando a doer por conter as lágrimas, pela preocupação e agitação.

– Para que vai pegar o ônibus?

– Preciso ir para casa.

– Esqueci que você mora na cidade – disse ele, sorrindo.

– O que está fazendo? – perguntou Ella.

– Exercitando o cavalo – respondeu Frederick. – É segunda-feira, o que significa que podemos escolher um passatempo irracionalmente idiota, que apenas pessoas ricas se importam, e praticar duas vezes na semana.

Ella riu, lembrando-se de repente que Rory uma vez dissera o mesmo sobre a esgrima. Grimrose tinha uma equipe de esgrima, uma de hipismo, um clube de ginástica e uma turma de balé. Ella evitava qualquer coisa que a fizesse se exercitar de verdade – correr estava absolutamente fora de questão –, então nunca tinha olhado propriamente a lista de atividades oferecidas em Grimrose.

– Não sabia que gostava de cavalgar – disse Ella.

– Tem muitas coisas que não sabe sobre mim, Eleanor Ashworth – disse Frederick, com um sorriso convencido. Com todas aquelas sardas, o único efeito que ele conseguiu foi fazê-la rir. – Certo. Vou parar de fingir que sou um estranho misterioso, moreno e alto.

– Se tem uma coisa que você é, essa coisa é alto.

– Essa é a minha única qualidade? – ele quis saber, suspirando dramaticamente. – Para você ver o que eu sei sobre o que as garotas gostam.

– Caras morenos mal-humorados são superestimados – informou Ella. – E, sinceramente, "misterioso" é um pouco bizarro. Você sairia com uma garota sem saber nada sobre ela?

– Nem garota, nem garoto – respondeu ele, fazendo-a rir de novo. – Você está bem? Parece um pouco preocupada.

– Quem? Eu? É só a minha cara.

Frederick riu. Ella olhou para a rua de novo, imaginando se o ônibus estaria chegando e quanto tempo mais ela podia continuar fingindo pelo bem de outros.

– Precisa mesmo ir para casa?

Ella voltou sua atenção para Frederick, assentindo.

– Tenho hora para chegar.

– Posso te levar.

A oferta a pegou de surpresa, e Ella ergueu a cabeça, sentindo a garganta doer. Não que estivesse com medo de subir atrás dele para sentar no cavalo. Sabia como lidar com cavalos, tinha o Cenoura em casa. Ela estava com medo das consequências.

Lá estava Frederick, provavelmente achando que ela era uma pessoa completamente diferente. Alguém que ia para a escola e estudava como todos os outros, alguém cuja vida não era uma farsa, alguém que não precisava desempenhar um papel. E, claro, ele a convidara para o baile, mas porque eram amigos. Porque faziam uma dupla na aula, porque ele era o garoto mais legal que Ella já conhecera, e não era nada mais que isso.

E só por fazê-lo acreditar naquilo, ela o estava traindo desde o começo.

– Vamos – disse ele. – Tem mesmo medo de cavalos?

– Tenho medo do garoto controlando ele.

Frederick pareceu surpreso um instante, mas então ofereceu a mão mesmo assim, estendendo-a para que ela pudesse segurar.

Ella já tinha encarado coisas piores que aquilo.

A garota segurou a mão dele, e Frederick a puxou para cima. Com um movimento suave, ela se aconchegou atrás dele, os joelhos embaixo da saia roçando contra as pernas dele. Ella desviou o olhar, com o rosto quente. As costas de Frederick estavam pressionadas contra ela, e o coração da garota acelerou.

– Tudo pronto?

Ella assentiu, com a cabeça nebulosa de novo, sem confiar em si mesma para falar.

Então, eles partiram. O cavalo galopava embaixo dela, os cascos colidindo com o chão. Ella sentia o vento forte no rosto enquanto se segurava com força.

Rapidamente – rápido demais – eles chegaram perto da região da cidade em que Ella morava, e Frederick fez o cavalo andar mais devagar. Ela tocou o braço dele suavemente.

– Acho melhor me deixar aqui.

Frederick virou um pouco a cabeça, seus rostos tão perto agora que ela podia sentir a respiração quente dele.

– Não quer que eu veja onde você mora?

– Uma garota precisa ter alguns segredos – respondeu ela, em um tom de leveza.

Ella sentiu que ele estava prestes a insistir mais, então balançou a cabeça. Não queria que ele arruinasse aquilo – queria viver aquele sonho, pelo menos por um tempo. *Me deixe ter isso*, ela pensou, egoísta. *Me deixe ter isso, essa única coisa, esse pequeno paraíso*.

– Tem certeza de que aqui está bom? – perguntou ele, e Ella sentiu seus músculos relaxarem.

– Sim – respondeu ela. – Obrigada. De verdade.

– Sempre que precisar, Eleanor.

Ela sorriu, apertando as mãos dele enquanto descia do cavalo. Os dedos de Frederick estavam suados por segurar as rédeas, mas eram macios, ao contrário dos dela. Ella tinha pequenas cicatrizes em quase todos os cantos da mão, causadas por esfregar o chão ou lavar cortinas ou limpar estábulos. Mais cicatrizes do que podia contar – surgiam do nada, já avermelhadas, com sangue seco nos nós dos dedos.

Frederick olhou para as mãos dela e não disse nada.

– Obrigada por ser um príncipe no cavalo branco – disse ela, olhando para ele e escondendo as mãos nas costas, com medo do que ele poderia pensar.

Frederick assentiu de novo, e Ella observou o cavalo virar antes de sair correndo pelo resto do caminho até sua casa.

32

YUKI

Y uki perdera a paciência.

Não tinha pensado direito, não percebera o que estava por vir. Apenas ficou lá, ouvindo Ella falar sobre Ari, sobre um maldito *ritual*, como se tudo aquilo fizesse sentido e fosse perfeitamente normal, até que não aguentou mais. Não conseguiu escapar do sentimento, não conseguiu se conter e simplesmente explodiu.

E a pior parte foi que gostou daquilo.

Ela já imaginara isso antes, liberar tudo, mas não daquela forma. Sempre se imaginava se afogando em seus delírios, engolindo tudo até que os pulmões ficassem tão pesados que ela afundaria até o fundo do oceano, e então, só então, em seu último momento de consciência, ela arrebentaria. Explodindo na água, criando ondulações e marcas, transbordando de forma desenfreada e exultante até cobrir tudo ao seu alcance.

Mas, mesmo em sua imaginação, nunca tinha sido tão bom assim.

Yuki ficou parada na escada, as mãos tremendo, a respiração ofegante, tentando se controlar. Tentando ficar ereta, alinhar o cabelo, tornar o rosto gentil e todas as coisas que deveria ser, que ansiava ser, porque quando olhava para Ella, Yuki queria desesperadamente ser dessa forma. Era tão fácil para Ella ser boa. Estava em sua natureza, em seu coração, e Yuki a amava por isso com cada fibra de seu ser, e queria *tanto* ser igual. Ela parou na frente do espelho, tentando controlar seus impulsos, esquecer sua escuridão interior, ser altruísta, tornar-se disposta a fazer qualquer coisa por outra pessoa, a ir ao fim do universo porque era gentil demais, bondosa demais para fazer qualquer outra coisa.

Yuki moldara cada uma de suas pontas afiadas, tornando-as suaves, desgastando-as contra sua natureza interior, contra seu coração, até que não tinha mais certeza do que encontraria se um dia decidisse deixar todas aquelas pontas afiadas em paz.

— Yuki? — uma voz chamou, e ela fechou os olhos, temendo que fosse Rory, Nani, ou pior, Ella.

A garota forçou o próprio corpo a parar de tremer para que tudo voltasse à sua imagem recomposta de sempre, uma garota por inteiro, não afiada por uma faca.

Penelope apareceu nos degraus atrás dela, os olhos verdes brilhando como os de um gato no escuro. Yuki respirou fundo mais uma vez, desesperada para firmar seu corpo que ainda ansiava por liberdade, que ainda ansiava por soltar ainda mais os sentimentos derramados por aquela explosão.

— Você está bem? — perguntou Penelope, com preocupação na voz. — Vi você descer a escada correndo, só quis conferir.

— Estou bem — respondeu Yuki no automático, com a voz tão controlada que sentiu vontade de rir.

Ela se sentia uma bagunça por dentro, e ainda assim lá estava ela, fingindo que não havia nada de errado. Ela nunca decepcionava ninguém. Nunca deixava a máscara cair.

— Tudo bem não estar bem, sabe? — disse Penelope. — Principalmente depois do que tem passado.

— Pare de sentir pena de mim — disparou Yuki. — Não preciso disso.

Explodindo. De novo. Ficou mais fácil depois da primeira vez. Ficou mais fácil ser algo doloroso e afiado, perfurando os outros para que não tivesse que pensar no que aquilo estava fazendo consigo.

— Ótimo — respondeu Penelope. — Odeio sentir pena das pessoas. Estava só falando a verdade.

A resposta a pegou de surpresa, e Yuki sentiu os ombros relaxarem. Outra inspiração preencheu seu corpo enquanto ela tentava decifrar a forma de sua raiva.

— Então não sei por que perguntou.

Penelope abriu um sorriso satisfeito.

— Da próxima vez, não pergunto.

Yuki balançou a cabeça, sentindo o suor na nuca. Tinha perdido o controle, mas agora conseguiria se recompor. Poderia se arrepender das coisas que disse. Poderia juntar forças suficientes para se obrigar a se arrepender, para sentir a culpa esmagadora que deveria vir mais tarde.

Penelope se sentou na escada. Yuki fez o mesmo, o tremor em seus joelhos diminuindo.

— Aconteceu alguma coisa com a Ella? — perguntou Penelope. — Acabei de vê-la ir embora com Frederick no cavalo dele.

— No *cavalo* dele? — perguntou Yuki, e então balançou a cabeça.

Ela não deveria ficar brava com isso. Não deveria se preocupar, mesmo que fosse uma das coisas que estava começando a irritá-la.

— É. Sei como vocês duas são próximas. Deve ser difícil vê-la com outra pessoa.

Ah, percebeu Yuki. *É isso o que ela pensa que é.*

Penelope achava que Yuki estava apaixonada por Ella.

— As coisas não são desse jeito entre nós — disse Yuki.

Penelope ergueu uma sobrancelha.

— Que bom. Por que você sabe que poderia ter qualquer pessoa nesta escola, né? Sério, qualquer pessoa. Já se olhou no espelho?

A mão de Yuki subiu imediatamente para o rosto, porque ela sabia. Ela sabia o que o espelho lhe dizia todas as manhãs, mesmo não se importando com essa questão em particular.

— Você é a garota mais linda da escola inteira — disse Penelope com outro sorriso sincero, e pela primeira vez Yuki não teve vontade de arranjar desculpas para sua beleza, de se justificar por ocupar tanto espaço ou por ter a aparência que tinha. Por ser quem ela era.

— Qualquer pessoa teria sorte.

— Não estou interessada nisso. Eu não… — Yuki lutou contra as palavras, porque elas pareciam pesar entre seus pulmões. Dizê-las seria como confessar um segredo, porque até mesmo as palavras pareciam revelar muito sobre ela, e Yuki não queria revelar coisa alguma. – Eu sou assexual. E arromântica.

– Ah – disse Penelope, depois assentiu. – Mais fácil para você, então. Evita todo o drama.

Yuki riu, porque era uma resposta natural. Todo mundo presumia que era mais fácil, que ela não teria que navegar pelas dificuldades do amor. Até mesmo suas amigas pensavam assim, mas, no fim, aquilo só se voltava contra ela.

Não é como se você entendesse como é amar alguém, né?

Porque no fim elas teriam alguém, todas teriam seus parceiros, e Yuki ficaria sozinha.

Era isso que o monstro sussurrava em seus ouvidos quando via Ella e Frederick. Porque Ella se apaixonaria, se mudaria para um lugar novo, vivenciaria coisas novas, teria alguém que amasse e que a amasse de volta, e Yuki ficaria ali, sem ninguém para amar ou que a escolheria.

Yuki cerrou os dentes, empurrando todos aqueles sentimento para dentro, enjaulando a fera solitária dentro de si. Ella não merecera sua explosão – e, se continuasse surtando daquela forma, nenhuma de suas amigas a iria querer por perto. Elas não teriam motivo para ficar, nenhum motivo para amá-la quando ela mal conseguia ser suficiente para amá-las de volta.

– Não tem mesmo drama nenhum – disse Yuki, enfim. Falar ajudava. Com Penelope, pelo menos. Não precisava manter a garota por perto, então podia ser honesta. Sem expectativas, sem decepções. Sem responsabilidades. – Só estamos com dificuldade de nos ajustarmos sem a Ari.

– Não faz nem dois meses.

– E parece uma vida inteira – confessou Yuki. – É que… Ella e Rory querem algo, uma explicação, uma resposta que faça sentido. Ari morreu, e nós fracassamos com ela.

– Não foi sua culpa – disse Penelope.

Gentilmente, Penelope esticou a mão para tocar o ombro de Yuki, que sentiu aquele toque reconfortante e respirou bem fundo.

Os dedos de Penelope eram leves, transmitiam validação. Yuki não tinha percebido o quanto ansiava por aquilo, como um peregrino com sede no deserto.

– Mas foi – Yuki disse, por fim. – Nós brigamos no dia que ela voltou. – Penelope a encarou, os olhos arregalados de surpresa. – Já tínhamos brigado antes. Ari e eu não concordávamos em muitas coisas, e vínhamos brigando desde que Edric terminou com ela. Eu disse que não entendia por que ela estava tão chateada, e Ari disse que eu nunca conseguiria entender porque eu não sabia o que era amor.

Os dedos de Penelope apertaram o ombro de Yuki em compaixão.

– Sinto muito – disse a garota. – Era para ela ser sua amiga.

– É. Mas não era.

Yuki respirou fundo, os ombros afrouxando, o corpo relaxando enquanto o toque de Penelope a mantinha ancorada no lugar, como se fosse sua única corrente com o resto do mundo.

Yuki sabia que não precisava contar o resto da história. Não precisava contar como elas haviam culpado uma à outra por tudo, como Ariane ficara cada vez mais brava, nem a gota d'água de Yuki, a última coisa que falara para Ari quando a briga chegou ao auge.

Se quer tanto que todo mundo sofra por você, então talvez seja mais fácil você se matar.

Yuki basicamente tinha dito à Ari que era melhor ela estar morta do que triste, e foi exatamente isso que a amiga fez.

E agora todas elas estavam sofrendo por Ariane.

A culpa a esmagou. Era como se Yuki tivesse matado Ariane. Ari estava morta, e a culpa era sua.

– Ella está tentando fazer um jogo para conectar os pontos – disse Yuki, em vez de assumir a culpa. Porque ela não era forte o bastante para admitir os próprios erros. – Ela acha que as outras mortes da escola também têm relação com isso.

Penelope a encarou.

– Outras mortes?

– Você sabe, a Flannery no ano passado. Há outras também.

– Isso não me soa como uma superação – disse Penelope. – É disso que vocês precisam de verdade.

– Superação?

– É – falou Penelope. – Como um ritual ou algo assim. Alguma coisa que todas vocês devem fazer para se livrar das lembranças ruins. Assim poderão seguir em frente.

Yuki sentiu os pelos dos braços eriçarem. As palavras eram próximas demais do que Ella queria fazer; era como uma repetição sinistra.

– Tipo o quê? – Yuki riu, tentando afastar a sensação.

Penelope deu de ombros.

– Minha família costumava fazer uma coisa depois que alguém morria. Todos se reuniam em um círculo e diziam o queriam ter dito enquanto a pessoa estava viva. – Ela parou. – Sei que parece bobo, mas ajuda. Talvez ajude vocês também.

– Achei que você não falasse com a sua família.

Alguma coisa lampejou no olhar de Penelope.

– Não falo, não mais.

Yuki ergueu a cabeça.

– Você ainda está brava.

– Claro que estou – disse ela. – Você também.

– Não, não estou.

Penelope riu, e o som ecoou pelas escadas até o corredor.

– Você pode ficar com raiva, você tem permissão para ficar magoada. Você tem permissão para todas essas coisas.

– Sou melhor do que isso.

– Acha que é melhor do que eu? – perguntou Penelope, e de repente a mão no ombro de Yuki apertou com mais força, pressionando a ponto de deixar marcas em sua pele. E a dor foi boa. Pareceu certa. – Agora você está se enganando. Ninguém é melhor por não sentir raiva, por não magoar as pessoas. É só algo que precisa ser feito para processar as coisas. Você faz o que for necessário, o que for preciso para sobreviver.

O lábio inferior de Yuki tremeu, mas ela não gostou do quanto as duas estavam próximas, do quanto era estranho ouvir as palavras que pensou tantas vezes, como um chamado que não podia ignorar.

– Se você quer seguir em frente, diga as coisas que estão te impedindo de fazer isso. É a única forma de deixar o passado morrer – disse Penelope. – Se não conseguir, vai continuar sendo assombrada. Você não quer que sua amizade com as outras meninas fique com problemas porque nenhuma de vocês conseguiu superar o que aconteceu. Agora vocês não podem ajudar a Ariane. Ela partiu, e é hora de todas vocês aceitarem isso.

As palavras de Penelope foram gentis, e reverberavam algo dentro de Yuki.

Talvez fosse a única forma de elas esquecerem aquilo de uma vez por todas. Esquecer o livro, os contos, o mistério. Se despedirem.

De uma vez por todas.

33

NANI

Havia um motivo para Nani não confiar em outras pessoas, e o motivo era que todas brigavam demais.

A explosão de Yuki na biblioteca não tinha colaborado com o objetivo delas, e sim as atrasado. Nani não estava mais se beneficiando do conhecimento das meninas. A lista apenas resultou na confirmação de que eram garotas mortas. Talvez precisasse deixar de lado a ideia de descobrir o que acontecera com Ariane, mas ainda tinha perguntas sobre Grimrose, e ela iria atrás de respostas.

Então, no sábado seguinte, Nani bateu na porta de Svenja.

A garota demorou um momento para abrir, bocejando e parando subitamente ao ver Nani.

– Por que está usando uniforme? – perguntou ela. – É sábado.

– É o único casaco que tenho – disse Nani. Ela não estava nem um pouco preparada para o inverno, mas decidiu deixar isso como preocupação para a Nani do futuro. – Ainda estava dormindo? São quatro da tarde.

– Quem é você? Minha mãe? – brincou Svenja, gesticulando para ela entrar.

Nani hesitou na porta, sem ter certeza se deveria ultrapassá-la.

– Para com isso – disse Svenja, puxando-a para dentro.

O quarto de Svenja a deixou estupefata. Não só pelas pilhas de roupas jogadas em cadeiras, ou pelos livros e papéis espalhados casualmente sobre a mesa, ou por sapatos e botas dispersos aleatoriamente de um canto ao outro do quarto. As fotografias eram o que mais chamava atenção.

Coladas à parede estavam fotos de apresentações, de festas e retratos da própria Svenja quando mais nova, mas Nani não podia ver seu rosto em uma foto sequer; elas estavam todas riscadas com caneta permanente ou arranhadas com... alguma coisa.

Para todo lugar que olhava, havia uma Svenja sem rosto, sem cabeça.

Svenja a viu observando e Nani desviou o olhar, sentindo-se culpada por bisbilhotar aqueles vestígios pessoais.

– Você tem um quarto inteiro para você? – perguntou Nani.

– Sim, eu tenho. Grimrose apoia os direitos trans! Ebaaa! – Nani ergueu uma sobrancelha. – É mais fácil para eles não ter que lidar com pais babacas – explicou Svenja. – A ladainha de sempre. Mas não posso reclamar. Eu odiaria dividir um banheiro.

Havia cortinas em volta da cama e uma coleção de vinis de músicas clássicas de balé. Em uma das fotos, Svenja estava com seu vestido de balé diante de uma fonte no meio da praça de uma cidade.

– Onde tirou essa? – perguntou Nani, apontando a imagem.

Svenja olhou por cima do ombro da garota.

– Em casa. Budapeste. Minha primeira apresentação de balé.

Svenja devia ter uns 13 anos na época, seu rosto ainda infantil, o cabelo tão puxado para trás que contrastava com suas bochechas arredondadas.

– Então, a que devo a visita? – perguntou a garota, apoiando-se na mesa.

Nani se virou, tentando enterrar a parte de si que insistia em se sentir constrangida. Svenja era só outra garota da escola. Nani não precisava se sentir culpada por conversar com ela.

Exceto, claro, que tinha um motivo para ela fazer aquilo. Queria saber o que Svenja sabia.

– Não posso só dar uma passadinha?

– Já conheço seu jogo, Nani. Você não me engana.

– Eu sou naturalmente curiosa.

Svenja bufou.

– Quanto eufemismo.

Nani decidiu parar de jogar.

– Pensei que também estivesse curiosa – disse ela.

Uma sombra passou pelo rosto de Svenja, como uma nuvem escondendo o sol.

– Acho que já tenho preocupações o suficiente sem ter que pensar em uma pobre garota que se matou.

– Acha que foi isso que ela fez?

– Sim – respondeu Svenja. – Somos adolescentes ricos em uma escola interna. Todos nós somos tristes.

– Eu não sou – disse Nani.

Svenja não falou nada, apenas pressionou os lábios.

– Não adianta perguntar, ninguém vai dizer nada. Não é como se eles se importassem também. As pessoas seguem em frente.

Pelo que Nani tinha visto, isso era verdade. Era como se a maioria dos alunos já tivesse esquecido de Ari.

– Na verdade, eu vim perguntar outra coisa – disse Nani. – O que sabe sobre as passagens secretas de Grimrose?

Um sorriso travesso iluminou o rosto de Svenja. Ela colocou a mão sobre a de Nani.

– Por quê? Está procurando um bom lugar para uma pegação?

– O quê? – perguntou Nani, se sobressaltando e puxando a mão para longe bem rápido. – Não!

– Ah – falou Svenja, e Nani podia jurar ter ouvido decepção em sua voz. – Agora que você está em uma escola interna, Nani, precisa aprender a se divertir.

– Eu leio livros para me divertir.

Svenja não pareceu muito impressionada.

– Acho que você e eu temos ideias diferentes de diversão.

Nani deu um passo na direção de Svenja, olhando em seus olhos.

– Então talvez você possa me mostrar.

Svenja esbarrou na cadeira atrás de si, derrubando-a com um barulho ruidoso.

— Merda!

— Eu não fazia ideia de que você tinha sentimentos tão fortes por passagens secretas – disse Nani, em tom de brincadeira, sorrindo agora que estava na vantagem na conversa.

— Cala a boca. Você *sabe* como isso soou.

Nani riu. Aquele momento de provocação pareceu surreal, algo que ela lia em livros, algo que sempre imaginou fazer parte de uma amizade. Conversa fácil, piadas, risadas, duas pessoas que podiam compartilhar tudo.

Exceto que Nani não podia compartilhar tudo.

— Vou te mostrar um lugar que conheço – disse Svenja. – Mas vamos ter que nos comportar como damas da sociedade lá, está me ouvindo?

— Sim, senhora.

Svenja a encarou.

— Eu quero matar seu sotaque.

— Por quê? – perguntou Nani, pega de surpresa, sem saber que tinha um sotaque.

Só que ela tinha. Todos em Grimrose vinham de países diferentes. Todos falavam de forma diferente.

— Porque é fofo. Vamos logo.

Svenja saiu, seguida por Nani. O vento dera uma guinada repentina naquela tarde, anunciando o que sem dúvida chegaria em breve: o inverno além das montanhas, em sua primeira aparição. Svenja guiou Nani até o pátio principal, onde havia uma única rosa dos ventos pintada em pedra. Ela parou bem no meio, de costas para o relógio enorme que ficava na torre do pátio principal de Grimrose. O tiquetaquear dele sempre presente nas aulas.

— Esse é meio que o segredo – disse ela, acenando para que Nani chegasse mais perto. – Primeiro você precisa saber onde ficar.

Os ombros delas se roçavam, e Nani olhou para baixo, para o desenho antigo de pelo menos dois séculos atrás. Norte, para as montanhas. Sudeste, para Constanz.

— E agora? – perguntou Nani. – O que fazemos?

— Agora você precisa aprender a contar. Vamos.

Nani seguiu Svenja enquanto ela balbuciava baixinho. As duas davam um passo atrás do outro. Elas voltaram para dentro do castelo, subiram um lance de escadas perto da área da cozinha, depois viraram bem na direção do ginásio e da piscina interna. Antes de chegarem lá, Svenja virou de novo, em um longo corredor de salas, e as duas desceram outro lance de escadas praticamente correndo.

Svenja dobrou em outro corredor e Nani cambaleou, parando para recuperar o fôlego.

– Já estamos perto?

A garota a encarou sem conseguir conter o riso.

– Você acreditou mesmo nessa história de contar e seguir direções?

Nani franziu a testa.

– Quer dizer que me fez correr até aqui por nada?

– É bom se exercitar.

– Eu vou te matar.

Nani arfou de novo, querendo rir.

– Na verdade estamos quase lá – disse Svenja. – Vem.

Ela seguiu em frente, medindo os passos, e ao chegar no espaço entre dois guardas de rocha armados, parados e observando como sentinelas sempre presentes, empurrou uma única pedra.

Nani ouviu um clique e uma porta se abriu no corredor oposto, parcialmente escondido atrás de uma tapeçaria. Era como ver uma mágica em andamento: bastou um estalo e os segredos foram revelados. Svenja empurrou a tapeçaria para o lado, gesticulando para a escuridão adiante.

– Uau – disse Nani, impressionada com a alvenaria e com a facilidade com que a porta havia se aberto, revelando um espaço entre todos os espaços. Um mundo dentro de outro mundo. Ela se perguntou quantos outros lugares secretos como aquele o castelo escondia em suas profundezas.

Nani respirou fundo, os dedos roçando na pedra.

– Lá vamos nós – disse Svenja. – Essa aqui é das mais básicas. Tem uma escada embaixo, mas de resto, ela é reta. – Ela pegou o celular e iluminou a passagem. – Costumava ser bem mais difícil no passado. Era preciso trazer velas.

Nani entrou com cuidado pela passagem. O espaço estava surpreendentemente limpo. Havia algumas teias de aranha acima delas, mas fora isso a pedra era lisa, e o ar, fresco. Svenja foi em frente com a luz, e Nani a seguiu.

– O que achou? – perguntou Svenja, olhando a garota por cima do ombro.

– Você finalmente conseguiu me impressionar – respondeu Nani.

– Finalmente? O que quer dizer com *finalmente*? Minha beleza e meu castelo não foram bons o bastante?

– O castelo não é seu.

– Claro que é. Eu moro aqui.

Nani riu, balançando a cabeça e se perguntando quantos daqueles túneis existiam, escondidos por trás das paredes do castelo.

– A maioria dessas passagens foi construída por servos – disse Svenja. – Antigamente, eles precisavam se movimentar como se fossem invisíveis para que a nobreza não os visse. Agora, nós alunos só usamos quando não queremos que ninguém nos veja beijando meninos feios.

– Você beijou muitos desses?

– Uma quantidade lastimável – afirmou Svenja. – Garotos são melhores no escuro.

– E garotas? – perguntou Nani, o coração saltitando no peito, sem querer ceder às próprias fantasias.

Svenja abriu um sorriso astuto, arqueando uma sobrancelha.

– Vou deixar você descobrir isso sozinha.

Nani ficou contente pela passagem ser tão escura, porque tinha certeza de que estava corando.

– Para onde esse caminho leva? – perguntou ela, mudando de assunto.

– Para o dormitório dos professores.

– Não pode estar falando sério.

Svenja sorriu.

– Esse é o que mais mantemos em segredo. Acho que a sra. Blumstein já está investigando, mas tentamos não usar muito. A porta costumava ficar trancada, sabe.

– E o que aconteceu?

– Micaeli a arrombou – disse Svenja. – Ela costumava invadir casas de pessoas ricas, tipo no filme *Bling Ring*. Comia a comida deles, experimentava os sapatos, dormia nas camas quando não estavam em casa. Essa fechadura foi fácil em comparação com outras que arrombou.

Nani mal podia compreender algo tão distante de sua realidade.

– Enfim, a gente ia ter uma prova de biologia bem difícil – continuou Svenja. – Então Micaeli usou a passagem para olhar as respostas e contou para todo mundo.

Nani balançou a cabeça, ainda descrente por ver a vida naquele mundo completamente diferente.

– Estamos quase lá – disse Svenja. – Só precisamos virar ali.

Assim que o fizeram, um odor horrível as atingiu.

– Meu Deus, esse fedor! – exclamou Svenja, deixando um grunhido escapar da garganta. – Provavelmente tem guaxinins entocados aqui.

Nani também sentiu o odor invadir suas narinas, algo metálico e pungente.

– *O que é isso?* – perguntou ela, cobrindo o nariz com a manga do casaco do uniforme, pela primeira vez contente por estar usando aquela coisa.

Svenja franziu a testa, levantando o celular mais alto.

A primeira coisa que Nani viu foi a figura nos degraus de pedra mais baixos, os membros desalinhados como os de um manequim, e uma piscina de um líquido escuro empoçando embaixo. Levou um momento para perceber que era uma pessoa, e que aquele líquido, cujo cheiro acre ela agora reconhecia, era sangue.

A última coisa que notou foi o rosto de Micaeli, a cabeça golpeada, o sangue escorrendo lentamente pela escada e um pote de mingau virado ao lado, parte do cérebro da garota se misturando ao creme amarelo espesso.

Nani gritou.

34

ELLA

A notícia da morte de Micaeli se espalhou como fogo na escola. A polícia suíça ocupou o castelo, selando as entradas da passagem secreta, agora aberta para o mundo inteiro ver. Ella observava enquanto cercavam partes da escola e faziam guarda no portão principal, entrando e saindo enquanto investigavam.

Ella tinha quase certeza do que eles diriam.

"Micaeli deve ter caído da escada e batido a cabeça. Foi outro acidente."

Porém, Ella era mais esperta do que isso. Ela tinha visto os registros da escola, datando de anos antes, de garotas diferentes. Micaeli não estava na lista, mas talvez Ari não tivesse ido tão longe a ponto de conectar os alunos atuais aos contos. Ari não fora a primeira, e não seria a última. Não até que elas descobrissem como acabar com aquilo, o que quer que fosse.

E a única forma de isso era fazendo o ritual. Acreditando no que Ari estava tentando contar a elas.

Ella conseguira chegar à escola um pouco mais cedo naquela manhã, e bateu na porta do quarto das meninas. Rory abriu, seu cabelo cobre todo bagunçado, os olhos azuis brilhantes denunciando que não tinha dormido nada.

– Onde está a Nani? – perguntou Ella.

– Ainda na enfermaria – respondeu Rory, bocejando. – Acho que vão liberar hoje, mas estão de olho nela.

– Não deve ter sido fácil – disse Ella, o coração apertando um pouco ao pensar na garota encontrando o corpo naquele estado.

– Não mesmo – concordou Rory. – Svenja disse que Micaeli nem parecia mais humana, só uns braços e pernas jogados, a metade da cabeça afundada.

Ella estremeceu.

– Deve ter sido horrível. Espero que tenha sido rápido.

– Acho que é a única coisa que a gente pode torcer pra ser.

Ella sabia que as duas estavam pensando a mesma coisa. A morte de Ari não fora rápida. Ela se afogara, os pulmões cheios de água, e deve ter demorado vários minutos antes de sucumbir, a água a puxando para baixo. Ella sonhava às vezes que era ela própria presa no lago, batendo os braços, tentando nadar para cima, mas sem alcançar a luz.

– Isso é pavoroso – murmurou Ella, começando a pegar roupas do chão e empilhar todas no cesto de roupa suja.

– Você sabe que não precisa fazer isso – disse Rory.

– Sim, mas eu odeio te ver morando em um chiqueiro – respondeu a amiga. – E todas essas garrafas de água? Você está matando pelo menos dez tartarugas por ano.

– Dane-se, são uns bichos enrugados e feios.

Ella lançou um olhar mortal para Rory quando Yuki saiu do chuveiro. Sentiu a tensão imediata no quarto, mas Yuki parecia apenas cansada. Ela se sentou na cama e suspirou, ainda envolvida na toalha, olhando para Ella.

Ella não sabia por onde começar.

– Isso não pode ser coincidência – foi a única coisa que conseguiu dizer.

– Como tem tanta certeza? – disparou Yuki em resposta, mas não tinha convicção, como se estivesse cansada demais para uma discussão.

Ella pegou o livro na mesa de Nani e se sentou na cama ao lado de Yuki, deixando um espaço entre elas, como a amiga preferia.

Tinha sido pegajosa no começo, cheia de abraços e mãos dadas, mas Yuki sempre se afastava, assustada, então Ella parou com isso. Agora retinha as mãos, treinando-as a não se esticar. Ella notara que Reyna também era assim, que nunca tocava a enteada por completo.

— Aqui — disse, abrindo o livro na história certa. — A Cachinhos Dourados morre ao cair da janela. Quando está tentando fugir, ela bate a cabeça.

Rory espiou o livro por cima do ombro da amiga e ficou pálida.

— Parece é uma piada doentia.

— Somos as únicas que sabem disso além da Ariane. Nós e quem quer que queira o livro, para começo de conversa.

— É um recado — disse Yuki.

As outras duas ficaram em silêncio, encarando a amiga.

— Para ver se nós sabemos do livro — continuou ela, em voz baixa. — Ver se descobrimos. Não precisa ser magia. Quem quer que esteja fazendo isso quer nos assustar.

— Então a pessoa pode ficar com o livro de presente — disse Rory. — Eu é que não quero se isso continuar acontecendo.

— Mas se desistirmos, talvez não pare — pontuou Ella. — Talvez continue, e não saberemos como impedir. A não ser que descubramos quem está por trás de tudo. Isso vem acontecendo há um bom tempo, e talvez Ari estivesse perto de descobrir a verdade.

Rory continuou encarando a amiga.

— Você sabe o que temos que fazer — disse Ella, gentilmente, baixando a voz.

Rory fez uma careta.

— Ella, a gente...

— Talvez Ella esteja certa — disse Yuki, o que surpreendeu as duas. — Acho que precisamos disso. Mesmo que não nos leve a lugar algum, acho que pode ser bom para nos despedirmos.

Rory franziu a testa.

— Como é que a gente faz isso?

— Na lua cheia — respondeu Ella. — Podemos usar a antiga torre aviária abandonada. Ninguém mais vai lá.

— Hum, lá não tem teto — pontuou Rory.

– E daí? – questionou Ella. – Estaremos seguras lá. Ninguém vai nos descobrir.

– Você pode sair de casa depois do horário? – insistiu Rory.

– Posso – respondeu Ella, sem querer pensar nas consequências. Isso ficaria para depois, e só se ela fosse pega. Precisava confiar que funcionaria. – O Halloween é na próxima sexta-feira. Todo mundo vai estar ocupado com a festa da Alethea. Não vão perceber.

– Do que a gente precisa? – perguntou Rory.

– Posso conseguir as coisas – disse Ella. – Só que precisamos de quatro pessoas. Somos em três, então podemos pedir para…

– Penelope – disse Yuki.

Ella parou no meio da frase, virando-se para Yuki.

– O quê?

– Faz sentido – falou Yuki. – Ela era amiga da Ari.

– Só nos últimos meses – disse Rory. – E no outro dia ela foi super grossa. E ela nem sabe nada do livro.

– Eu posso falar com ela – disse Yuki. – Ela também está passando por um momento ruim.

Rory cruzou os braços, e Ella não conseguia encontrar um motivo concreto para não ser Penelope, além de uma sensação de que ela era a escolha errada.

– E a Nani? Ela não estava aqui quando a Ari morreu, o que pode ser bom – sugeriu Ella, com cuidado.

– O que está dizendo? – Os olhos de Yuki brilharam. – Acha que Penelope tem algo a ver com isso? Vocês queriam que eu falasse com ela, que perguntasse se ela sabia de alguma coisa. Ela não sabe. Ela perdeu uma amiga, assim como nós. Ela merece ter um tipo de despedida.

– Não foi isso que eu disse! – exclamou Ella. – Mas Nani já sabe do livro, e ela está ajudando. Ela é uma pessoa neutra.

– Ah, então o ritual que você inventou da sua cabeça precisa ser neutro agora – disse Yuki, sarcástica. – Você tem sua escolha, eu tenho a minha. Estou dizendo que Penelope poderia nos ajudar. Ela quer ajudar.

Ella pressionou os lábios.

– Eu só não acho…

– É por eu estar andando com ela? – perguntou Yuki. – Rory tem a Pippa.

– Eu não *tenho* a Pippa – disse Rory, alto. – Ela é só a pessoa com quem eu treino. Minha rival.

Yuki a ignorou.

– E você está o tempo inteiro com Frederick.

Ella sentiu as bochechas começarem a corar.

– Não é por isso.

– Você não gosta dela – afirmou Yuki.

– Claro que gosto – protestou Ella. – Eu gosto de todo mundo.

– Mas não gosta dela.

Ella suspirou, sem querer admitir que uma parte dela, de fato, não gostava de Penelope. Realmente pensava que a garota não estava vivendo o mesmo luto. Ela parecia estar seguindo muito bem com sua vida.

– Só estou falando que a Nani já sabe – disse Ella, tentando ignorar aquela sensação bizarra de ciúme. – A Nani leu o livro. Deveríamos dar uma chance a ela.

– Você sacou que ela só está ajudando porque está atrás do próprio mistério, né? – disse Rory, os braços ainda cruzados.

Ella mordeu as bochechas por dentro, a ansiedade crescendo.

– Talvez. Mas, se confiarmos nela, talvez ela nos conte a verdade. Talvez possamos ajudá-la, assim como ela pode nos ajudar.

Yuki franziu a testa mais ainda, e Ella sentiu como se a amiga pudesse explodir a qualquer momento de novo. Porém, em um lampejo, tudo passou, tudo ficou sob controle outra vez, e Ella se perguntou se era apenas sua imaginação.

– Tudo bem então – disse Yuki, por fim. – Vamos fazer do seu jeito.

35

YUKI

Elas se encontraram do lado de fora da torre aviária, onde um vento implacável soprava pelas árvores e montanhas. Yuki não estava com frio, mas deu boas-vindas ao ar gelado do outono que anunciava a neve. Rory vinha logo atrás, seguida por Nani, que batia os dentes com força, envolvida em um casaco que pegara emprestado de Rory.

Grimrose estava ocupada na noite de Halloween, com todos os alunos se divertindo enquanto se preparavam para a infame festa de Alethea, cuja existência os professores fingiam não saber. Yuki sempre era convidada, mas nunca participava. Rory tinha voltado bêbada para o quarto no ano anterior, carregando uma Ariane risonha nos braços, como uma noiva, e as duas caíram na gargalhada assim que passaram pela porta.

Naquela noite, enquanto Yuki, Rory e Nani esperavam por Ella na porta da torre abandonada, aquela lembrança parecia distante, quase tão distante quanto o cume do aviário. A torre estava abandonada havia muito tempo, tendo sido proibida para os alunos.

Yuki enfiou as mãos no bolso do casaco e ergueu a cabeça quando viu Ella, uma figura solitária sob o luar. O relógio de Grimrose badalou pelo jardim, um lembrete da passagem do tempo.

– Vamos – disse Rory, como se estivesse preparando a equipe para um combate de esgrima em vez de um ritual sem sentido.

Ella tentou abrir a porta da torre.

— Está trancada – disse, virando-se como se isso fosse uma surpresa.

— Abram alas! Enquanto vocês estavam ocupadas sendo heteros-sexuais, eu estudei a arte da espada – disse Rory, tirando uma de suas espadas menores de treinamento da mochila e batendo-a contra a fechadura até que metade da porta se quebrasse. – Prontinho.

— Nenhuma de nós é heterossexual – disse Ella, e Rory se virou para encarar Nani, erguendo a sobrancelha.

— Não olhe para mim – resmungou Nani.

— Obrigada por destruir a porta – acrescentou Yuki.

— Porra, já estava destruída.

Ella foi a primeira a entrar, com Yuki logo atrás. A torre se abriu para uma escadaria em espiral e elas subiram em silêncio, uma atrás da outra.

O topo da escada dava para uma sala antiga. Metade do telhado apodrecera, caindo no sopé das montanhas, os escombros iluminados pela lua.

Ella emitiu um ruído de choque, deslizando o dedo por uma das prateleiras abandonadas, e seu rosto se contorceu de nojo quando viu a pele escurecida pela sujeira. Ela parecia perfeitamente horrorizada.

Rory parou no meio da sala, olhando em volta.

— E aí? Vamos começar a cantar em latim?

Nani deu um suspiro profundo.

— Espere um minuto – disse Ella. – Tenho que preparar tudo.

Ela andou até o centro e olhou ao redor. Através da abertura no telhado e de uma das paredes se desintegrando, podiam ver o lago e as torres de Grimrose. Ella murmurou algo baixinho enquanto tirava as coisas da bolsa: quatro potes pequenos, quatro velas, quatro cristais. Colocou os potes em um círculo, medindo para que ficassem espaçados igualmente. Em cada um dos potes, colocou uma vela e um cristal, e aí as coisas começaram a ficar estranhas.

Em um, Ella colocou rochas e terra. No outro, despejou água de uma garrafa. No terceiro, colocou o que parecia ser álcool, e o acendeu como uma vela, o pote queimando com o cristal dentro. No último, colocou uma pena.

Ella estalou os dedos para Rory, direcionando-a a se sentar na frente do pote com a pena. Depois, gesticulou para que Nani fosse em direção ao pote com uma pequena pilha de terra. Ella ficou diante da água, e Yuki foi deixada com o fogo.

– Acendam suas velas – instruiu Ella, e as quatro esticaram os braços para acender os pavios diante delas.

Yuki se sentiu como uma idiota. Podia respeitar as pessoas que faziam coisas daquele tipo, conectando-se com sua "natureza interior" e sabe-se lá mais o que, mas nunca acreditara em nada daquilo, especialmente em velas e cristais entregues por uma velha que dissera para elas acreditarem na força interior.

– Você trouxe o livro, certo? – perguntou Ella para Yuki.

A garota assentiu, tirando-o da bolsa e colocando no centro do círculo. Seus joelhos tocavam os de Rory e Nani, e ela estava de frente para Ella. O cabelo loiro da amiga recaía liso até os ombros, e a luz das chamas iluminava suas sardas e seus suaves olhos castanhos.

– Tudo bem – suspirou Ella, parecendo incerta. – Vamos dar as mãos.

Yuki hesitou por um momento antes de esticar as próprias mãos pálidas para Rory e Nani.

Nada aconteceu.

– A gente precisa falar alguma coisa? – perguntou Rory. – Fechar os olhos? É assim que funciona, né?

– Eu não sei – respondeu Ella.

– Precisa dizer algo de coração – disse Nani, enfim. – Foi isso que Tūtū sempre me falou quando fazíamos nossas oferendas. Ofereça seu amor.

Ella assentiu, inspirando fundo. Yuki permaneceu em silêncio, parte dela não querendo participar, outra parte ainda se recusando a reconhecer o que estava acontecendo.

– Tudo bem – disse Ella, inspirando fundo outra vez. – Enquanto o inverno acaba e se torna primavera, enquanto o verão chega com seu calor suave e é substituído pelo outono, enquanto o mundo gira e gira de novo, estamos aqui, de coração aberto, para… err, falar com Ariane.

Ella encarou Yuki, o olhar delas se encontrando por cima do fogo, e teve a sensação de que a amiga estava segurando o riso. Yuki pressionou os lábios, tentando não rir primeiro.

— Isso — ecoou Rory veemente. — Ari, fale com a gente. Qual é a porra do problema desse livro?

Nani abriu os olhos e fuzilou Rory com o olhar.

— Não é assim que se fala com os mortos.

— Fala você, então.

— Ariane não era minha amiga. Ela não vai me ouvir.

— Gente — alertou Ella, e Yuki suspirou, olhando para suas chamas.

Ainda queimavam, o cristal vermelho intacto lá dentro. Vermelho e brilhante, e Yuki sentiu o calor aumentando.

— A gente devia pegar um tabuleiro ou sei lá — disse Rory. — É assim que as pessoas fazem nos filmes.

— É assim que elas *morrem* nos filmes — respondeu Nani.

— Ari não vai matar a gente — respondeu Rory. — Eu acho.

Yuki sentiu um aperto vindo tanto da mão de Rory quanto de Nani, que suavam mesmo estando frio.

— Tudo que precisamos é de respostas — disse Ella, olhando para o livro. — Preciso saber do livro.

De repente, uma brisa passou contra a torre, abrindo o livro. Os olhos de Rory se arregalaram. *É só o vento*, Yuki sentiu vontade de falar. As páginas foram folheadas, a brisa fazendo-as avançar e voltar mais e mais depressa, até parar abruptamente. Todas se inclinaram para a frente, encarando o livro.

Estava aberto no primeiro conto, "Cinderela".

Yuki finalmente sentiu o ar gelado cortar sua pele enquanto o céu se abria e a luz fraca do luar surgia, as nuvens sendo varridas para trás das montanhas como um presságio. Ela olhou para cima quando um trovão ecoou, balançando os alicerces da torre.

Ella ergueu o olhar para a amiga, e Yuki sentiu os dedos de Nani apertarem os seus.

— Precisamos de respostas — disse Ella, com a voz fraca, mas ainda com força o bastante para ecoar por todo o espaço, descendo as escadas, alcançando as paredes de pedra. – Conte-nos por que tem alguém atrás do livro. Conte-nos o significado das mortes.

Outro raio cortou o céu aberto, seguido de um estrondo, os rostos delas cobertos pelo azul enquanto a escuridão cobria o luar.

O vento soprou de novo pela parede aberta e Yuki sentiu um choque repentino. As páginas do livro se mexeram de novo, abrindo em outro conto.

– Isso não está funcionando – disse Yuki em voz alta.

Ella a encarou do outro lado do círculo.

– Só temos que descobrir as palavras certas.

Rory olhou entre Yuki e Ella, como se quisesse encontrar algo, mas foi Nani quem falou:

– Isso é melhor do que nada. Você não viu a Micaeli, Yuki. Você *não viu*.

A voz de Nani vacilou no final, e ela engoliu em seco, mas nem mesmo Yuki pôde interrompê-la naquele momento.

– Não foi um acidente – disse Nani. – Foi diferente de tudo que já vi.

As mãos dela se afrouxaram, ainda segurando a de Yuki, tremendo um pouco, mas Nani não recuou. Yuki achava que Nani era alguém que não sabia como recuar.

– Então, não, talvez não seja sobre o livro – continuou ela. – Mas uma pessoa morreu, e ela não foi a primeira. Talvez ela soubesse de algo, e sua história acabou. Não quero que isso acabe mal para *mim*, e acho que você também não.

Yuki umedeceu os lábios.

– Vocês entenderam o que estão falando? Magia não é real.

– Durante a maior parte da minha vida, morei em uma casa pequena com minha avó – disse Nani. – Nada além daquilo era real, mas eu estou aqui agora. E este é o novo real.

Ella olhou para Yuki, suplicando, com os lábios pressionados, mas a garota se recusava a ceder, se recusava a acreditar mesmo com algo acontecendo no mundo lá fora, o céu se abrindo, o sabor de algo selvagem e desconhecido no ar. E algo começava a se assomar dentro de Yuki, querendo livrar-se da contenção.

Rory apertou a mão da amiga, o toque tanto incerto quanto encorajador.

O vento soprou de novo; as páginas viraram e o conto mudou. Desta vez parou em "Branca de Neve".

Ella estreitou os olhos.

— "Era uma vez uma rainha..." — a garota começou a falar.

— O que está fazendo? — disparou Yuki, uma energia crepitando no ar enquanto tentava lutar contra si mesma.

— Improvisando — disse Ella. — Talvez a história nos conte algo.

Yuki entrou em pânico, o coração acelerado, mas Ella começou de novo, sua voz se sobrepondo ao barulho da tempestade que começava lá fora, com firmeza e sem vacilar. Nani e Rory também se juntaram a ela na leitura, as cabeças indo de um lado para o outro enquanto liam as palavras, as vozes se unindo em uma música poderosa à medida que o conto progredia, o livro as tragando, e Yuki não conseguia pensar em nada além de que aquilo era uma maldição, tinha que ser, e ela não iria escapar.

As vozes ficaram mais altas e Yuki manteve os lábios fechados com força, sem ceder àquela loucura, ao que quer que elas achassem que estavam fazendo, porque não havia nada além daquele mundo para elas. Sem fantasmas, sem magia, sem salvação, nada além da vida diante delas, e Yuki quase não conseguiu aguentar enquanto o conto seguia, quando Branca de Neve fugiu, quando mordeu a maçã, quando caiu no sono eterno.

Elas terminaram o conto assim que a chuva começou a cair, encharcando-as. As velas tremeluziam milagrosamente, e por um momento o mundo inteiro ficou em silêncio.

Todas se encararam, esperando uma resposta, esperando para ver se algo mudaria. Se havia magia no ar depois de tudo, se o palpite delas tinha sido correto, se estavam no caminho certo.

Nada aconteceu.

— Isso é bobagem — cuspiu Yuki.

Sem pensar duas vezes, ela soltou a mão das amigas, pegou o livro e o atirou no seu fogo, que ainda queimava intensamente apesar da chuva.

Um trovão estrondou lá em cima e um raio rasgou o céu. As chamas lamberam o livro e Yuki colocou a mão por cima, sentindo o calor, esperando que as páginas começassem a queimar.

Mas isso não aconteceu. Em vez disso, as chamas subiram para ela, entrando por baixo das unhas, passando pela corrente sanguínea e queimando, queimando, afiando todos os seus espinhos, fazendo-a se sentir consciente de cada pequena célula em seu corpo enquanto passava por seus braços e suas pernas e seu rosto, enquanto cada chama afundava dentro dela.

Enquanto rachava e arrancava sua casca, dando abertura para tocar o que quer que mantivesse preso lá dentro.

– Yuki! – gritou Ella, rompendo o círculo e correndo até a amiga com seu pote, extinguindo o fogo com a água.

Yuki mal pôde ver quando as outras se aproximaram, todas gritando de forma ininteligível.

Ela soltou o livro, que caiu no chão, imune às chamas, mas seu corpo ainda ardia por dentro. Outro trovão ressoou sobre elas, e então não era mais fogo – era gelo, e queimava de um jeito completamente diferente, rastejando por suas veias, congelando braços, mãos, dedos, até que ela ficou imóvel e sólida como uma estátua, e então finalmente chegou em seu coração e seus pulmões, deixando-os imóveis também.

Yuki parou de respirar e desmaiou.

36

RORY

R ory carregou Yuki de volta ao dormitório. Teve sorte da amiga ser tão leve. Ella ficou por perto, preocupada, mas no fim Rory a mandou para casa. Yuki acordaria – suas mãos não tinham queimado com o fogo, nem o livro. Não havia uma única marca em nenhum deles.

Quando finalmente se esgueiraram para dentro do quarto, Rory colocou Yuki na cama, deixando sua cabeça em cima do travesseiro, conferindo a temperatura. Fria como gelo, mas Yuki sempre era assim. Rory sentiu os músculos das costas protestarem contra os braços doloridos, pesados nas laterais do corpo, como se implorassem para se soltarem dela. Já estava acostumada com aquilo e esfregou a têmpora, perguntando-se quando sentir dor tinha se tornado normal, e sequer conseguia imaginar como era não sentir nenhuma.

Ela escorregou para fora do colchão de Yuki, com as mãos nos joelhos, descansando a cabeça na estrutura da cama.

– Continua igual – disse Nani, examinando o livro nas mãos. – É como se o fogo nem existisse.

Do lado de fora, os trovões tinham parado, e a chuva sumiu tão depressa quanto chegara.

– Isso significa que o ritual foi um fracasso? – perguntou Rory. – Ou que deu certo? Qual dos dois?

Nani suspirou, deslizando para o chão na frente de Rory, que percebeu a distância que a menina mantinha — ela estava no grupo agora, mas ainda se colocava à parte.

— Eu não sei — disse Nani. — Foi estranho, não foi? Não pareceu... normal.

— Defina normal.

— Tempestades não acontecem só porque se acende algumas velas — disse Nani, baixando a voz. Ela pegou o livro de novo, abrindo as páginas. — Tem um fósforo?

— Vai tentar de novo?

Ela assentiu. Rory suspirou, levantando-se para procurar o isqueiro que ganhara de presente alguns anos antes. Ele era marcado com suas iniciais, e ela o entregou para Nani.

— A. D.? — perguntou a garota, franzindo a testa.

— Meu pai — mentiu Rory, querendo pôr um fim no assunto.

Nani deu de ombros, ajustando os óculos e erguendo a tampa do isqueiro para acendê-lo. A chama era laranja-claro, e Nani a colocou sob o livro. Rory admirou a coragem da menina que amava livros, mas não tinha medo de destruí-los.

A chama tremulou, mas nada aconteceu.

— Tem certeza de que está quente? — perguntou Rory, colocando a mão na chama. Então, deu um gritinho.

— Está — disse Nani, desnecessariamente. — Mas não muda nada.

Nani se levantou, foi até o banheiro e abriu a torneira, deixando a água escorrer. Depois colocou o livro bem debaixo, esperando que ficasse ensopado.

Mas isso não aconteceu. Quando o tirou dali, estava seco.

Ela se sentou no chão de novo, abrindo bem o livro e erguendo uma página, puxando com força para arrancá-la da encadernação.

Rory a encarava horrorizada. A página não cedeu.

— Não pode ser destruído. Nem com fogo, nem com água, nem mesmo com força. Não dá — disse Nani, os ombros afrouxando. — Livros estão entre os objetos mais frágeis do mundo. As páginas são finas, inflamáveis, molham, e o papel fica ensopado e não dá para ler. Com esse não acontece nada disso.

Rory observou a encadernação, ainda intacta, ainda perfeita.

– Ele é mágico – disse Nani, e aquela palavra mudou tudo.

Rory não sabia como se sentir quanto a isso, então só descansou a cabeça na cama, onde Yuki ainda estava apagada, sua respiração uniforme.

– Mas que merda – disse Rory.

Nani riu. Rory ergueu a cabeça, olhando para a garota e, pela primeira vez, não sentindo que era alguém que tentava substituir Ariane.

– Acho que isso resume bem – concordou Nani, rindo de novo. – Mas que merda.

Rory fechou os olhos, o corpo inteiro irritadiço por ela ainda não estar na cama. Não que o sono chegasse com facilidade, nem que durasse muito quando vinha.

– Desculpa por eu ter te tratado de um jeito bosta – disse para Nani, ainda de olhos fechados. – Eu não... Eu só estou com saudades da Ari.

Nani demorou tanto para responder que Rory não achou que ela faria isso. Talvez já estivesse aconchegada, dormindo. Ela não conseguia juntar energia para abrir os olhos e conferir.

– Eu sei – disse Nani, por fim. – Não estou tentando substituir Ariane. Não sou ela. Nem sou sua amiga.

– Tá – respondeu Rory. – Você é só a garota que vai em rituais de magia com a gente.

Nani riu baixinho.

– Acho que sim.

Yuki se remexeu dormindo, e Rory virou o rosto na direção do grunhido suave da amiga.

– Tô aqui – sussurrou Rory.

– Tudo bem – respondeu Yuki baixinho.

Ela ficaria bem. Estava só dormindo. O que quer que tivesse acontecido na torre aviária não a machucara de verdade, e não mudava nada.

– Pode dormir – disse Rory, ajeitando a coberta por cima da amiga.

Rory se jogou ao lado da cama de novo. Nani encarava Yuki com os olhos estreitos.

– Por que ela não quer ajudar? – perguntou, com a voz baixa, ainda encarando a garota adormecida.

Rory vinha pensando naquilo de novo e de novo, mas não tinha uma resposta simples, exceto que as coisas eram como sempre tinham sido.

– Ella toma conta da gente, mas Yuki… Yuki sempre nos protege. Não importa o que aconteça.

– E ela não protegeu Ariane.

O lábio de Rory tremulou e ela sentiu que iria chorar, mas conteve as lágrimas.

– É.

Rory fechou os olhos outra vez, porque não importava mais. Não importava se Ella estava tomando conta delas, se Yuki as estava protegendo, se Rory estava garantindo que elas encarassem o que viria adiante, porque agora Ari havia partido, e era ela quem as mantinha unidas.

– Então, o que você está fazendo aqui, Nani? – perguntou Rory, esperando que dessa vez, no escuro, a garota desse uma resposta honesta.

Ari, o livro, Grimrose – tudo se ligava como uma teia que elas não conseguiam decifrar. Nani também era parte da teia agora, gostando ou não.

– Eu não sei – respondeu Nani, finalmente, e Rory soube que ela estava falando a verdade. – Mas gostaria de descobrir.

37

ELLA

Rory mandou uma mensagem para Ella no meio da noite para avisar que Yuki tinha acordado e estava bem. Mesmo assim, Ella não conseguiu dormir – ficou se mexendo e revirando na cama, e quando o Sol surgiu entre as nuvens, ela desistiu por completo e passou o resto da manhã costurando os vestidos para o baile de inverno. Sabia as medidas de Yuki e Rory, mas as de Nani eram palpites, e esperava que coubesse. Não tinha contado para Nani que faria um vestido para ela também, queria que fosse surpresa.

Quando chegou a segunda-feira, Ella se deu conta de que tinha passado o fim de semana sem dormir de verdade, dando pontos e costurando até que seus dedos sangrassem.

Ela não viu Yuki na primeira aula e não a encontrou pelo resto do dia. Rory garantira a Ella que a amiga estava bem, então não tinha com o que se preocupar, mas algo no ritual deixara Ella inquieta. Supunha que fora importante descobrir que o livro não podia ser destruído, mas elas não tinham conseguido as respostas que de fato procuravam.

Ella não sabia como aceitar aquilo.

A garota saiu correndo para a terceira aula, torcendo para ver qualquer uma de suas amigas, quando Frederick a segurou pelo braço.

– Ei! – disse ele, e Ella se virou tão rápido que quase deu de cara com o peitoral do rapaz. – Não te vi na festa de Halloween na sexta-feira.

– Você sabe como é – disse ela, dando uma desculpa, o sorriso não chegando de verdade em seu olhar. – Precisei ficar em casa.

– Stacie e Silla estavam lá.

Ella suspirou.

– As coisas são assim mesmo.

Frederick franziu a testa, o que fez suas sobrancelhas ruivas se retorcerem de um jeito fofo.

– Tudo bem. Eu queria te perguntar... Vai ter um festival de sorvete em Constanz na semana que vem, antes das lojas fecharem para o inverno. Você quer ir?

Ella hesitou, sentindo um aperto no coração.

– Eu... eu não posso.

– É fim de semana – disse Frederick. – Você volta antes das cinco horas, eu prometo. Eu mesmo te deixo em casa.

– Freddie, você não entendeu. Não dá.

– Nem se suas irmãs postiças conseguirem ingressos para um festival de música em Munique no sábado e não estiverem em casa?

Ella o encarou.

– Elas não me falaram nada sobre isso.

– Bom... – A voz dele morreu. – Vai pensando, tá?

Freddie partiu antes que Ella pudesse dizer qualquer coisa. Quando se virou, ela quase trombou com outra pessoa descendo as escadas.

Penelope a segurou antes que Ella caísse para trás e a estabilizou com as mãos firmes.

– Desculpa – balbuciou Ella. – Não estava prestando atenção.

Penelope esticou o pescoço para ver o cabelo ruivo de Freddie sumir ao virar no corredor.

– Dá para ver o motivo.

Ella sentiu as bochechas corarem.

– Não era...

– Você não me deve explicação nenhuma, Eleanor – disse Penelope. Ella se remexeu, tentando evitar os olhos verdes penetrantes de Penelope. – Acha que sou fofoqueira como Micaeli?

Com a menção a Micaeli, o clima ficou pesado.

– Merda – disse Penelope, parecendo completamente desolada. Ela agora também tinha uma cama vazia em seu quarto. – É mais fácil fazer piadas. Tudo é tão horrível.

– Sim – concordou Ella. – É mesmo.

Penelope jogou o peso do corpo para o outro pé.

– Sei que nossa última conversa acabou mal. Achei que era melhor me afastar, porque pensei que talvez estivessem me culpando por roubar a amiga de vocês.

– Nós fomos babacas – disse Ella depois de uma pausa, surpresa pela sinceridade de Penelope, e suas palavras fizeram a garota rir.

– Falei com Yuki sobre isso, claro, mas... – A voz dela fraquejou. – Não foi a mesma coisa. Quero que você saiba que sinto muito, e passar por isso de novo é errado demais.

– Eu também sinto muito. Sei pelo que está passando – concedeu Ella. – Ari falou com você?

Penelope franziu a testa.

– Sobre o quê?

Ella não sabia o que dizer. Sabia que Yuki já perguntara, mas não conseguia evitar sentir que algo estava sendo deixado de fora naquela história. E se Penelope respondesse que sim, ela acreditaria? Queria fazer perguntas, mas não tinha certeza de que saberia lidar com as respostas.

– Desculpa, estou divagando – falou Ella em vez do que queria. – Sei que era importante para Ari, e para Micaeli.

Penelope sorriu sem mostrar os dentes.

– Sim. Não quero que mais ninguém perca amigos.

– Você está certa – disse Ella, sentindo culpa de repente. – Sei que Yuki gosta muito de você. Você faz bem para ela.

Os olhos de Penelope cintilaram.

– Fico feliz. Acho que é bom para ela perceber que tem outras amigas, caso precise.

Ella franziu a testa.

– O quê?

Penelope hesitou, juntando as mãos e mordendo o lábio inferior.

– Olha, vou ser sincera com você – disse ela. – Nenhuma de nós está bem com todas essas mortes acontecendo, mas acho que

Yuki está… acho que ela está preocupada com você. Com essa coisa entre você e Freddie. Acho que ela precisa de um pouco de espaço para processar tudo isso.

Ella se encolheu. As palavras de Penelope a pegaram completamente de surpresa.

— Ela não me disse isso.

— Yuki não queria que você achasse que ela estava com ciúme — falou Penelope.

— Com ciúme de mim e Frederick? — repetiu Ella, com uma sensação familiar retorcendo seu estômago. — Mas que absurdo.

— Acho que ela só precisa de tempo para processar que você tem o direito de ter coisas que são só suas. Todas nós merecemos isso.

Ella não sabia o que pensar sobre aquilo. Queria subir as escadas e perguntar para Yuki o que estava acontecendo, se era esse o motivo de ela estar agindo de um jeito tão estranho nos últimos tempos, ou se era de novo a ansiedade de Ella, cutucando suas inseguranças.

Ella tinha poucas coisas só suas, e o que tinha, amava de todo coração. Porém, também conhecia Yuki – a quieta e reservada Yuki, que nunca compartilhava nada, mas era feroz e protetora. Yuki, por quem ela morreria. Yuki, sua melhor amiga.

E se Yuki não compreendia que ela vinha primeiro, não importava o que acontecesse, então não faria diferença quantas vezes Ella repetisse isso.

— Provavelmente não é nada – garantiu Penelope, tocando o ombro de Ella de leve. — Vocês passaram por muita coisa. Vão encontrar o próprio caminho.

Ella se viu segurando a mão de Penelope, surpresa ao sentir que elas também eram cheias de calos. Não eram macias como imaginara, para uma garota que nunca trabalhou um dia na vida, cujos pais eram donos de várias das melhores fazendas da Europa. Ela apertou os dedos, sentindo a pressão do anel pontudo de Penelope.

— Obrigada — disse Ella. — Por também cuidar dela.

— Não precisa me agradecer — respondeu Penelope com outro sorriso. — O prazer é meu.

38

NANI

Nani ainda estava com dificuldade de entender tudo o que acontecera. Toda vez que fechava os olhos, via o corpo mutilado de Micaeli na escada, metade da cabeça afundada para dentro, o sangue misturado ao mingau, e lembrava do *cheiro*. O cheiro de sangue junto ao da comida, pungente, acre, *errado*. Seu estômago se revirava ao lembrar, e ela mal conseguia comer sem pensar nisso, sua mente um redemoinho do grito, da fuga e dos professores chegando, de Svenja junto a ela na enfermaria, e tudo que Nani conseguia dizer era que estava bem, mesmo não estando.

Tūtū tinha ligado, e Nani mentiu para ela também. Não podia dizer nada sobre o que realmente havia acontecido na escola. O que ainda estava acontecendo, com todas as garotas ali tecendo seus destinos juntas, uma cerca de espinhos as mantendo unidas. Outros pais tinham ligado para a escola, e alguns alunos chegaram a deixá-la – mas nada além disso. A morte fora considerada outro acidente, e acidentes acontecem.

Nani sabia que as respostas só poderiam ser encontradas dentro de Grimrose. Tentou não parecer desesperada demais enquanto casualmente procurava por Svenja pelos corredores. Andar sozinha era estranho agora, em especial porque, na última vez que havia estado naqueles corredores, estivera com Svenja.

Na última vez, elas tinham encontrado uma passagem secreta – e uma garota morta.

Quando finalmente viu Svenja, ela estava saindo pelo portão principal, descendo as escadas e indo para o pátio.

– Svenja! – chamou Nani, e a garota se virou, olhando para cima. Nani se apressou para alcançá-la. – Só queria saber como você está.

– Melhor do que na semana passada – respondeu ela. – E você?

Nani assentiu. Svenja olhou além dela, franzindo o rosto para algo, depois voltou a atenção para Nani.

– Está indo para algum lugar? – perguntou Nani.

– Sim. Constanz. Preciso de ar fresco – disse ela. – Estou ficando cansada deste lugar. Quer vir junto?

– Acho que eu precisaria de permissão – disse Nani, lançando um olhar para cima, de repente consciente de que um dos professores poderia vê-la.

– Dane-se – disse Svenja. – Vem. Preciso respirar.

Elas seguiram em silêncio, uma ao lado da outra, as duas com as mãos enfiadas nos bolsos.

Nani ainda não passeara por Constanz, mas a cidade era exatamente como ela imaginara. Ela a tinha visto de uma das janelas da torre, ao longe, os tetos marrons combinando com as casas brancas, uma cidade peculiar e provinciana que parecia saída diretamente de um livro. Svenja continuava olhando para trás de vez em quando, a expressão soturna. Ela as guiou por uma das ruas principais e Nani tirou um momento para admirar as lojas pitorescas. Nenhuma delas falou, e Nani sabia que ambas pensavam na morte de Micaeli.

Svenja suspirou, parecendo tão cansada quanto Nani, com olheiras escuras embaixo dos olhos. Era surpreendente como o sono parecia estar em falta para as pessoas da Académie Grimrose.

– Eu… – começou Svenja, mas parou no meio da frase, lançando um olhar por cima do ombro. – Não olhe agora. Aja naturalmente.

Nani virou na mesma hora para olhar. Viu Odilia vestida de preto, fingindo observar uma butique.

– Eu não falei para não olhar? – perguntou Svenja, com as mãos na cintura.

– Isso nunca funciona – respondeu Nani. – Há quanto tempo ela está nos seguindo?

– Desde que saímos da escola – disse Svenja.

Nani não tinha percebido, e as duas continuaram andando pela calçada, lado a lado. Se pegou olhando para as superfícies de vidro das lojas, vendo Odilia através delas, sempre seguindo.

– O que ela quer? – perguntou Nani.

– Nada – respondeu Svenja. – Ela deve achar que é uma boa pegadinha ou sei lá. É como ter uma sombra.

As duas continuaram, contornando outra esquina. Pouco tempo depois, Odilia estava atrás delas de novo.

– Por isso eu queria dar uma volta – confessou Svenja. – Eu só não consigo... – A voz dela fraquejou. Parecia cansada e desesperada.

Nani se inclinou para perto de Svenja.

– Você confia em mim? – perguntou ela.

– Não – respondeu Svenja.

Nani segurou a mão dela e começou a correr. As duas viraram à direita na primeira oportunidade, depois atravessaram a rua e viraram à esquerda. Dava para ouvir os passos atrás delas, mas Nani não parou. O vento passava por seu rosto, transformando seus cachos em uma bagunça indomável. Um carro buzinou para elas, mas Nani correu tão depressa que nem o viu se aproximar. Svenja começou a praguejar, mas estava sem fôlego para completar a frase.

Quando Svenja tropeçou nos paralelepípedos, caindo de quatro, Nani a ajudou a se levantar, continuando a correr.

Elas correram cerca de doze ou treze quarteirões, pelas contas que Nani fez quando finalmente diminuíram a velocidade. Quando olhou para trás, tinham perdido Odilia.

Svenja recostou em uma parede enquanto sua respiração ia, aos poucos, voltando ao normal.

– Essa é minha vingança pela passagem secreta – disse Nani.

– Você está doida? – perguntou Svenja, entre fortes arfadas para retomar o fôlego. – Poderíamos ter morrido.

– Ah, qual é, ninguém na Suíça dirige acima de vinte quilômetros por hora – argumentou Nani, ignorando o comentário. – Aqui não é os Estados Unidos.

– Graças a Deus.

O comentário de Svenja provocou o riso de Nani, o corpo inteiro da garota sacudindo em um acesso enquanto ela se curvava para a frente, sentando-se na calçada. Svenja finalmente recuperou o fôlego e começou a rir também. Quando Nani conseguiu parar de rir, ela olhou para Svenja e franziu a testa.

— Acho que você está sangrando.

Svenja olhou para a perna e para a mancha escura em seu jeans.

— Ah, puta que pariu — xingou ela, dobrando a barra da calça até a metade da perna para ver o corte inchado e sangrento.

Ela colocou o dedo na ferida, só para despejar outra onda de xingamentos em um idioma diferente.

Nani a examinou.

— Não está tão ruim.

— Isso significa que não posso dançar, Nani.

Svenja olhou para cima, respirando fundo, e Nani procurou algo que sempre carregava na bolsa — porque ela era, no fim das contas, neta de Tūtū, e não tinha se tornado outra pessoa só porque se mudara para o outro lado do mundo.

— Isso vai arder — avisou antes de borrifar antisséptico no joelho de Svenja.

A garota abafou um grito, afundando as unhas com força no ombro de Nani, que ignorou, limpando o machucado.

— Pare de agir que nem criança — ralhou Nani.

Svenja a encarou enquanto ela colocava um curativo. Nani não tinha percebido que estavam tão perto até erguer a cabeça e ver os olhos castanhos da garota.

O coração de Nani batia forte, suas bochechas ficaram quentes e ela sentiu um friozinho no estômago. Tinha lido dezenas de descrições em livros, tinha assistido isso acontecer na televisão mais de cem vezes. Garota conhece garoto. Garota se apaixona por garoto. Felizes para sempre.

Porém, sentada ali com Svenja, com o coração pulsando tão forte quanto ondas batendo contra rochas, começou a se questionar.

Nani nunca gostara de nenhum garoto da escola. Sempre achou que tivesse algo errado com ela, porque as outras meninas soltavam risinhos e fofocavam, mas Nani nunca se envolveu. Achava que devia ser estranha demais, deslocada demais para um dia se apaixonar. Demorou muito tempo para perceber que não havia nada de errado com ela, no fim das contas, mas nunca tinha usado a palavra "lésbica" para se descrever em voz alta, mesmo sabendo que era.

Com Svenja, no entanto, era só nisso que conseguia pensar.

– Obrigada – disse Svenja baixinho.

– Não me agradeça – disse Nani. – Foi por minha causa que você se machucou.

– Eu tenho a estranha sensação de que essa não vai ser a única vez que isso acontece.

Svenja sorriu e Nani se perguntou como seria se ela se aproximasse, ou se apenas fechasse os olhos, mas respirou fundo, se afastando para não seguir por aquele caminho. Ela já estava envolvida demais com o que acontecia em Grimrose; não se deixaria ser tragada por mais aquilo.

– Você vai ficar bem – disse Nani. – É só um cortezinho. Logo vai estar correndo e dançando.

– Agora você é médica?

– Não, mas meu pai me ensinou o básico de primeiros socorros. Até mesmo reanimação cardiopulmonar.

Svenja franziu a testa.

– Mas ainda não pode prometer que vou ficar bem.

– Então vai ter que confiar em mim – disse Nani.

Os olhos de Svenja brilharam, e Nani desejou não ter se afastado tão depressa.

– Sim. É disso que eu tenho medo.

❧

Depois de ajudar Svenja a chegar ao próprio quarto, Nani foi para o seu e tentou não pensar no ar que elas tinham compartilhado, naquele momento antes de ela se afastar, quando as possibilidades eram infinitas, e quase desejou não ser tão cabeça dura. Agora era tarde demais.

Nani abriu a porta do quarto e apenas um segundo depois percebeu que não estava trancada. Rory e Yuki não estavam lá quando ela saiu. Ela tinha esquecido de trancar? Tūtū sempre brigava com ela por isso.

Não havia nada fora de lugar à primeira vista. Nani conferiu as gavetas e o lado organizado de Yuki. Não valia a pena olhar o de Rory – era uma bagunça, e Nani não saberia diferenciar se alguém tivesse revirado tudo. Rory provavelmente também não saberia.

Ela foi para o seu lado do quarto e conferiu se o livro ainda estava escondido embaixo da tábua falsa da gaveta do armário. Estava lá, bem onde deveria.

Então, jogou-se na cama. Ninguém tinha entrado ali, ninguém tinha descoberto o que elas estavam escondendo.

Foi quando Nani percebeu um recado em cima do travesseiro de Yuki.

Caminhou até ali e pegou o papel, escrito em caneta vermelha, no tom de sangue:

SEI QUE ESTÁ COM VOCÊ.

39

YUKI

Yuki acordara descansada depois do ritual, mas um fogo estranho ainda parecia percorrer suas veias. Sentia como se algo estivesse prestes a desmoronar, mas não sabia o quê.

Passara aquela semana inteira distraída e aflita durante as aulas. O ritual tinha fracassado, mas sua tentativa de destruir o livro não rendera em nada, e não conseguia entender isso. Não conseguia compreender o que aquilo significava.

No sábado, quando voltou para o quarto depois de outra tarde com Reyna, Rory estava chegando de uma corrida. As duas pararam à porta quando viram Nani imóvel no meio do quarto segurando um pedaço de papel.

Ela parecia assustada.

– O que aconteceu? – perguntou Yuki.

– Eu acho… – A voz de Nani fraquejou. – Recebemos uma mensagem.

Ela esticou o bilhete para as duas e Yuki o arrancou de suas mãos. Os lábios de Rory se moviam enquanto ela lia baixinho, o rosto empalidecendo.

– Onde encontrou isso? – perguntou Yuki.

– No seu travesseiro – respondeu Nani, com os dedos um pouco trêmulos. – Eu saí logo depois de vocês, e quando voltei, a porta estava destrancada.

– Você não trancou a porta? – Rory arfou. – Sabe que é assim que as pessoas são assassinadas, né? Eu vi isso em um documentário.

– Eu já te disse que o filme de *Halloween* não é um documentário – falou Yuki.

– Mas poderia ser!

– Não acho que eu deixei destrancada – disse Nani. – Ariane tinha as chaves?

Yuki e Rory trocaram um olhar.

– Sim – respondeu Yuki, colocando o papel na cama. – Ela a perdeu no começo do ano, mas a escola deu uma nova. É a que está com você agora.

– Então alguém pode estar com a antiga – concluiu Nani.

– É possível – admitiu Yuki.

Rory bufou, colocando as mãos no quadril. O pescoço estava suado da corrida, e ela se inclinou contra a beirada da cama, encarando as duas.

– O que a gente faz? – perguntou ela. – O livro ainda tá aqui, né? Não pegaram mais nada?

– Foi a primeira coisa que conferi – respondeu Nani. – Nada parece fora do lugar.

– Então não procuraram? – Rory arqueou uma sobrancelha.

– Talvez não houvesse tempo – disse Nani. – Ou não quiseram arriscar. Mas o livro não pode ficar aqui. É óbvio demais. O primeiro lugar que vão procurar quando tiverem tempo é no quarto, especialmente se tiverem a chave.

– Vamos mudar a fechadura – disse Yuki. – Vou conversar com a Reyna sobre isso. Não vou contar os detalhes, só dizer que precisamos trocar.

Yuki leu de novo a mensagem; as letras pareciam brilhar naquele vermelho radiante. *Sei que está com você*. A mesma letra do bilhete que haviam encontrado dentro do livro.

Quanto mais procuravam no livro, mais Yuki se sentia sucumbir, sentia as pontas se desfazendo, desmoronando, logo não restaria mais nada dela.

Yuki queria queimar o livro, mas nem isso podia fazer.

A parte mais estranha daquela noite foi que sentiu suas mãos esquentando, mas não tinha se queimado. Sentiu as chamas lambendo sua pele, sentiu a dor, mas não havia uma única marca.

Ela estava acostumada com isso. Não tinha nenhuma cicatriz, nem de ralar o joelho quando criança, nem do acidente de carro com o motorista do pai, e agora nem daquela noite. Era quase uma certeza que tinha; poderia fazer essas coisas sem se machucar, como se seu corpo a estivesse compensando pela bagunça do lado de dentro.

— Já sabem que estamos com o livro — sugeriu Nani. — Talvez estejam cansadas de esperar para ver se falaremos com alguém sobre ele.

— Como é que sabem o que a gente encontrou? — perguntou Rory.

— Pelo menos agora temos certeza de que alguém de fato está atrás do livro — disse Nani.

— Mas não temos certeza de que mataram Ari por isso — retrucou Yuki. — Nem Micaeli.

— O recado foi dado — disse Rory. — E isso aconteceu antes, de acordo com a Ari. Já está acontecendo há tempos, e alguém sabe qual é a verdade.

— Do que você está falando? — perguntou Yuki. — Acha que a escola é amaldiçoada?

Rory deu de ombros.

— Não importa o que a gente acha — disse Yuki. — O que importa é o que sabemos. E o que sabemos é que alguém está atrás do livro, e agora essa pessoa descobriu que está com a gente. Temos que escondê-lo.

Yuki expirou com força, tentando manter a calma, tentando não surtar de novo. O recado continuava a encará-la, a fazer sua magia, a afiar suas pontas até que ela se desfizesse a qualquer momento.

— Beleza — disse Rory. — Então o que a gente faz? Precisamos deixar em algum lugar.

— Na casa de Ella — disse Nani.

Rory balançou a cabeça.

— Não dá, lá tem o risco de perder o livro. A casa de Ella não é segura. O que mais?

— A biblioteca — Nani e Yuki disseram juntas.

Rory franziu a testa.

– Mas aí todo mundo vai ver onde está.

– Junto com quinhentos outros livros – pontuou Nani. – Se a pessoa quiser encontrá-lo, vai ter que vasculhar tudo.

– É uma boa ideia – disse Yuki. – Podemos conferir, tirar do lugar quando precisarmos. Concordam?

Nani assentiu e Rory fez o mesmo, ainda que relutante.

– Então tudo certo – concluiu Yuki.

– Ainda precisamos saber quem está atrás do livro – lembrou Nani.

– Boa sorte com isso – disse Yuki. – Vou tomar um banho.

– Ei, eu acabei de voltar de uma corrida… – Rory começou a protestar, mas Yuki foi mais rápida e fechou a porta para abafar as batidas da amiga.

Recostou-se na porta, respirando com dificuldade, fechando os olhos para não ver seu reflexo no espelho, tentando respirar.

Quando os abriu de novo, encarou o espelho e viu que estava coberta de sangue.

O sangue encharcava metade do seu rosto, de suas roupas, e esguichava de um corte aberto em seu pescoço. Tentou se afastar, colocando a mão sobre a boca, abafando o grito. Seu reflexo não a imitou. Ele apenas sorriu, depois ergueu uma mão. Na mão do reflexo estava a maçã mais vermelha que já vira. Ela conseguia sentir o sabor em sua boca naquele momento, suculento e doce.

Yuki engasgou-se, correndo até a privada e vomitando o que comera no almoço. As mãos tremiam, seus dedos agitados, e ela se sentia fraca. Esticou a mão para tocar o espelho, para se firmar, mas não havia mais nada além do seu próprio rosto, como sempre, encarando-a de volta.

– Isso não está acontecendo – murmurou para si mesma. – Isso não está acontecendo.

Ainda assim, foi como uma onda que vira chegando de longe, inevitável. No momento em que tocou o livro, sentiu aquela sensação de queimação, de algo rastejando sob sua pele. No momento em que as mãos delas se conectaram, foi como se a energia fluísse livremente entre elas, e Yuki pôde sentir, sentir *de verdade*, e então aquilo se esgueirou para dentro dela, encontrou suas partes mais obscuras e profundas, e se fincou ali.

Yuki foi até o chuveiro e o ligou. O vapor quente esfumaçou o banheiro. Ela ficou ali embaixo, deixando que a água caísse. Fechou os olhos com força e desejou esquecer tudo aquilo, desejou que não houvesse motivo para o recado fazê-la sentir o que estava sentindo.

Sentia raiva.

Yuki vinha tentando reprimir isso desde a morte de Ari, desde o momento em que elas encontraram o livro, talvez desde o momento em que nascera. Porque tinha que ser boa, era filha de seu pai. O pai, com sua dignidade, com seu amor pelas coisas grandiosas. E Yuki não era algo grandioso? Educada, gentil, bondosa. Yuki se prendera dentro de uma concha e nunca tivera coragem de sair, e agora tudo ficava mais difícil. A cada dia, era mais difícil se esconder. Yuki sequer sabia quem era por baixo de tudo aquilo, e queria gritar.

Queria liberar tudo.

Estava cansada de ser perfeita.

Ela bateu o punho contra a parede de mármore do banheiro, soltando de forma silenciosa a raiva que crescia dentro dela, que percorria seu corpo como ondas de choque. E então, quando ergueu a cabeça, viu que a água do chuveiro tinha parado. Não havia mais gotas, e sim uma névoa branca caindo do teto.

Yuki esticou a mão. Era neve. Um floco repousou na palma de sua mão por um rápido segundo antes de derreter.

Yuki tinha feito nevar.

Ela tinha feito mágica.

PARTE III

O SOAR DA MEIA-NOITE

40

ELLA

Ella esperou para ver se a madrasta e as irmãs postiças iriam mesmo sair no fim de semana antes de mandar mensagem para Frederick. Já fizera a maior parte das tarefas da casa, colocando um audiolivro nos fones de ouvido, pegando a vassoura e começando a varrer, tendo o narrador como companhia. Quando terminou, tomou banho e passou a quantidade costumeira de maquiagem, cobrindo atentamente qualquer vestígio de roxo ou verde das marcas em seu rosto. A maioria tinha clareado desde a última vez, e às vezes Ella podia passar semanas sem ter que usar maquiagem.

Os portões estavam trancados, claro. Ella não tinha a chave. Se não tivesse tarefas para fazer no jardim, ou que limpar os estábulos, Sharon a teria trancado em casa, com as janelas fechadas com cadeados; ela teria, então, que sair pela janela do sótão, deslizar pelo telhado e aterrissar no jardim. Dois anos antes, havia caído e torcido o tornozelo. Ficou inchado, e Ella mancou por quase três semanas, mas não disse nada, com medo de que Sharon passasse a trancar o sótão também.

Ella começou a subir na árvore perto do portão, tentando não rasgar o vestido ou o casaco. O muro dava para a rua de trás, o que o tornava uma rota mais segura para escapulir. Subiu pelos galhos e depois pulou por cima do muro, sentindo uma onda de adrenalina quando caiu na calçada.

– Então a música estava errada – disse uma voz atrás dela. – Está chovendo garotas.

Ella se sobressaltou, virando-se para encarar Frederick.

– O que está fazendo aqui?

– Vim te buscar – disse ele. – O portão é conveniente demais para você?

– Não tem desafio nenhum por ali – respondeu Ella, olhando para cima, ainda sentindo-se inquieta pela presença de Frederick tão perto de sua casa. – Como descobriu onde eu moro?

Frederick sorriu.

– Tenho meus truques.

– É sério, Freddie – insistiu Ella, olhando por cima do ombro, esperando ver Sharon a qualquer momento. – Você não pode vir aqui.

– Eu encurralei Silla, fiz ela falar – admitiu ele. – Não ousaria tentar qualquer coisa com a Stacie.

– Ah, ela também te assusta, é?

– Pra caramba – confessou Freddie. – Por sorte, sei que as duas estão a caminho de outro país para curtir um festival de música que será cancelado de última hora.

Ella abriu a boca, processando a informação.

– O que você fez?

– Eu? – perguntou Freddie, com inocência. – Nadinha. Só mencionei que era muito exclusivo e que um amigo tinha ingressos, mas eu não poderia ir.

– Você não fez *isso*.

– Preciso usar minhas habilidades para algo, mesmo que seja iludir duas pobres garotas inocentes para saírem de casa.

Ella ergueu a cabeça, descrente de que ele fosse capaz de fazer algo assim. Por ela. Tentou afastar a mente da reação inevitável de Sharon em relação às gêmeas quando o show fosse cancelado. Mesmo que não fosse culpa das duas, Ella conhecia bem demais as consequências da ira da madrasta.

– Tenho algo para você – disse ela finalmente, tirando um pacote robusto da bolsa.

Freddie olhou por um segundo, confuso. Quando o abriu, encontrou um cachecol amarelo. Ele o pegou, observando de olhos arregalados, boquiaberto, e Ella começou a gaguejar.

— Não é nada demais — disse a garota, apressando as palavras. — Eu já tinha a lã em casa, então só tive que fazer umas correntinhas. — Freddie continuava em silêncio, apertando o cachecol. — Se não gostou, não precisa usar — acrescentou ela, depressa.

— Não! — disse Freddie, como se de repente se lembrasse como falar.

— Não? Você não gostou?

Ele a encarou.

— Por que a gente sempre acaba nisso?

— Sério, não é...

Freddie colocou o cachecol em volta do pescoço, parecendo confortável.

— Como estou? — perguntou o rapaz.

Ella olhou para cima.

— Como a personificação do outono.

Freddie ergueu a cabeça para ver as folhas secas vermelhas e amarelas das árvores ao redor deles nas ruas de Constanz e deixou escapar um palavrão.

— É a droga do cabelo ruivo — concluiu ele.

— Eu gosto — disse Ella, sentindo o rosto corar.

Frederick a ofereceu o braço.

— Vamos antes que acabe todo sorvete.

Ella aceitou o braço dele e os dois andaram juntos pelas ruas de Constanz. A princípio, Ella olhava para trás, consciente de que alguém que a conhecesse, ou que conhecesse Sharon, pudesse notá-los, mas depois de um tempo começou a relaxar. Não tinha sido capaz de fazer isso desde a noite do ritual.

Os dois chegaram ao festival, e ela tentou deixar todos os pensamentos sobre Grimrose, as mortes ou o livro longe de sua mente.

— A última vez que vim aqui foi com a minha mãe — disse Frederick. — Ela escolheu um sabor horroroso: sorvete de salada de batata-doce.

– Eca – disse Ella, enojada. – Sua mãe vem visitar com frequência?

– Uma vez por semestre. Meu pai também vem, mas as visitas dele são mais rápidas, só quando está de passagem a trabalho.

– O que ele faz? – perguntou Ella.

– É produtor de cinema – respondeu Frederick. – Trabalha por todo canto, mas quando está na Europa tenta me visitar.

– Por isso você estuda aqui?

Freddie deu de ombros.

– Sei que parece duro quando falo assim, mas os negócios dele tomam muito tempo. Assim como criar uma criança, então ele teve que fazer uma escolha.

– Ah.

– Eu não o culpo – disse Freddie, e havia um brilho no olhar dele que Ella reconheceria a quilômetros de distância.

– Então é isso que você quer fazer também.

Frederick riu.

– É tão óbvio assim? Meu pai costumava me levar nos sets quando eu era mais novo. Era como ver mágica bem diante dos meus olhos. Quero estudar cinema, e então fazer meus próprios filmes.

A mão de Frederick roçou contra a dela enquanto andavam, o que provocou uma onda de choque pelo corpo de Ella.

– E você? – perguntou Frederick. – E os seus pais?

De repente, havia um abismo entre os dois.

– Meus pais faleceram – conseguiu dizer.

Fazia tanto tempo, mas às vezes parecia ter sido ontem. Se fechasse os olhos, ainda podia sentir o calor de casa, o toque suave das almofadas de veludo de sua mãe, onde Ella colocava a cabeça para dormir enquanto o pai lia em voz alta.

O queixo de Frederick caiu.

– Me desculpa. Não queria trazer isso à tona. Pensei que…

– Está tudo bem – disse Ella, baixinho. – Não é muita gente que sabe. Por isso moro com a Sharon. Ela é a segunda esposa do meu pai.

Frederick assentiu e Ella ficou ansiosa para mudar de assunto.

– E você? – perguntou ele. – O que quer fazer?

Ella pensou em dar uma resposta, mas nada parecia real até seu aniversário de 18 anos, até ela poder sair de casa. Até se tornar livre.

Tinha dificuldade de pensar no que viria depois daquilo.

– Eu não sei – respondeu com sinceridade. – Ainda tenho tempo.

Freddie concordou, e finalmente era a vez deles de fazer o pedido. Ella ia escolher o menor copo, o que podia pagar, mas em vez disso Frederick pediu sete copos diferentes para eles poderem provar os sabores mais esquisitos.

Os dois se sentaram à mesa, comeram e conversaram sobre a escola e a vida. Ella escutava enquanto Frederick falava a família. Ela compartilhava o pouco que se lembrava da dela e, no fim, sentiu como se fossem velhos amigos. Compartilhavam o mesmo copo, e às vezes, quando a mão de Ella roçava na dele, seu coração batia um pouquinho mais rápido.

Eles se levantaram assim que começou a escurecer.

– Talvez possamos voltar para uma segunda rodada – disse Frederick. – Acho que o de manteiga de amendoim com chocolate belga foi especial.

– Uma segunda rodada pode estragar as coisas – disse Ella, mesmo aquele sendo seu sabor favorito também.

– Por quê? – Frederick quis saber.

– Nunca ouviu dizer que tudo em excesso faz mal?

– Bom, acontece que eu acho que merecemos coisas boas.

Ella sorriu, mas seu coração já estava distante em seus pensamentos. Supunha que não tinha nada de errado em querer coisas boas – especialmente para pessoas que podiam tê-las. Para Frederick, e para a maioria em Grimrose, nunca havia faltado nada.

– É legal você pensar assim – disse Ella.

Freddie deu de ombros.

– Por que não? Claro, é sorte termos… tudo isso. Deveríamos aproveitar cada parte.

– Às vezes eu acho que não mereço – disse Ella, baixinho.

Frederick parou de andar na mesma hora.

– Ella, você merece o mundo inteiro. Não deixe ninguém te dizer outra coisa.

Ella o encarou e se perguntou o que tinha feito para merecer aquilo. Talvez só precisasse ser paciente, porque, no fim, seu final feliz a estaria esperando.

Ela não teria que mudar nadinha.

Freddie chegou um pouco mais perto, inclinando-se. Ella ficou nas pontas dos pés para se aproximar dele, sentindo seu calor, inalando sua colônia, que tinha cheiro de rosas e baunilha. Um aroma doce como aquele garoto doce, e se o gosto dele fosse assim também, ela ficaria feliz.

Bem naquele momento, um trovão estrondou sobre eles, e Ella sobressaltou-se. O céu se fechou e uma chuva forte começou a cair.

— Preciso ir — disse ela.

— Voltar antes da meia-noite? — ele brincou, olhando para as mãos entrelaçadas dos dois, e Ella sentiu que seu coração poderia explodir.

— Sabe como é, preciso pular mais uns muros — disse ela, e Frederick assentiu, sorrindo. — Obrigada. — A chuva caía com mais força agora. Ela precisava se apressar. — Eu me diverti.

— Talvez menos com o sorvete de milho?

— Não, eu também amei esse — respondeu a garota, rindo.

Ella se virou para ir embora, mas Frederick segurou sua mão, os dedos quentes dele contra os dela por um momento antes de ela sair pela chuva.

Ela podia esperar um pouco mais para o seu final feliz.

Era muito boa em esperar.

41

RORY

O livro foi escondido na biblioteca. Nani o fez no meio da noite, arriscando sentir a ira de Mefistófeles, mas era a única vantagem: o gato não deixaria ninguém mais entrar em sua biblioteca sem fazer um escândalo. O livro estava entre as estantes, escondido à vista de todos, mas Rory ainda se sentia inquieta.

O bilhete não tinha ajudado. Yuki conversou com Reyna e as fechaduras foram trocadas, mas Rory não podia evitar imaginar alguém girando a maçaneta no meio da noite, o que alimentava seus pesadelos.

Yuki tinha torcido o nariz para a palavra *maldição*, mas Rory agora estava disposta a acreditar. Coisas como aquela não podiam ser coincidência, e se havia um livro mágico, poderia haver uma maldição.

Sei que está com você.

A pessoa sabia o que o livro fazia ou o que significava de verdade. Tinha a chave, e as meninas não tinham nada.

Era mais uma sexta-feira, o fim de mais uma semana de treino. Rory pulara a sessão anterior com Pippa, mas sentia falta do desafio. Também não queria que Pippa pensasse que era uma covarde por não aparecer só por terem brigado, nada disso. Ou pelo menos não só isso. Ela apenas não tivera tempo de pensar a respeito, não desde o ritual e o recado com a ameaça.

Rory saiu da aula naquela tarde e foi até o ginásio.

Para sua surpresa, Pippa já estava lá, mas não estava correndo, nem com roupas de treino. Estava com o uniforme de costume, a saia se estendendo ao seu redor, a camisa abotoada até em cima, pressionada contra seu pescoço elegante. A de Rory nunca ficava desse jeito, e sim com pelo menos dois botões abertos, que estavam sempre tortos, e as mangas, dobradas. Rory não via sentido em mangas, já que usá-las significava não exibir os músculos dos braços.

— Você veio — disse Rory.

— A coisa mais surpreendente é que *você* veio — pontuou Pippa.

— Estava com muita coisa na cabeça — falou Rory, dando uma desculpa, o maior eufemismo do século. — Por que você não está com as roupas de treino?

— Não sabia se você viria — respondeu Pippa, de braços cruzados. — Então, quer me dar uma surra, sem trapacear?

Rory sentiu uma onda de calor em suas bochechas.

— Você sabe que não foi isso que eu quis dizer.

— Então o que foi?

Rory a encarou, surpresa com a pergunta. Não era do feitio de Pippa pedir esclarecimentos sobre alguma atitude de Rory. Elas não se valiam de palavras. Sempre havia sido sobre o poder de seus músculos, a forma como dançavam em volta uma da outra. Mesmo quando Pippa colocara Rory contra a parede, pareceu mais certo do que falar em voz alta.

Rory não era boa com as palavras. Ela sempre estava fadada a decepcionar.

— Tô passando por um ano de merda — disse Rory.

Pippa assentiu.

— Sei que ainda está sofrendo pela morte de Ariane, e está no seu direito. Mas isso não pode te impedir de fazer outras coisas.

— Quem disse que é só isso o que está me impedindo?

— Não é — disse Pippa. — Essa só é sua desculpa mais recente.

Rory sentiu as palavras a golpearem mais depressa do que estava preparada. Mais depressa do que apreciava, e não se esqueceria delas.

Porque a questão era que Pippa estava certa.

Era uma desculpa. Claro que estava devastada pela morta de Ariane; ela nunca tinha perdido ninguém. Só que até a presença da amiga havia sido um escudo atrás do qual Rory se escondia – Ari tinha estado lá para validá-la sobre quem ela era e sobre o que ela queria. Ella e Yuki também nunca a pressionavam demais. Não como Pippa fazia.

E o problema era que, de certa forma, pelo que Rory começava a perceber, Ariane a estava impedindo de crescer.

Ari era apenas mais uma da longa série de desculpas que Rory havia criado no decorrer dos anos, quando não queria confrontar seus medos, quando nem tentava, porque era melhor do que a alternativa tentar e falhar.

– Sei que é uma situação horrível – disse Pippa, levantando-se. – Sei que, seja lá o que esteja rolando com essas mortes, afetou todas nós. Mas ainda estamos vivas.

Pippa parou bem ao lado de Rory. Não era um ataque, e a garota não a tocou, mas seus olhos castanhos escuros estavam firmes e não desviaram dela.

– Não vou falar o que você precisa fazer – disse Pippa. – Mas não dá para arranjar desculpas para sempre. Eu tive que dar muito duro para estar aqui, você nem imagina o quanto, e você acha que pode só fingir que não se importa e voltar com se nada tivesse acontecido.

– Eu sei...

– Não sabe – Pippa a interrompeu. – Você falou sobre me vencer como se soubesse o que isso significa. Rory, já percebeu que sou a única garota negra na equipe de esgrima?

Rory tinha percebido. Também tinha percebido que Pippa também era uma das poucas pessoas negras na escola inteira.

– E, claro, somos todos ricos e tudo é igual, exceto que não é – disse Pippa, inflexível. – Não é mesmo, e é cansativo para mim ter que fingir que é. Eu não esperava isso de você. Não ligo se você gosta de mim, mas eu quero que me respeite.

Rory a encarou, incapaz de responder.

– Você precisa se esforçar mais, Rory – continuou Pippa, e ouvir seu nome dos lábios dela fez algo se remexer em Rory, deixando-a prestes a desmoronar. — Você não pode continuar escolhendo não fazer nada só porque não consegue encarar as consequências.

Quando terminou de falar, Pippa foi embora.

Rory voltou para o quarto e escreveu uma carta para os pais.

42

YUKI

Começou com a neve, e depois só piorou.

Seu corpo ficou mais frio. Suas mãos tremiam. Ela as mantinha nos bolsos, porque se não o fizesse, as superfícies que tocava começavam a congelar, e a água que encostava virava gelo. Porém, não era só isso.

Yuki via lampejos de si mesma no espelho. Às vezes, olhava tão depressa que não tinha tempo de registrar antes de afastar o rosto. Outras vezes, sequer era ela mesma. Ela aparecia menor, com os olhos e as bochechas arredondados, ou coberta de cicatrizes brancas. Todas as vezes, no entanto, sua pele era branca como a neve, seu cabelo preto como ébano e seus lábios vermelhos como sangue.

Então, Yuki passou a evitar superfícies refletoras, evitar espelhos, evitar olhar na direção errada, com medo do que poderia ver. Ainda assim, sempre havia uma força estranha borbulhando por baixo de sua pele, pronta para se libertar a qualquer momento.

O ritual a mudara.

Yuki foi para a torre como ela mesma e saiu de lá um monstro fragmentado, mal se contendo dentro de seu corpo, e só a magia unia esses pedaços.

Yuki não tinha outra palavra para descrever aquilo.

Era magia.

Pelo menos, com o livro escondido na biblioteca, ela podia fingir que sua resposta não estava conectada com ele de alguma forma e, o pior, que Ariane sabia que isso aconteceria. A saudade de Ariane se transformara em culpa, um ressentimento crescente. Ari as deixou com aquela bagunça, tinha sido sortuda. Deixou as pistas para trás e seguiu para um lugar melhor, mais fácil.

Yuki estava perdendo a compostura. Estava se perdendo, pouco a pouco.

Parada no jardim externo, nem se arrepiava, apesar da invasão do inverno. A grama verde tinha quase ficado marrom por completo, as árvores, vermelhas, depois amarelas, depois se despiram, os galhos retorcidos e desfolhados se esticando para o céu. O mundo ficava mais frio a cada dia de dezembro, as cores lentamente esmaecendo. Assim como Yuki.

Ela mantinha as mãos junto ao corpo enquanto observava os alunos de Grimrose escolhendo a decoração para o baile de inverno. Os enfeites ainda estavam sendo trazidos, embora metade da escola já estivesse iluminada para as festas de fim de ano. Yuki observava de seu lugar no jardim enquanto passavam pelo portão principal, as mãos dela tremendo sobre o colo.

— Tem certeza de que é confortável ficar sentada neste frio? — disse uma voz atrás dela.

Yuki se virou e viu Penelope. Ela usava o uniforme de inverno, com meias de lã, um grande sobretudo, um cachecol azul enrolado no pescoço e o cabelo loiro caindo sobre ele.

— Eu gosto do frio — disse Yuki, escondendo os dedos nos bolsos.

— Eu odeio — resmungou Penelope, ajustando o sobretudo para se sentar. — Mal posso esperar pelo verão.

Yuki riu.

Penelope a olhou de soslaio.

— Não tenho te visto muito por aí — disse ela. — Você está com cara de que...

— Não durmo há uma semana?

— Eu ia dizer que sua cara está uma merda.

Yuki riu e seus pulmões se contraíram, como se estivesse tentando controlar tudo aquilo, manter ali dentro. Ela tinha anos de experiência. Se a magia achava que ia explodir para fora de seu corpo e viver livremente, teria que pensar duas vezes. Yuki colocara uma máscara bem cedo na vida, e nunca aprendera a tirá-la.

– O que foi? – perguntou Penelope.

– Nada – respondeu ela. – São as provas finais.

Desta vez, foi Penelope quem riu.

– Claro. Pode responder isso para qualquer um, mas não para mim.

– Acha que estou mentindo?

– Passei tempo suficiente com você para saber.

Os dedos trêmulos de Yuki continuavam inquietos nos bolsos, implorando para que ela fizesse algo, para que a inquietação se esvaísse, mas ela continha tudo dentro de si, mantinha seu medo e sua raiva presos com firmeza.

– E o que você sabe sobre mim? – perguntou, erguendo o queixo.

– Eu sei tudo sobre você, Yuki – respondeu Penelope, e Yuki teve que rir, porque achava que ninguém no mundo soubesse disso.

– Não, não sabe – retrucou Yuki, levantando-se, mas Penelope foi mais rápida, puxando a mão dela, mantendo-a ali, do mesmo jeito que tinha feito naquele primeiro dia em que se falaram.

Exceto que, dessa vez, Penelope não a soltou.

– Você faz o que os outros querem. O que eles esperam que faça – disse Penelope. – E está morrendo de medo de que, se parar de fazer isso, eles te abandonem.

Yuki a encarou, imóvel.

– Sei como é fingir ser alguém que você não é. A forma como você se esconde dos outros, como nunca conta para eles o que realmente está sentindo por ter medo de acharem que você é horrível.

– Pare.

– Nem suas amigas te conhecem. Você se esconde delas como se esconde de si mesma.

– Pare, Penelope.

– Você ao menos contou para elas o que disse a Ariane, que foi você quem a fez sentir como se…

– Pare!

A palavra ficou suspensa no ar, como um eco, e foi então que Yuki viu o que tinha feito. Penelope olhou em volta, o olhar iluminado e encantado. Partículas de gelo pairavam em volta delas como flocos de neve, uma bolha que explodira dentro da própria Yuki. Os flocos eram como espelhos, refletindo na superfície antes de derreter ao toque.

– Isso é... – Penelope exalou. – Isso é magia.

Yuki estava estupefata demais para falar, suas mãos tremendo pela libertação que sentiu ao deixar a raiva fluir. Seu coração se acalmou, como se estivesse implorando por aquilo, e a magia se acomodou em volta dela como um cobertor aconchegante. A magia que aparecia assim que deixava transparecer qualquer emoção.

– Como? – perguntou Penelope, olhando para ela.

Yuki queria contar para alguém. Não para as meninas, que fariam daquilo uma grande conspiração. Ela queria que a verdade fosse o que realmente era.

– Eu não sei – respondeu Yuki. – Acho que tem a ver com a morte de Ari.

Os olhos de Penelope cintilaram, a preocupação cobrindo seu rosto.

– Ari me contou umas coisas estranhas – confessou ela, mordendo o lábio. – Ela ficava falando em enigmas. Falava sem parar sobre... Você vai achar bobo, mas ela falava sobre...

– Contos de fadas? – Yuki completou.

A garota assentiu, séria.

– Não sei o que ela realmente estava querendo dizer – disse Penelope. – Ari pensava que estávamos sofrendo com algum tipo de maldição. Isso foi uma das últimas coisas que ela me disse.

– Ariane acreditava nisso? – perguntou Yuki, o estômago se revirando.

– Acho que sim – respondeu Penelope, esticando a mão para tocar um floco de neve espelhado, ainda maravilhada. – Achei que ela estivesse enlouquecendo. Falando sobre mortes e maldições e magia. Achei que estivesse enlouquecendo.

– Mas agora não acha mais.

– Agora eu acho que talvez ela soubesse de algo – afirmou Penelope, os olhos voltados para os flocos de neve ao redor delas. – Talvez sejamos amaldiçoadas. Isso aqui não é normal.

– E você acha que ser amaldiçoada é normal?

Ela deu de ombros.

– É você que está fazendo magia, meu amor.

Yuki balançou a cabeça com veemência, ignorando o sarcasmo na voz da garota.

– Eu não quero isso. Não sei o que é, mas não quero. Não posso ter isso.

Penelope a encarou de novo, com gentileza no olhar.

– Você contou para elas?

O silêncio de Yuki foi resposta o suficiente.

– Eu entendo. Esconder o que realmente é, quem realmente é, por medo do que vai acontecer se descobrirem. Acredite em mim, eu sei. – A voz de Penelope soou sincera, quase magoada. Ela continuou: – Mas não pode deixar esse medo te impedir. Porque se deixar, tudo ao seu redor é só uma ilusão.

– Minhas amigas me conhecem – disse Yuki, torcendo para que, de alguma forma, isso fosse verdade. Que suas amigas soubessem, apesar de tudo, apesar de ela se esconder, apesar de seu medo, apesar de sua solidão, desesperada e dilacerante. – Porque eu sou…

– Você não é a Ella – disparou Penelope, o tom áspero. – Você não é do tipo boazinha e sem sal…

– Não fale assim dela – interrompeu Yuki, a voz gélida como o inverno. – Você não a conhece.

Penelope sustentou seu olhar.

– Tudo bem. Mas você não é ela. Você quer ser, porque todos a amam, e você quer que todos te amem também. Mas você não é ela, e nunca vai ser.

Yuki sentiu as lágrimas arderem em seus olhos, mas não queria deixá-las cair. Não queria que Penelope visse sua fraqueza.

– As pessoas até podem te amar – disse Penelope, por fim. – Mas não é amor de verdade se não souberem quem você é.

– Acho que ninguém nunca vai realmente me conhecer – murmurou Yuki.

– Eu quero te conhecer – respondeu Penelope. – Liberte tudo. Sua raiva, seu medo. Esse mundo já é bem bagunçado, vai aguentar o peso dos seus sentimentos.

– E se eu fizer isso? E acabar descobrindo que sou mesmo horrível?

Yuki sempre soube, bem no fundo. A parte de si que ansiava por dor, que ansiava por coisas que não sabia nomear, e que sempre seria recriminada por isso. Yuki tinha tentado se moldar como Ella porque, de outra forma, teria cedido à escuridão familiar, mas agora ela não sabia quanto tempo mais conseguiria aguentar.

– Quem tem o direito de decidir o que é horrível? – respondeu Penelope. – Isso é só o que dizem para impedir você de se transformar em quem está destinada a ser, porque o mundo tem medo de garotas que sabem o que querem.

Penelope esticou a mão e apertou a de Yuki, a magia ainda pairando ao redor delas, o ar cristalino.

– Encontre uma coisa que você quer e faça com que seja seu. Faça com que seja real. Você merece isso. É essa garota que eu quero conhecer. E se as outras pessoas não puderem te amar por quem você é, então elas não te merecem.

43

ELLA

Duas semanas antes do baile, em uma manhã fria de dezembro, Ella apareceu levando três caixas para o castelo. Rory a encontrou do lado de fora, no pátio, onde a árvore decorada estava sendo erguida. Era quase como uma cerimônia, e os alunos se amontoavam no pátio e pelo corredor para observar.

– Meu Deus, que frio – reclamou Rory. – O que são essas caixas?

– É surpresa – respondeu Ella. – Você pode abrir no dia do baile.

Rory revirou os olhos, pegando duas das caixas para ajudar com o peso. Ella ainda segurava a de Nani. Estavam lado a lado, observando a árvore ser erguida, apoiada por fortes cabos de metal presos nos quatro cantos do pátio, o tinir de centenas de ornamentos se levantando no ar em uma melodia tumultuosa.

Assim que a árvore estava de pé, todos aplaudiram, e os olhos de Ella subiram em direção ao topo. Foi quando ela viu alguém se esticando para pegar um dos galhos.

– Quem é aquela? – perguntou, apontando para a aluna. O olhar de Rory seguiu o dedo da amiga.

Havia uma garota em uma das várias sacadas, olhando para o pátio. Ela se inclinava para a frente, tentando pegar algo na árvore – uma fruta redonda e decorativa no galho mais alto. Seu corpo estava perigosamente perto do cabo afiado como uma lâmina que mantinha a árvore no lugar.

– O que ela tá fazendo? – perguntou Rory, franzindo a testa.

Ella reconheceu Annmarie, o resto tenso pelo esforço de estender o braço.

– Rory, precisamos fazer ela parar – disse Ella, e quando se deu conta já estava correndo para os degraus de pedra que davam para a sacada. Era como se de alguma forma já tivesse visto aquela cena antes. O pavor se esparramou por todo o corpo. – Annmarie! Annmarie!

– Acho que ela não consegue te ouvir – disse Rory, atrás dela. – Muito barulho.

– Temos que subir – disse Ella, o coração acelerado no peito.

Enquanto centenas de alunos admiravam a cena, os dedos de Annmarie agarraram a fruta, as unhas verdes apertando, triunfante. Exceto que a fruta não saiu do galho, e Annmarie se inclinou ainda mais, abrindo a boca em um grito silencioso quando seu corpo perdeu o equilíbrio e caiu, o cabo de metal que segurava a árvore no lugar deslizando através da pele aveludada do pescoço, separando a cabeça do corpo.

Ella cobriu a boca para conter seu grito.

❋

Depois do corpo de Annmarie ser recolhido, a escola chamou os alunos para uma assembleia de emergência. A sala estava lotada. Alethea chorava de soluçar na fileira da frente, sendo consolada por Rhiannon, que parecia cansada, o grupo delas agora com duas a menos.

O estômago de Ella se revirou de pena e culpa, porque, talvez, se o ritual tivesse funcionado e elas tivessem obtido respostas de Ari, poderiam ter impedido aquilo. Nani e Yuki entraram pela porta, Yuki parecendo pálida e doente, com olheiras profundas. Penelope seguia Yuki, e ofereceu um sorriso discreto para Ella ao trombar em seu ombro quando passou para encontrar uma cadeira em outro lugar.

– Achei que demoraria mais – disse Ella. – Depois de Micaeli… Duas no mesmo semestre. As outras não aconteceram tão perto.

– Tem certeza de que não foi um acidente? – perguntou Nani, falando em voz alta o que elas todas estavam pensando.

– Bem que pareceu – disse Rory, incerta, a voz em um sussurro. – Mas isso também está no livro, né?

– "O pé de zimbro" – respondeu Nani, a voz grave. – Poderia ter sido pior.

– Como isso, meu Deus? – murmurou Rory.

– Você não leu o conto? – perguntou Nani, mas Rory apenas deu de ombros, e ela soltou um suspiro exasperado. – A madrasta decapita o enteado e faz uma sopa com a carne e dá para o marido comer. Acredite, tivemos sorte.

O estômago de Ella embrulhou outra vez, o coração se contorcendo, porque Annmarie não tinha tido sorte. Nem Micaeli ou Ari.

– Precisamos fazer alguma coisa – disse Ella.

– Já fizemos o suficiente – disparou Yuki ao seu lado.

O tom dela era ressentido, e Ella compreendia de onde vinha aquele sentimento. A lista não estava completa – Ari tinha os nomes anteriores, os delas e de mais ninguém. Não conseguiriam antecipar uma reação se não soubessem quem eram os alvos.

Ella viu Frederick na multidão, acenando, erguendo-se acima dos outros alunos e vindo até elas. Ella correu para encontrá-lo, jogando os braços ao redor do garoto. Os braços de Freddie a envolveram de volta. O queixo descansou sobre a cabeça dela, e, ao menos ali, Ella se sentiu segura, confortável, com a bochecha pressionada contra o casaco dele.

– Você está bem? – perguntou Freddie, gentilmente.

– Não – sussurrou Ella, e ele não conseguiu oferecer mais palavras de apoio, mas a apertou com mais força.

Ela se afastou do abraço e olhou para trás, mas Yuki tinha virado a cabeça, as mãos enfiadas dentro dos bolsos.

– É melhor vocês dois se sentarem – disse a amiga com a voz áspera. – Está quase começando.

Ella se sentou ao lado de Yuki. A mão de Freddie deslizou para a dela, e os dedos dele eram reconfortantes.

A voz de Reyna ecoou pelos alto-falantes enquanto dizia para os alunos não terem medo. Ella abafou metade do discurso com seu próprio monólogo interior, tentando encaixar os pedaços que elas já conheciam da história. Garotas vinham morrendo antes de Ari, anos e anos antes, algumas nos mesmos padrões. O livro previas os finais infelizes, e tudo isso estava conectado.

E então a lista de Ari, que ela entendera. Ligava nomes anteriores com histórias anteriores. Descobrira que cada garota havia tido o fim de um conto de fadas.

Porém, Ari não dissera o que o livro significava de verdade: apenas previa as mortes ou estava determinando o destino das garotas? O livro decidia quem vivia e quem morria? Ou havia alguém usando o livro para fazer armadilhas para as meninas?

Freddie apertou a mão dela durante toda a assembleia. Ella sorriu para ele. Yuki encarou as mãos entrelaçadas dos dois, mas não disse nada, voltando os olhos para a madrasta quase que de imediato.

A assembleia terminou, mas Ella não se sentia reconfortada pelas palavras carinhosas e tranquilizadoras de Reyna. Quando deslizou a mão livre para o bolso, havia algo ali. Alguém provavelmente colocara na correria para chegar até a assembleia, mas ela só percebera agora. Um pedaço de papel amassado.

Ela o abriu e arquejou ao ler as palavras:

UMA DE VOCÊS É A PRÓXIMA.

44

NANI

A assemblei foi uma perda de tempo. Reyna repassara medidas de segurança e afirmara que a maioria das sacadas estavam proibidas, assim como as passagens secretas por dentro do colégio, e se os alunos respeitassem aquelas regras, não haveria mais perdas.

Nani duvidava, e muito. De acordo com o livro e com a lista de Ari, as mortes vinham acontecendo há centenas de anos. Todos ali tinham algo em comum, algo que os ligava a esse destino e a Grimrose.

E se Nani ficasse mais tempo, se ela procurasse mais, acabaria da mesma forma? Tinha sentido uma energia estranha conectando-as no ritual, e desde então, nada tinha ficado igual. Mas não era uma sensação ruim, apenas algo que não conseguia reconhecer. Quase parecia ser paz.

O fim de semana chegou e Yuki desapareceu, como costumava fazer. Nani tinha entrado em uma rotina com as outras meninas, e agora era estranho quando não estavam por perto. O quarto parecia vazio sem as reclamações ruidosas de Rory, sem os comentários cortantes de Yuki, sem o riso que começara a surgir naturalmente quando estavam confortáveis. Nani havia observado, até mesmo rido junto, e por um momento se esquecera de tudo.

Esquecera que ainda não tinha descoberto nada sobre os segredos de Grimrose ou porque seu pai a deixara ali ou até mesmo seu paradeiro desconhecido.

O celular tocou e ela atendeu, tentando não ficar decepcionada por ser apenas Tūtū.

– Oi, Tūtū – disse Nani.

– Oi, *mo'o* – respondeu Tūtū do outro lado da linha. – Como vai? Sua escola me ligou essa semana.

Nani endireitou a postura.

– Por quê?

– Queriam garantir que eu soubesse que você está segura aí – disse a voz familiar da avó. – Aquela pobre menina. Que acidente terrível.

– Sim – concordou Nani, a voz seca. Nani não contara para a avó sobre Micaeli ou Annmarie, ou sobre o fato de ela estar no quarto de uma garota que morrera. – Foi sim.

A voz de Tūtū parecia hesitante do outro lado da linha, e Nani ficou tensa.

– Foi só por isso que a senhora me ligou? – perguntou ela. – Ou a senhora, sabe…

– Não, eu não soube de nada – respondeu Tūtū com um suspiro. – Sinto muito, *mo'o*. Sei que ainda está esperando, mas ele também não me ligou. Você sabe como ele é.

– Faz tanto tempo, Tūtū. Por que ele me trouxe para cá se não estaria por perto?

– Não há motivo para tentar entender por que seu pai faz qual-quer coisa – respondeu Tūtū, e foi a coisa mais sensata que Nani a ouviu dizer sobre o pai durante todos aqueles anos. – Ele vem e vai quando quer. Não é diferente desta vez.

– Mas ele foi embora – murmurou Nani.

Ele tinha partido. Ele tinha escolhido deixá-la.

De novo.

Como fizera com a mãe dela anos antes, deixando-a encarando o horizonte, perguntando-se quando ele voltaria para casa. Por mais que tentasse ser diferente, Nani estava exatamente nessa posição.

– Mas eu tenho algo para te contar – revelou Tūtū. – Tenho olhado voos e guardei um dinheiro. Se quiser, assim que as aulas terminarem, pode vir para casa. Já falei com a sua antiga escola e vai poder terminar o ano letivo aqui.

Uma oferta para voltar para casa.

Tūtū continuou:

– Você pode voltar antes do Natal. Venha para casa, *mo'o*.

Nani se segurou naquelas palavras por um longo tempo, ouvindo a respiração da avó do outro lado, a oferta no ar. Ela queria. Queria deixar tudo para trás.

– Não posso – respondeu Nani, por fim, e sabia que estava dizendo a verdade.

Não só porque não podia deixar aquela história inacabada, mas porque ela não queria. Porque no fim...

No fim, as meninas tinham se tornado suas amigas.

A verdade acertou Nani como um relâmpago. Ela não esperava por isso, nem sabia ao certo quando havia começado. Não tinha compartilhado com as garotas nenhum de seus próprios segredos, nenhum de seus livros, nem a promessa do pai. Ainda assim, aquele sentimento crescia dentro dela – Rory pedindo para copiar sua lição e Ella guiando-a pelos corredores e Yuki levando chocolate escondido para o quarto. Eram coisinhas pequenas, mas que cresceram dentro dela, as sementes se enraizando, que terminaram por florescer em algo novo, algo raro e precioso que Nani nunca tinha vivenciado.

E não era apenas sua curiosidade que a motivava agora, seu desejo de saber por que o pai a deixara ali ou o verdadeiro mistério de Grimrose. Era mais do que isso. Era um compromisso compartilhado; elas estavam naquilo *juntas*. Nani não era mais apenas uma estranha em Grimrose. Também fazia parte daquela história.

Não podia abandonar as meninas antes de ajeitarem as coisas. Não podia partir antes de descobrirem a verdade.

– Não posso – repetiu Nani. – Eu tenho algo aqui. Não sei o que é ainda, mas quero ficar. Não posso só ir embora e deixar isso em aberto.

Ela conseguia sentir Tūtū sorrindo do outro lado da linha. No fim, mesmo querendo ver a neta no Natal, uma parte dela sentia orgulho de Nani por escolher ficar, por escolher se comprometer com algo.

Era hora de deixar seu pai e suas promessas vazias para trás.

Nada de bom viria de ficar remoendo o passado.

Se esperasse outras pessoas cumprirem suas promessas, terminaria exatamente como a mãe e não faria nenhuma escolha sozinha. Nani não queria ser como a mãe, e também não queria ser como o pai.

– Vou mandar seus presentes pelo correio – disse Tūtū. – E você fica por aí, *mo'o*.

– Vou ficar – disse Nani, o sorriso transparecendo na voz. – Obrigada, Tūtū.

45

RORY

Rory andava tão preocupada com a morte de Annmarie que quase tinha se esquecido de se preocupar com a resposta da carta que enviara para os pais, até que a resposta enfim chegou. Ela leu duas vezes para garantir que não tinha entendido errado na pressa de descobrir o conteúdo. As cartas eram fáceis porque tornavam as coisas oficiais. Além do mais, Rory tinha certeza de que os pais sequer sabiam o número do seu celular.

Ela tinha lido certo. Eles estavam indo visitá-la, e discutiriam sua proposta.

Rory enfiou a carta na última gaveta, escondendo o selo de cera entre as pilhas de lições de casa esquecidas. Não via os pais desde antes das aulas começarem; mesmo mal saindo de casa durante todo verão, eles não ficaram muito por lá, sempre viajando para lidar com assuntos do exterior ou outras coisas importantes que não achavam necessário mencionar a Rory. Na única vez que ela saiu, esgueirando-se pelos portões para ir à cidade, eles a arrastaram para casa depois de algumas horas, com três seguranças atrás.

Os pais tiveram outra conversa séria com ela sobre ter responsabilidade e não se colocar em perigo. Rory os ignorou. Estava acostumada com aquilo, mas, dessa vez, não os deixaria vencer. Eles ouviriam o que ela tinha a dizer.

No sábado, foi para Constanz encontrá-los. Os pais tinham escolhido a hora e o lugar, um café discreto na parte rica da cidade. Uma tempestade de começo de inverno caíra durante a noite, a primeira da estação, pintando a grama com a neve branca. As botas deixavam pegadas enquanto ela caminhava pelos jardins até a cidade, repassando seu plano. Ela explicaria sobre o torneio. Diria que queria competir. Ela não daria chance para que os pais dissessem não. Faria qualquer acordo para ganhar, mesmo que isso significasse ter mais responsabilidade. Faria qualquer coisa.

Rory não queria decepcionar Pippa de novo. Mais do que isso, ela não queria decepcionar a si mesma.

O frio fazia seus músculos doerem e joelhos ficarem rígidos. Tinha tomado seus remédios pela manhã, já prevendo que precisaria deles, mas mostraria a seus pais que ela estava ótima. Mostraria a eles que conseguiria competir em um torneio, que era forte o bastante, que podia fazer isso mesmo que seu corpo tentasse de tudo para transformá-la em uma mentirosa.

Rory se aproximou do café e analisou as janelas em busca de um cabelo ruivo idêntico ao seu, ou da figura alta de seu pai, que usava óculos agora que envelhecera. Ela passou de janela em janela e não viu nada. Conferiu o celular; estava apenas alguns minutos atrasada. Seus pais nunca se atrasavam.

Ela abriu a porta, procurando de novo pelos rostos familiares dos pais, mas viu outra pessoa em vez disso.

Sentada na cafeteria estava Éveline Travere, a secretária de seus pais.

Éveline se levantou ao ver Rory, acenando discretamente. Ela era mais jovem do que seus empregadores, com trinta e poucos anos, o cabelo loiro preso em um rabo de cavalo elegante. Gesticulou para que Rory se sentasse, e a menina o fez a contragosto, tirando o casaco e colocando-o o espaldar da cadeira. Éveline notou as roupas dela e pressionou os lábios, mas a regra era que Rory podia usar o que quisesse enquanto estivesse na escola. Isso incluía uma camisa xadrez larga e calça cargo preta.

– O que você tá fazendo aqui? – disparou Rory.

Éveline ergueu uma sobrancelha elegante.

– Onde estão seus modos, Aurore? É um prazer ver você...

– Não me chame de Aurore – Rory a cortou. – Você sabe que prefiro Rory. O que você tá fazendo aqui? Cadê meus pais?

Éveline se remexeu na cadeira e gesticulou para uma das garçonetes, pedindo dois chocolates quentes com um sorriso.

– Eles pediram desculpas, mas não puderam vir – respondeu ela. – Sabe como são ocupados. Sua Majestade, o Rei...

– Tá, tá – interrompeu Rory. – Eu pedi uma coisa, e eles disseram que viriam. Eles nunca me visitam. A gente é praticamente vizinho. Não dava para fazer uma viagem de duas horas de carro?

O sorriso de Éveline se esforçava para permanecer no lugar.

– Você sabe que não é tão simples.

– É sim – insistiu Rory. Puta merda. Era inacreditável. – Eu pedi *uma* coisa, e eles nem vieram.

– Eles amam você – disse Éveline. – E se desculparam muito por não terem podido vir discutir pessoalmente.

– E aí? – perguntou Rory, dando um gole em seu chocolate quente. – É pra eu falar com você em vez deles?

– Você não pode ficar brava com eles, Rory.

– Claro que posso – disse Rory. – Eles nunca estão aqui. Você acha que minha mãe ainda lembra a cor dos meus olhos ou só sabe por causa daquele retrato ridículo na sala de estar?

Éveline não caiu na armadilha de Rory.

– Eles me explicaram a situação. É sobre um torneio de esgrima. Você quer a permissão deles para participar, não é?

– Isso – respondeu Rory, mal-humorada, cruzando os braços. – Eu queria falar com eles. É importante para mim.

Éveline bebericou o próprio chocolate, seu batom vermelho manchando a beirada da xícara.

– Rory, você conhece as regras – disse Éveline, calmamente. – Você não tem permissão para sair de Constanz e da propriedade do colégio, não tem permissão para competir em torneios...

– Por quê? – Rory quis saber.

– As coisas não mudaram desde a última vez – respondeu Éveline, encarando-a. – As regras sempre foram as mesmas.

– Eu treinei pra isso – disse Rory. – Eu passei os últimos três anos treinando. E eu sou *boa*, Éveline. Eu sou boa, eu sei me cuidar, e além do mais, todo mundo vai usar máscaras no torneio. Não é como se alguém fosse saber quem sou eu.

Éveline baixou a xícara com um leve tinir.

– Seus pais queriam que eu desse a notícia pessoalmente porque sabiam que você reagiria dessa forma – disse Éveline. – Eles estão preocupados com sua segurança, com seu futuro. Eles não querem que você se machuque. Você é tão frágil que...

– Frágil? – exclamou Rory, alto o bastante para que outras pessoas no café virassem a cabeça para encará-la. – É isso o que eles acham de mim? Que sou feita de vidro?

– Eles não acham isso – respondeu ela. – Por favor, Aurore, não faça uma cena.

– Não me chame de Aurore – disparou Rory. – E eu vou fazer o que eu quiser.

– Alguém pode te reconhecer – sibilou Éveline do outro lado da mesa. – E então...

– Quem é que vai me reconhecer? – Rory riu. – Eu nunca apareço em nenhuma foto. Por causa dessa obsessão pela minha segurança, as pessoas não sabem quem eu sou, por acharem que sou *frágil* pra caralho.

Éveline enrugou o nariz ao ouvir o palavrão, mas a garota não parou por aí.

– Pode dizer aos dois que eu falei isso. Pode dizer que eu vou pro torneio, porque estou cansada de me esconder por causa de uma paranoia que eles alimentam desde que nasci.

– Seu nascimen... – Éveline começou a falar.

– Eu não terminei – disparou Rory, e seu tom era tão imperial, tão majestoso, que sentiu que os pais teriam orgulho dela. – A forma como eles agem não faz eu me sentir mais segura ou protegida. Tudo que fiz foi trocar de escola a vida inteira, esconder meu rosto, esconder meu nome, até deixar de ser filha deles. E adivinha só o que isso me torna?

Alguém que não é filha deles, Rory respondeu mentalmente. Seus pais a tinham trancado no palácio e em diferentes escolas, nunca a deixavam fazer nada, porque não queriam que ela corresse perigo. Porque não queriam que a filha, que sofria de uma dor crônica que eles sequer se davam ao trabalho de compreender, sentisse como se fosse maior do que o lugar que fora escolhido para ela.

Rory não estava em segurança. Sua melhor amiga tinha sido assassinada. Garotas estavam morrendo em sua escola. A segurança não existia.

– Eu não sou frágil – Rory repetiu. – Eu não sou uma *coisa* que eles podem trancar em um cofre. Eu sou uma pessoa. Eu quero uma vida, e eu vou ter.

Rory se levantou e vestiu o casaco, preparando-se para encarar o frio. Os músculos doíam, mas ela ignorou, porque não iria ceder. De acordo com os pais e com Éveline, Rory não tinha direito a uma vida, a um rosto, a coisa alguma. A única coisa que era realmente dela era seu corpo. E não o deixaria virar servo das vontades dos pais.

– Mando a medalha pra casa quando eu vencer – disse Rory. – Feliz Natal, Éveline.

46

ELLA

O recado perdurou na mente de Ella pelo resto da semana. Quando não era o bilhete, era a cabeça de Annmarie, seus olhos voltados para a frente, o corpo caído completamente separado da cabeça, o sangue que nem esparramou por conta do choque. Um alerta do destino as esperava se não descobrissem o que fazer.

Ella tirara as coisas de seu esconderijo secreto no sótão, procurando uma das fotos mais antigas que tinha de Ari, em seu primeiro ano em Grimrose. Todas estavam com 13 anos à época, magrelas, os membros compridos demais para os corpos ainda em crescimento. Exceto Yuki. Yuki sempre fora linda, não importava a idade. Na foto, Ariane estava de braços dados com Rory e Penelope, antes de ela mudar de escola. Penelope tinha diastema e uma pinta sob o olho direito. Agora, ela não tinha nenhuma dessas marcas, tendo deixado a aparência infantil para trás.

Uma de vocês é a próxima.

Uma semana antes do baile, Ella chegou à escola tão distraída que não percebeu a trufa de chocolate caída até quase pisar nela.

Avistou mais doces do outro lado do corredor, uma trilha deles, exatamente como na história.

Seu sangue gelou.

Sentindo as batidas rápidas de seu coração, incapaz de se impedir, mesmo com uma voz em sua cabeça avisando para não continuar, ela os seguiu pouco a pouco, doce a doce. O último estava no limiar de uma sala antiga na ala norte do castelo.

Ela sabia o que deveria fazer.

A porta rangeu quando a abriu, e a garota se encheu de pavor com o que viu. As mãos tremiam, e ela cambaleou para trás. Mesmo achando que estava preparada, não estava.

Havia dois corpos dispostos em cadeiras dentro da sala, as mãos juntas em *rigor mortis*. Eram Molly e seu irmão mais novo, Ian, os cabelos castanho-claros escorrendo sobre os rostos pálidos, os olhos vazios encarando o teto. Cobertura de chocolate escorria pela boca deles, e havia açúcar salpicado em suas roupas, o cheiro de doce dominando a sala inteira.

Em uma embalagem aberta de uma guloseima, uma mensagem a esperava. Ella não queria chegar mais perto dos corpos, não queria ter relação nenhuma com aquilo.

Mas o fez mesmo assim, porque precisava saber o que dizia a mensagem.

PEGUEI VOCÊ.

A embalagem flutuou de seus dedos inertes, pousando como uma pétala de flor em uma pilha de açúcar aos seus pés. Ella recuou porta afora, olhando de um lado para o outro desesperadamente para ver se havia mais alguém ali, alguém que pudesse ajudar, dando um passo atrás do outro para se afastar...

Até que tropeçou em alguma coisa, gritando enquanto rolava escadaria abaixo.

Ela parou com um baque, as costas colidindo contra o chão, a dor a invadindo de uma só vez. Uma dor particularmente intensa atingiu seu tornozelo, e ela grunhiu. Pelo canto do olho, uma sombra se aproximou, mas quando virou o rosto para ver, não havia ninguém.

❀

Ella só tinha ido à enfermaria uma vez na vida, quando Rory quebrara o braço e precisara passar a tarde inteira lá estudando para uma prova. Ella ajudara a amiga a decorar o que precisava, depois pagou o preço por essa desobediência, mas não voltou à enfermaria para tratar dessas consequências. Sabia muito bem como cuidar de seus machucados.

A aluna foi levada até lá pela sra. Blumstein, mancando o caminho inteiro até o salão principal, seu tornozelo esquerdo inchado e roxo. Sequer havia processado o que acabara de ver, as lágrimas secando antes que as limpasse. Focava no que precisava fazer em seguida, o cérebro sobrecarregado. A enfermeira lhe dera um analgésico e uma medicamento para dormir, uma dose tão pequena se comparada à que tomava todos os dias para controlar sua ansiedade e TOC que ela quase riu. Não havia quebrado nada, mas o corpo inteiro estava dolorido e machucado por rolar pelos degraus. Não conseguia afastar a sensação de que aquilo era uma armadilha na qual tinha caído.

Deixaram que Ella descansasse pelo resto do dia, o que preferiu fazer no quarto das meninas em vez de na enfermaria, para onde os corpos estavam sendo levados. As três amigas apareceram depois da aula e Ella endireitou a postura na cama de Rory.

— Eles acabaram de retirar os corpos — disse Rory. — Reação alérgica, de acordo com a enfermeira.

Ella fechou a boca, mas quase podia sentir o gosto do chocolate – enjoativo, doce, cobrindo a língua como um xarope espesso. Quis vomitar tudo que tinha comido no almoço, mesmo não podendo se dar ao luxo porque aquela era a única refeição decente que teria no dia.

— O que aconteceu? — perguntou Rory, recostando-se na cama.

— Tinha doces pelo corredor — respondeu Ella, as mãos fechadas em punhos sobre o colo. A dor na perna estava mais fraca, mas seu corpo inteiro parecia ter sido atropelado por um trator. — Uma trilha deles, e eu… Bem, eu segui.

— Você deveria saber onde ia te levar — disse Yuki, com a voz brava, mas Ella não achou que fosse direcionado a ela em específico. — Por que fez isso?

– Não consegui me controlar – respondeu Ella. – Alguém teria acabado encontrando os corpos, então, melhor que fosse eu.

Yuki ergueu o olhar, atenta.

– Era uma armadilha – disse Ella. – Não foi um acidente. Alguém colocou um arame ali para eu cair. Tinha uma mensagem para mim.

Ella respirou fundo, lembrando de Molly e Ian, que pareciam mais jovens após a morte, as mãos unidas e pálidas.

– Que mensagem? – perguntou Nani.

– Estava escrita em uma embalagem de doce. Só dizia "Peguei você" – respondeu Ella. – Eu deixei cair. Outra pessoa deve ter encontrado.

– A pessoa sabia que você seguiria as pistas – disse Nani. – E, a essa altura, todas nós sabemos que são acidentes demais para não terem sido armados. Dúzias de garotas já morreram antes, isso não pode ser coincidência. Mesmo que a pessoa que vinha ameaçando Ari não tenha matado todos esses outros alunos, ela deve estar ciente do que iria acontecer.

– Tinha alguém lá quando eu caí. Alguém estava observando.

– Tem certeza? – perguntou Yuki, o tom comedido.

Ella apenas assentiu. Tinha visto somente uma sombra, mas não tinha dúvidas de que alguém estivera lá.

– Então, se a pessoa sabe sobre o livro – refletiu Nani, começando a caminhar em círculos pelo quarto, as mãos apoiadas nos quadris largos –, sobre as mortes e como tudo está conectado… Não, isso não faz sentido. Houve mortes décadas antes da lista de Ariane. Mortes que também se encaixam no padrão.

Ella não podia dar uma resposta, mas sabia que havia uma conexão.

– Não são coisas separadas – disse Rory. – Você mesma falou: existe uma vítima para cada conto do livro.

Nani correu até sua gaveta e vasculhou seus papeis, pegando a lista com todas as meninas mortas, traçando linhas que conectavam cada um dos nomes aos respectivos contos.

– A morte de Ari está aqui, e todas essas aconteceram nos últimos cinco anos – disse Nani. – Então voltamos um pouco, e cerca de vinte anos atrás, houve outro ciclo. Há dois anos, Flannery foi assassinada na casa da avó, e vinte anos antes, uma garota chamada Sienna, que faltou à aula para ir à casa da avó e foi atacada por um lobo no caminho. Mesma história, garotas diferentes.

A garota continuou a ligar as vítimas às histórias com linhas vermelhas, indo cada vez mais rápido.

– Mas é meio estranho, né? – perguntou Rory, inclinando a cabeça.

– Há mais do que duas. Olha essa aqui, nos anos 1960: uma garota se afogou no lago, o que foi considerado suicídio – disse Nani. – Tem que ser o livro. Ele é mágico. Ele está nos levando até essas mortes de alguma maneira. Estamos ligadas a ele.

A resposta sempre fora magia.

– A história se repete – disse Ella, e de repente uma tranquilidade a tomou, uma compreensão profunda. – De novo e de novo, até termos o final certo. O final feliz. Exceto que não conseguimos ter esse final, porque alguma coisa está errada. É isso que o livro está dizendo. É essa a maldição. Fomos amaldiçoadas para não termos um final feliz.

As mortes continuariam se repetindo, nunca chegando ao final verdadeiro.

– O livro tem que ser a chave – disse Nani. – É por isso que a pessoa quer o original. E talvez, por estarmos com ele, a gente consiga quebrar a maldição.

– Calma – disparou Yuki, de braços cruzados.

A garota estava parada longe delas, Ella só percebera agora. Ella, Rory e Nani estavam todas aglomeradas em volta das anotações de Nani, mas Yuki estava do outro lado do quarto.

– Explique isso de forma lógica – disse Nani, gesticulando amplamente para suas anotações. – Explique o livro. Não podemos destruí-lo. Pode chamar isso de maldição, praga ou seja lá o que for, não importa. Não muda o fato de que mortes estão acontecendo e o livro as está prevendo, de novo e de novo.

Nani sustentou o olhar de Yuki, mas foi Rory quem tentou aliviar o clima.

– Como se quebra isso, então? – disse ela, cutucando as costelas de Ella com o cotovelo. – Um beijo de amor verdadeiro? Quem é a voluntária?

– Parece que Pippa finalmente vai ter uma chance – brincou Ella, o que fez Rory lançar um olhar mortal de volta para a amiga.

– Para vocês, existe uma chance – disse Yuki. – Mas se deixarem um homem chegar perto de mim enquanto eu estiver dormindo, vou queimar esse castelo até não sobrar mais nada.

Ella sorriu para Yuki, mas a amiga não retribuiu.

– Então o livro prevê as mortes, mas não podemos simplesmente escolher quem está conectado a cada história – rebateu Yuki. – Vocês querem que as respostas se encaixem na hipótese de vocês, mas tem que ser o contrário.

Ella franziu a testa, pensando mais uma vez, um pensamento fora de seu alcance.

Contos de fadas são história, por assim dizer, e a história se repete. Todos os contos compartilham os mesmos elementos em centenas de culturas diferentes. Culturas que nunca se encontraram, mas que mantêm o mesmo padrão: garotas maltratadas que fogem de casa, perigos à espreita nas florestas, a sabedoria e a gentileza necessárias para sobreviver. Eram todos diferentes, mas carregam a mesma verdade há centenas de anos.

Ella levou a mão à boca, finalmente se dando conta de todas as implicações. Elas estavam amaldiçoadas, todas elas, fadadas a repetir os piores finais. E se ela não encontrasse uma forma de quebrar a maldição, aquela versão de sua vida também seria seu destino.

Tudo o que ela teria era o que já conhecia: uma casa que nunca foi sua, onde precisava trabalhar todos os dias só para poder comer, sonhando com o dia em que iria embora, mas apenas sonhando, nunca de fato realizando esse sonho. Esfregando a cozinha, lavando as cortinas, costurando até as mãos estarem cobertas de bolhas e sangue, até que sua mente gritasse para que ela parasse. Para que pudesse ter outra vida em vez daquele eterno ciclo de abuso em casa.

– Não é aleatório – disse Ella, enfim, abaixando a mão e vendo as cicatrizes nos nós de seus dedos. – É quem nós somos.

O olhar de Yuki ficou mais intenso, e agora Ella compreendia tudo com extrema clareza. A mensagem simples de Ari, o aviso que ela tinha deixado para trás. *Eu sou uma delas.*

– Nossas vidas não nos pertencem – disse Ella baixinho, tentando expressar o que sabia. Seu convite para Grimrose, a única coisa à qual havia dado importância, a coisa da qual mais tinha orgulho, era tudo mentira. – Fomos trazidas para cá para cumprir nosso destino. Para encenar a história até o desfecho horrível. Nunca tivemos escolha.

Ella olhou para as amigas: as sobrancelhas de Nani estavam enrugadas, a mão de Rory cobria a boca. E Yuki, imóvel, continuava parada como uma estátua.

– Isso não faz sentido – disse Yuki, por fim, erguendo a voz.

– Só que faz, sim – interveio Rory, encarando-a. Até mesmo ela estava séria agora, sem qualquer traço de humor. – Tudo se encaixa.

Yuki balançou a cabeça, afastando-se. Ella se levantou por instinto, ignorando a dor no tornozelo.

Havia pânico nos olhos de Yuki enquanto olhava de uma para a outra.

– Sei que estão tentando encontrar respostas, e…

– Nós acabamos de encontrar – disparou Rory. – E daí se for tudo magia? Talvez seja mesmo!

– Não – disse Yuki. – Não podemos continuar com essa bobagem para sempre.

As mãos de Yuki tremiam. Ella notou, e seu instinto a fez recuar. Yuki olhou para as próprias mãos, respirando com dificuldade, e então ergueu a cabeça de novo, seus olhos escuros arregalados, desesperados. Um aviso de perigo.

– Yuki, me deixa…

Yuki a empurrou para longe, e então o quarto se estilhaçou em pedacinhos.

47

YUKI

Dessa vez, não houve flocos de neve. Em vez disso, Yuki criou espelhos, pontas quebradiças afiadas flutuando pelo ar como estalactites cortantes. Pairaram no ar por um instante e Yuki olhou em choque, todos os pedaços apontados para Ella, parada com a mão estendida.

Em cada centelha espelhada, versões dela a encaravam de volta.

Quando se deu conta do que tinha feito, quando piscou, todos os espelhos se estilhaçaram no chão. O vidro se despedaçou em milhões de pedaços menores, cobrindo o tapete do quarto com uma camada cintilante, como se elas estivessem em uma caverna encantada. E então, tudo começou a derreter como gelo.

Ella abaixou a mão, pega de surpresa. Sangue pingava de uma ferida no braço, a única marca que o espelho deixara. Ela apertou o local com a mão e se virou para que ninguém visse.

Mas Yuki viu. Ela abriu a boca e depois fechou, e seu coração se partiu em dois.

– Que merda foi essa? – perguntou Rory, mexendo os pés e esmagando o vidro sob as botas.

– Magia – respondeu Nani, simplesmente, com um olhar resoluto.

As mãos de Yuki pararam de tremer, como acontecia quando ela extravasava sua raiva, quando libertava a parte de si que lutava para manter escondida, quando cedia aos sentimentos e a magia jorrava.

– Como…? – gaguejou Rory, depois parou, ainda com o rosto franzido. – Desde quando?

– Desde o ritual – respondeu Yuki, finalmente conseguindo encontrar sua voz.

– Então funcionou – disse Ella baixinho.

– Não, não funcionou! – rebateu Yuki, irritada. O vidro no chão tremeluziu sob seus sapatos, e ela queria dissolver todos os pedaços quebrados, todas as pequenas e horríveis partes dela refletidas nos menores fragmentos. – Não nos disse nada sobre seja lá o que vocês acham que essa maldição seja.

– Temos que encontrar quem está causando tudo isso – disse Ella. – Já houve mortes demais. Alguém está usando o livro para conseguir o que quer, e tem nos ameaçado esse tempo todo.

– Alguém está apressando o inevitável – disse Nani, tamborilando os dedos, pensativa. – E se sabem do livro, devem saber da maldição. É isso que interessa.

– Por isso Ariane recebeu o bilhete – disse Rory, virando-se para elas. – Porque a pessoa prometeu contar a verdade. Ari foi sem o livro, então a pessoa acabou matando ela, mas não conseguiu colocar as mãos nele.

– E então…

– Ari não foi assassinada – interrompeu Yuki. – Ari se suicidou.

As três garotas se viraram para ela, aguardando com expectativa.

– Nós brigamos – disse Yuki, a garganta seca, sua essência consumida. – No dia em que ela voltou. E eu disse que, se ela queria tanto que todos tivessem pena dela, ela deveria se matar.

O silêncio ecoou dentro do próprio coração vazio de Yuki.

– Você não sabe se foi isso – disse Ella.

– Eu sei o quanto você que acreditar em tudo isso – rebateu Yuki. – Na maldição, na morte da Ari. Mas talvez ela tenha feito isso por minha causa.

– Eu não acredito – declarou Nani. – Nós só precisamos encontrar um jeito de quebrar o ciclo. Descobrir quem está matando as meninas, fazer a pessoa contar a verdade. Talvez ela saiba como acabar com isso.

— Não — disse Yuki, respirando fundo. — Isso acaba aqui. Eu não ligo para a origem da magia. Eu não ligo para o que o livro diz.

— Mas nós podemos estar amaldiçoadas — disse Ella. — Ou a escola, ou o livro, ou só nós. Não está *certo*.

— Por mim, podem entregar o livro para essa pessoa. Deixe que fiquem com o livro. Não quero mais fazer parte disto.

Nani ergueu o queixo.

— Isso não é escolha sua.

Yuki riu. De um jeito áspero, mordaz, cheio de desdém e desprezo, e foi *tão libertador*.

Era o som de tudo que ela era, sem precisar se esconder mais.

— Engraçado você dizer isso. — Ela se virou para Nani, com a intenção de colocar toda a verdade diante delas, porque isso era tudo o que restava: a verdade. — Você se acha tão melhor do que nós. Desde que chegou aqui, você se acha superior.

— Você não sabe nada sobre mim — disse Nani, e havia uma mágoa sincera em seu olhar.

— Você só está nos usando para conseguir respostas — acusou Yuki. — Não quer ajudar, sequer nos contou por que veio para cá, não fez nada que não fosse por si mesma. Se quer ir embora, é só ir. Não estamos te impedindo.

— Eu...

— Você não quer ficar aqui — continuou Yuki. — E também não precisamos de você aqui conosco.

Nani parecia prestes a chorar, mas em vez disso ela apenas balançou a cabeça e saiu, colidindo o ombro contra o de Yuki quando atravessou o quarto.

— Ótimo — resmungou Rory, alto o bastante para que Yuki ouvisse. — Era justamente disso que a gente precisava.

Yuki voltou o olhar para Rory.

— Você nem a conhece. Ela nem está interessada na maldição.

— E você também não, pelo que notei — rebateu Rory, erguendo uma sobrancelha.

Yuki jogou as mãos para o alto e Ella se encolheu – por reflexo. Yuki abaixou as mãos, sentindo que o gesto era como uma facada em seu coração partido.

– Se é um ciclo, então qual o propósito? – falou Yuki. – Ninguém o parou antes. Talvez seja melhor se desenrolar deixarmos a história terminar como deve. – Não restava nada da cuidadosa e perfeita Yuki, e pela primeira vez seus ombros não estavam pesados. – Talvez Ari soubesse disso. – Yuki encarou Rory. – Talvez ela tenha feito o que fez porque era a saída mais fácil.

Yuki queria ficar sozinha, então se virou sobre os calcanhares e saiu. Elas que lidassem com a bagunça.

Foi Ella que correu atrás dela.

Claro que foi.

– Yuki, espera! – disse a amiga, e Yuki podia ouvir o tremor na voz dela, como se estivesse tentando muito não chorar.

Yuki não tinha certeza se conseguiria se conter o suficiente para ter qualquer tipo de conversa. Sentia as farpas quebradas se soltando, ficando afiadas. Uma garota feita de fragmentos de gelo e espelhos estilhaçados, preparada para qualquer coisa que o mundo jogasse contra ela, pronta para magoar como contra-ataque.

Estava cansada de fingir. Estava cansada de fazer o que todos esperavam dela. Cada uma das pessoas em sua vida colocara expectativas sobre ela, e Yuki queria agradar a todas e fazer o que queriam, mas ninguém a via como uma garota de verdade, que podia querer coisas, ficar chateada e cansada e brava, e toda aquela raiva tinha se voltado para dentro, isolando-a dos outros, porque ela não podia ser como eles.

Ela tinha tanto, mas ainda estava *tão* sozinha.

– O que foi? – perguntou Yuki.

– Não foi sua culpa – disse Ella. – A morte de Ariane.

– Não preciso da sua ajuda. Do que me serve? Você nem consegue se ajudar. Nem consegue sair daquela casa.

Tudo estava derramando de dentro dela. Toda sua raiva, toda sua impaciência, todos os seus pensamentos mais cruéis, e ela queria que eles saíssem. Que a invadissem como uma enchente.

– Você sabe que não é assim que funciona – disse Ella, travando a mandíbula. – Só estou tentando sobreviver. Meu pai..

– Não o defenda.

– Defender? – questionou Ella, perplexa. – Você está fazendo uma acusação?

– Estou, sim – cuspiu Yuki, de uma vez. – Seu pai sabia o que estava fazendo quando se casou com Sharon, e não se importou que a filha sofreria com isso. Ele pediu para você ser corajosa, pediu para você ser gentil, mas não deu a mínima para o que aconteceria com você. E agora, olha só para você.

Yuki despejou tudo de uma vez, todas as palavras que sempre pensara. Ella achava que o pai era um santo, mas ele testemunhara a dor da filha e não fizera nada. Yuki nunca o perdoaria por isso, e queria que Ella soubesse. Queria que Ella *enxergasse*.

Yuki queria que Ella soubesse a verdade, assim como ela, mesmo que a amiga ficasse machucada.

Era a coisa mais cruel que Yuki já fizera.

Ella conteve as lágrimas com toda a dignidade que conseguiu reunir.

– A culpa é dele também – disse Yuki, baixinho. – Ele colocou a própria felicidade acima da sua. Ele tem tanta culpa quanto a Sharon.

Ella balançou a cabeça e sussurrou:

– Isso não é verdade.

– É sim – disse Yuki, simplesmente. – Ou você não estaria chorando por causa disso. Pare de esperar que alguém venha te salvar, Ella. Ninguém vai fazer isso.

Yuki não deixou Ella dizer mais nada. Em vez disso, deu as costas para a melhor amiga e foi embora.

48

NANI

Nani foi para o único lugar onde pensou que encontraria consolo.

As palavras de Yuki ecoavam em sua mente e em seu coração, e ela tentou afastá-las. Não precisava das meninas. Não precisava de Ella, Yuki ou Rory. Podia descobrir as coisas sozinha, como sempre fizera, e não seria vítima de uma maldição idiota.

Nani pensou no que Ella disse sobre todas elas estarem no livro. Ariane não a conhecia, mas Nani tinha medo de ser uma delas, medo de que, se procurasse, encontraria a si mesma nas páginas, emoldurada entre as letras de uma história, sua essência fragmentada e estilhaçada para caber em um conto que ouvira mil vezes.

Tinha se esquecido de seus verdadeiros objetivos, deixara tudo de lado por causa de um livro mágico idiota, tudo porque queria respostas grandiosas, que fossem de outro mundo, para que pudesse esquecer que sua vida importava assim tão pouco. Porque haviam prometido uma aventura para ela, e ela queria acreditar nisso.

Não mais. Ela nunca mais seria enganada por isso.

Nani bateu na porta e esperou. Svenja a abriu, franzindo a testa ao vê-la, e Nani percebeu que os olhos dela estavam um pouco vermelhos.

– Aconteceu alguma coisa? – perguntou Nani, preocupada.

Svenja fungou, olhando para cima.

– Sim – respondeu ela, sem abrir mais a porta. – O que foi dessa vez? Quer que a gente roube o escritório da diretora?

Nani franziu a testa, olhando para dentro do quarto de Svenja. Estava igual da última vez, não tinha mais ninguém ali com ela.

– Não – respondeu Nani, constrangida, com as mãos enfiadas nos bolsos.

– Abrir uma cova? – sugeriu Svenja. – Eu conheço o cemitério. Nani franziu ainda mais o cenho, sem entender.

– Por que está brava comigo?

– Porque você é uma babaca.

– Não consigo evitar ser uma babaca.

– Eu percebi – disse Svenja, amargurada. Então suspirou, e os ombros afrouxaram. – Estou cansada, Nani. Pensei que éramos amigas, mas você só vem à minha porta quando precisa de alguma coisa, e sou esperta o bastante para perceber quando estou sendo usada.

As palavras foram como uma facada em suas entranhas. Svenja estava certa. Nani a usara, e mesmo depois de ter começado a se importar com ela, não disse nada. Ela queria ser consolada, mas só tinha mentido para Svenja.

– Sinto muito – disse Nani.

– Sente mesmo? – perguntou a garota, erguendo uma sobrancelha.

As bochechas de Nani esquentaram e ela engoliu em seco uma, duas vezes. Não iria chorar por causa disso. Já tinha sido o suficiente com as garotas a acusando de querer ir embora, de não se importar. Ela não passaria por isso de novo. Nani não tinha certeza se podia ouvir o que seu coração dizia, mas havia algo ali em que acreditava.

– Svenja, você não entende…

– Claro que não, você não me conta nada! – retrucou Svenja, jogando as mãos para o alto. – Desde o momento que chegou aqui, tivemos dezenas de conversas, e sei que você tem medo de estar em um lugar onde não conhece ninguém, um lugar que não compreende, mas eu te ofereci um espaço seguro.

Svenja a encarou e Nani percebeu que ela também estava tentando não chorar.

— Eu sei como é se sentir sozinha em um lugar onde ninguém te entende — falou a garota, estendendo a mão e enlaçando os dedos no pulso de Nani. — Não quero que ninguém se sinta assim. E talvez a gente não precise compartilhar tudo. Eu posso não entender como é ser você, e você pode não entender como é ser eu, mas sei como é horrível não pertencer a lugar nenhum.

Os olhos das duas se encontraram.

Nani desejou poder encontrar palavras, mas não tinha nenhuma. A garganta se fechou, o corpo se voltou para dentro de um templo, inteiramente vazio, enquanto as palavras de Svenja ecoavam em torno de suas pilastras, em torno de seus ossos, ao redor do vazio que tinha criado para si, do medo de que alguém a conhecesse de verdade.

Ela tinha esperado pelas promessas do pai. Esperado pelo dia em que ele a levaria consigo para viver aventuras, para viver em um mundo diferente.

E o pai tinha dado isso a ela. Ali, em Grimrose.

Nani só tinha sido idiota demais para enxergar.

— Desde que chegou aqui, você tratou todo mundo igual um carcereiro de quem você não consegue escapar — concluiu Svenja, as lágrimas escorrendo por suas bochechas. — Minha amizade não precisa ser sua prisão.

Svenja recuou e soltou o braço de Nani se sentiu sozinha, como se aquela fosse a única coisa que ainda a estivesse ancorando-a ao mundo — por um momento, ela teve alguém.

— Não sou sua inimiga, Nani — completou, dando mais um passo para trás. — Não me transforme em um monstro que não sou.

Svenja fechou a porta na cara de Nani, que ficou novamente sozinha no corredor vazio.

Ela odiou aquilo.

49

ELLA

Ella decidiu voltar para casa, tentando não chorar. Enquanto saía, viu seu reflexo em um dos espelhos e percebeu que estava um desastre completo – os olhos inchados, metade da maquiagem escorrendo pelas bochechas. Ela fungou, limpando o nariz no blazer do uniforme, tentando contar os passos que daria até o ônibus.

Chorar pelo menos ajudava com a ansiedade, porque deixava seu cérebro sobrecarregado demais para pensar em qualquer outra coisa. A garota não estava longe do portão quando ouviu passos rápidos e pesados atrás dela.

Ella tinha uma boa noção de quem era, e não conseguia encará-lo enquanto estava naquele estado. Correu mais rápido, mesmo com o tornozelo dolorido, mas Frederick era bem mais alto e praticava exercícios físicos, o que Ella não fazia, não por falta de ser lembrada disso constantemente.

– Ah, já chega – disse Ella para si mesma.

Frederick a alcançou.

– Você está bem?

Ella o encarou, com os olhos inchados.

– Sim.

– Ah. Não sabia que tínhamos novos padrões para isso.

– Não é hora para gracinhas – respondeu, segurando um choro que tentava fazer seu corpo inteiro tremer.

– Não vou fazer perguntas idiotas – prometeu Freddie. – Quer que eu te leve para casa? Aqui, pegue.

Ele entregou um lenço para Ella, que aceitou, grata.

– Fiquei sabendo do seu acidente – disse Freddie gentilmente, apontando para a perna que ela arrastava. – Tem sido um dia e tanto para você, né?

– Só preciso ir para casa.

Freddie ofereceu o braço.

– Vem.

Ele não fez nenhuma pergunta no caminho. Apenas subiu no ônibus com ela, mesmo não precisando, e segurou sua mão enquanto os eventos do dia passavam pela mente da garota.

Ella não queria reconhecer que existia uma ponta de verdade no que Yuki dissera. Fazer isso significaria admitir que seu pai tinha culpa, que tinha priorizado Sharon em vez da segurança da filha. Ella entendia que ele ficara solitário desde a morte de sua mãe, que queria companhia, que era um romântico de coração. Sabia que as pessoas podiam agir dessa forma, conectando-se com um novo amor como se nada antes dele houvesse existido.

Ella o desculpou por isso. Desculpou o que ele não vira, e então ele morreu, e era tão mais fácil perdoar quando ele estava morto.

– Se quiser conversar, eu estou aqui, Eleanor – falou Frederick, baixinho, enquanto deslizava o braço em volta dela, que repousou a cabeça no ombro dele.

Não queria conversar, mas sorriu ao ouvir seu nome inteiro. Com ele, não se sentia apenas a velha Ella de sempre. Eleanor era sofisticada, elegante e ia em festas chiques. Eleanor não tinha hora para dormir nem toque de recolher, e não acordava cedo para fazer as tarefas de casa. Eleanor não tinha um pote de economias que guardava embaixo da cama. Eleanor tinha milhares de possibilidades de um futuro diferente.

Ella gostava de quem era, mas, às vezes, não se importaria de trocar de vida com Eleanor.

Os dois desceram no ponto de ônibus dela, e então ele a levou à esquina da casa. Freddie ficou parado na calçada, com a neve da noite anterior em torno de si, deslocado. O príncipe de uma história.

Mais do que nunca, Ella sentiu vontade de se deixar levar. De ser tomada por aquela tempestade em particular, de ser salva.

Pare de esperar que alguém venha te salvar.

Ella tinha esperado por tanto tempo. Todos os dias, contava no calendário o tempo que faltava até sua liberdade, porque não sabia como lutar contra o que lhe fora imposto. Porque, no fim, ela estava confortável naquela situação, porque era algo que conhecia. Aquela casa era segura, mesmo quando não era. Aquele era um mal já conhecido, e ela não sabia o que a esperaria do outro lado.

Apesar de todas as suas palavras, Eleanor Ashworth era uma covarde.

– Obrigada – disse a Frederick.

Ele assentiu, pressionando os lábios.

– Então eu te vejo no baile?

Ella assentiu, mas só de pensar naquilo seu coração afundava no peito. Claro que o baile não havia sido cancelado, mesmo que tivessem acabado de encontrar dois novos corpos na escola. Cancelar significaria que algo estava errado, e nada podia dar errado em Grimrose.

Ella deixou Frederick e se esgueirou em silêncio pelo portão da frente, mantido destrancado durante os dias de aula. A casa estava silenciosa, e ela andou, nas pontas dos pés, da sala de estar até a cozinha. Sharon ainda não tinha aparecido, então ela se sentiu segura em lavar o rosto na pia, tirando os últimos resíduos de maquiagem dos olhos.

A madrasta não estava lá, mas a irmã postiça estava. Stacie era uma presença nas sombras, os braços cruzados, a mandíbula travada.

– Eu não te avisei no começo, Ella?

A garota não disse nada, mordendo o lábio inferior e tentando encontrar uma forma de acalmar seu coração.

– Você está sempre sonhando com um final feliz, não é? – continuou Stacie, mas não havia zombaria em suas palavras, apenas amargura. – Acha que Frederick se importa mesmo com você? Que não passa de uma garota boba com quem ele está brincando?

– Isso não é verdade – rebateu.

Ella não duvidaria de Frederick. Não poderia duvidar. Não importava que gostasse dele. Não importava que seu coração batesse um pouco mais forte quando o ouvia falar, quando o via bagunçar o cabelo ruivo com as mãos. Não importava que quisesse passar os dedos por aqueles fios, que talvez algo mais pudesse acontecer no baile. Algum tipo de magia.

Um tipo *bom* de magia.

– Ele sabe do seu segredo?

A mão de Ella subiu involuntariamente para a bochecha, e Stacie umedeceu os lábios.

– Ninguém na escola vai entender – continuou ela. – Você acha que eu posso falar com o *meu* namorado sobre isso?

Ella ficou tensa, já que Stacie nunca falara sobre a forma como Sharon as tratava. Sempre fingira que ela e a irmã eram as filhas favoritas e que nada estava errado. Elas não conversavam sobre a vivência que compartilhavam, porque Stacie gostava de fingir que não era nada parecida com Ella.

– Nenhum deles entende – falou Stacie. – Poupe a si mesma de um coração partido. As pessoas não gostam do que não podem consertar.

As palavras da irmã foram um golpe certeiro. Ela sempre foi demais. Dificuldades demais, problemas demais – ela tinha ansiedade, TOC, um pai morto, uma mãe morta, e ainda vivia na sombra de Sharon. Ella tinha problemas demais e sabia disso.

Ninguém iria salvá-la. Porque o único jeito de sair dali era se alguém oferecesse uma mão, uma forma de resgatá-la, um jeito de superar toda a sua mágoa. Ella continuaria sendo gentil, continuaria tentando compensar por cada um de seus traumas sendo a melhor pessoa que podia ser, apesar de tudo. Porque, um dia, alguém iria salvá-la, e ela não podia dar motivos para que a rejeitassem.

– Você vai superar – disse Stacie, com certa empatia. – Mas estamos sozinhas. É melhor não nos esquecermos disso.

Stacie se virou e subiu as escadas até seu quarto. As mãos de Ella tremiam, mas já tinha gastado suas lágrimas.

Ninguém iria atrás de garotas despedaçadas, de garotas que tinham problemas demais, de garotas que continuavam tentando. Ninguém as deixaria esquecer do que tinham passado.

Ninguém as salvaria.

50

RORY

Rory encarou o quadro de avisos com as datas do torneio. Havia perdido a inscrição. Claro que sim.

Depois de toda sua bravata com Éveline, depois de brigar com Pippa, não conseguiu nem fazer uma única coisa certa. Sequer havia ocorrido a ela que o torneio teria um prazo de inscrição, porque esse tipo de coisa nem ao menos passava pela mente de Rory Derosiers.

Continuou a encarar o quadro, com os ombros caídos, tentando descobrir um jeito de contornar a situação.

– Você perdeu – disse Pippa, entrando como uma brisa pela porta da sala.

Rory mantinha os olhos fixos no quadro, como uma idiota. A única coisa que talvez *quisesse* fazer em toda sua vida, e ela a perdera.

Bem-feito. Não era como se ela merecesse aquela chance.

– Eu sei – respondeu, baixinho, com a voz surpreendentemente calma.

Rory não chorou. Já lidara com seu corpo nas noites mais dolorosas, quando ainda nem tinha recebido um diagnóstico. Seus pais a levaram aos melhores médicos da Europa, mas até eles tiveram dificuldade para diagnosticar algo que se resumia a uma dor arrebatadora e sem fim pelos músculos do corpo, e que basicamente não tinha cura.

Ela enfiou as mãos nos bolsos do blazer do uniforme, virando-se para Pippa.

— Eu ia me inscrever.

Pippa ergueu uma sobrancelha. As coisas ainda estavam estranhas, e Rory sentia falta do que elas compartilhavam no início. Espadas colidindo, a provocação sem fim, o jeito que sorriam uma para a outra depois que o dia terminava. Rory não conseguia encontrar isso dentro de si agora, mesmo querendo desesperadamente.

— É complicado — continuou, abaixando a cabeça. O cabelo cor de cobre caía em ondas pelos ombros, lindo e sedoso. — Eu precisava da permissão dos meus pais. Eles são... superprotetores.

Pippa ficou de orelhas em pé ao ouvir isso. Rory nunca falava espontaneamente sobre os pais. Nunca falava espontaneamente sobre sua vida fora de Grimrose, porque não era sua vida de verdade para reivindicar. Fora determinada para ela desde o dia em que nasceu, e Rory não tinha escolha a não ser segui-la.

Sua verdadeira vida era ali, em Grimrose.

— E o que eles disseram?

— Não me deixaram — respondeu Rory, mordendo as bochechas por dentro. Os olhos escuros de Pippa estavam atentos, tragando-a. — Mas eu ia me inscrever porque foda-se o que eles pensam.

Dessa vez, Pippa riu, os dentes brancos aparecendo, o rosto inteiro se transformando em algo mais acentuado, mas nítido, e o cérebro de Rory não conseguia registrar nada além de: ela era linda, terrível e dolorosamente linda, e Rory era uma idiota por pensar que podia apenas ignorar essa informação.

Ela sabia que era um caso perdido antes mesmo de Pippa entrar na pista.

— Bom pra você — disse Pippa. — Mesmo assim, perdeu a inscrição.

— É — concordou Rory, seus pés se arrastando de um lado para o outro no chão do vestiário, fazendo uma dança invisível. — Desculpa por ter dito aquilo para você antes. Sério. Sei o quanto você batalha por isso.

Pippa a encarou, o rosto ficando sério de novo.

— Isso é um pedido de desculpas de verdade?

— Sim — respondeu Rory, suspirando.

Em vez de sua atitude agitada e natureza inquieta, tudo o que ela sentia era calma. A tranquilidade que vinha com a derrota.

Ela se aproximou do banco em que Pippa tinha colocado a bolsa e se sentou, passando os dedos pelo cabelo.

— Não é tão difícil assim reconhecer, sabe — disse Rory, sem olhar diretamente para a garota. Não ousava fazer isso. Precisava liberar tudo, quebrar as próprias regras. — Sei que quase todo mundo aqui é absurdamente rico e estuda nessa escola ridícula, mas isso não muda como as coisas são no mundo, e sei que as pessoas são…

— Cansativas? — sugeriu Pippa.

— Eu ia dizer umas racistas de merda — respondeu Rory, e Pippa riu de novo. Ela se sentou ao lado de Rory, com os cotovelos apoiados nos joelhos. Seu perfume cheirava a amieiro e almíscar branco misturado com toques de outono. Rory odiava saber exatamente qual era o perfume, porque uma vez fora com Ari em uma loja e vasculhara tudo até encontrar aquele aroma. Ela sentira apenas o cheiro do que realmente queria, mas era só o que ela tinha direito. — Eu não tenho o direito de dizer que te daria uma surra. Eu até poderia dar, mas não quer dizer que seria fácil.

Pippa continuou a encará-la, ainda imóvel.

— Não seria mesmo — continuou Rory, erguendo a cabeça para encontrar o olhar da garota, sentindo uma dor no peito a cada confissão. — Você é a melhor esgrimista que conheço, e eu vi a competição olímpica. Você coloca todos eles no chinelo. Quando sair daqui, você vai mudar o mundo. — Pippa pressionou a boca, e Rory sorriu. — Eu tenho sorte de contar com você como amiga — completou, soltando o ar de uma vez.

— Amiga? — perguntou Pippa, os olhos buscando os de Rory, mordendo o lábio inferior. — É só isso?

— Sim — Rory afirmou, forçando-se a desviar o olhar dos lábios carnudos da garota. — Uma amiga.

Pippa a encarou e assentiu. Os ombros delas estavam se encostando, e Rory sentiu o próprio coração acelerar um pouquinho. Ela o forçou a sossegar. Respeitava Pippa demais para arrastá-la para a bagunça que era sua vida.

– Tudo bem – disse Pippa, e a voz parecia forçada. – Quer um conselho de amiga? Agora que podemos parar com essa bobagem de não falar fora da pista?

– Então você percebeu isso.

Pippa lançou um olhar significativo para Rory.

– Rory, eu conheço você. – Ela suspirou. – Vi você lutar, e sei que não conversamos sobre coisas pessoais. E acho que você estava certa sobre se inscrever no torneio.

– Agora é tarde.

– Mas não é tarde para todo o resto – encorajou Pippa, os dedos roçando nas costas da mão de Rory, e tudo o que Rory queria era agarrá-la, e o resto do mundo que se dane. – Você está vivendo pela metade. Tentando satisfazer seus pais, tentando ainda ter algo para si mesma. Mas você não está vivendo a vida que eles querem, e também não está vivendo a vida que você quer.

Rory ficou imóvel, atônita, de repente com medo por Pippa tê-la compreendido tão bem. Medo porque, mesmo entre todas as palavras que as duas nunca trocaram, ela ainda assim sabia. Porque, se ficasse mais um segundo, Pippa a desvendaria por completo.

E talvez, apenas talvez, ela gostasse disso.

– Esse torneio não é o fim – disse Pippa, se levantando. – É o começo. Comece a fazer suas próprias escolhas, e aí você vai ver como tudo fica melhor.

51

YUKI

Yuki não se importava que as amigas não estivessem falando com ela. Não mesmo.

Tinha as provas finais para se preocupar e o baile de inverno para se preparar. Encontrara a caixa que continha seu vestido no quarto. Todas as caixas eram de cores diferentes, e Yuki imaginou que os vestidos dentro delas também. Ainda não tinha aberto a sua, sabendo que não conseguiria olhar para a roupa que Ella costurara de presente.

Yuki não se arrependia de ter dito a verdade, mas as consequências a assustavam.

Tinha visto Ella com Frederick nos corredores, e viu Rory treinando sozinha, correndo ao redor do jardim congelado quando nenhum outro aluno ousava pisar lá fora. Yuki sequer queria pensar no próprio aniversário, que chegaria no fim do mês. Fazer 17 anos não parecia algo digno de comemoração.

Então, se concentrou nos estudos e evitou todos os espelhos. Queria se livrar de tudo que estava acontecendo, esquecer tudo, deixar que a maldição a levasse de uma vez por todas.

Supunha que fora isso que Ari havia feito, no fim.

Penelope foi encontrá-la na biblioteca depois da aula, no lugar de costume de Yuki.

— Está sozinha? — ela perguntou, e Yuki assentiu. — Vai me contar o que aconteceu ou não?

Ela encarou a colega.

– Dá pra ver na sua cara – disse Penelope, e seus olhos passearam pelas estantes da biblioteca, provavelmente procurando por Mefistófeles, caso decidisse fazer um ataque surpresa. – O que aconteceu?

Yuki mordeu o lábio.

– Eu perdi o controle – respondeu ela. – Do… que quer que esteja acontecendo comigo.

– Você pode falar a palavra. Não vai te machucar.

Ela revirou os olhos.

– Tivemos uma briga. As coisas explodiram.

– Neve de novo? – questionou Penelope. – Ou outra coisa?

Penelope falava como se soubesse. Tocou suavemente o ombro dela, que não recuou. Era como se tivesse adivinhado exatamente o que havia feito Yuki perder o controle.

– Está piorando, eu acho – disse Yuki. – Preciso controlar isso.

Penelope franziu a testa.

– É um jeito de ver as coisas. Ou você pode só dizer… livre estou. – Penelope deu uma piscadela, e Yuki grunhiu, suspirando com a piada.

– Por favor, não.

– Sei que gosta desse lance de controle. Está lutando consigo mesma para não demonstrar nenhuma emoção, e o que acha que vai acontecer com você?

Yuki não sabia como responder. Não conseguia controlar aquilo. Podia sentir correndo por suas veias, por seu corpo, uma centelha de algo desconhecido, mas que sempre tinha estado lá, esperando, e agora havia despertado.

Pela primeira vez em anos, Yuki estava com medo de si mesma.

Do que era capaz de fazer.

Do que era capaz de se tornar.

– Não posso fazer isso – disse ela. – Eu vou acabar machucando alguém.

– Então você acha que reprimir é a melhor solução. – Penelope riu, desdenhosa. – Você se recusa até a reconhecer que isso existe. Exatamente como fez a vida toda.

– Você não sabe muito sobre a minha vida.

Penelope balançou a cabeça.

– Você está errada. E sabe por quê? Porque você é *exatamente* como eu, Yuki. Você só está com medo de admitir. Medo de querer coisas para si mesma.

Yuki olhou para as próprias mãos, suas mãos firmes, a pele branca como a neve. Ainda perfeita, ainda intocada. Seu corpo era como uma armadura impenetrável. Nada entrava, nada saía.

– É um dom – disse Penelope, por fim. – Não uma maldição.

Yuki a encarou.

– O que você disse?

Penelope voltou os olhos verdes e vívidos para ela. Eles pareciam vastos, como campos verde-esmeralda, e ali dentro, a frieza inerente das rochas. Yuki estremeceu.

– Não é uma maldição – repetiu Penelope. – Pode até ser um jeito de quebrar uma. De se libertar. Já te falei isso.

– E o que você falou me fez brigar com minhas amigas.

Penelope bufou.

– Claro, pode jogar toda a culpa em mim. Sou uma má influência. Não é isso o que suas amigas falam de mim?

Os dedos de Yuki se tornaram gelo, e o ar ao redor das duas foi ficando mais frio. Penelope agarrou as mãos dela, que pôde sentir o gelo escorregar para a pele da garota, deixando-a fria, mas Penelope não se mexeu. Aceitou tudo, um desafio invisível enquanto uma sustentava o olhar da outra.

– Você queria isso desde o começo – disse Penelope. – Mas tem medo demais de admitir. Algumas pessoas não vão se importar se você as machucar, Yuki.

Penelope se manteve firme até que a magia de Yuki irrompeu em uma última explosão. Mas ela se afastou e flexionou os dedos, a cor voltando para sua pele pálida.

– É hora de aceitar quem você é – disse Penelope. – Você acabou de mostrar a verdade para todas elas. Não dê as costas para isso agora. Eu não me importo com o que elas pensam ou o que querem. O que *você* quer, Yuki?

52

ELLA

Ella passou a última semana de aulas antes do recesso de inverno fazendo seus trabalhos, completando suas provas finais e se concentrando em uma coisa de cada vez. Se parasse por um instante, entraria de novo em uma espiral sobre a maldição e as descobertas que fizeram, e ela não podia mais fazer isso sozinha. Quando não estava estudando, estava limpando, fazendo ajustes de última hora em seu vestido, costurando um dos botões antigos de sua mãe do lado de dentro do tecido, para dar sorte, como a mãe sempre fazia com suas roupas quando ela era criança.

Ella não estava mais com vontade de falar com as amigas, o que parecia errado, desesperador, como um relógio badalando meia-noite e a história chegando ao fim antes da hora.

Quando finalmente foi para casa na sexta-feira à tarde, no dia do baile, estava contente porque teria um recesso de três semanas das aulas depois disso. Ella não queria pensar na maldição e nas garotas morrendo.

No entanto, se não acreditasse na maldição, significava que as garotas estavam morrendo por algum outro motivo – pelas próprias mãos, pelo fato de o mundo era um lugar cruel e terrível que lança todos a um destino atroz com um abraço frio e nada amigável. Ella se recusava a acreditar nisso. Se recusava a acreditar que as histórias delas tinham finais tão duros e abruptos.

A casa estava uma bagunça na sexta-feira, com Stacie e Silla disputando algo a gritos no segundo andar. Ela ouviu roupas rasgando e o berro de Silla, provavelmente porque Stacie tinha puxado seu cabelo. Sharon suspirou quando ouviu a briga, olhando para Ella e massageando as têmporas.

— Elas são garotas tão determinadas — disse a madrasta.

Sharon parecia cansada, com uma mecha branca em seu cabelo normalmente perfeitamente castanho, e subiu para o segundo andar, deixando Ella sozinha.

Ella ainda não sabia como faria para sair escondido. Tinha mantido seu vestido bem escondido, mas seria difícil subir na árvore usando-o. Os gritos continuaram no andar de cima, até que Sharon interveio.

— Não se dê ao trabalho de cozinhar uma refeição completa para as duas, apenas salada — ordenou a madrasta para Ella, do segundo andar. — Elas queriam os vestidos, agora é melhor que caibam neles.

Ella assentiu, pressionando os lábios. As gêmeas estavam ótimas, e os vestidos cabiam. Ela vira Stacie pegando comida escondido depois que a madrasta impusera uma dieta na casa por uma semana.

Ella repousou as mãos no balcão da cozinha, organizando o jornal.

— Mãe, eu vou jogar a Silla pela janela se ela não me deixar usar os brincos de pérola! — berrou Stacie.

— Eu pedi primeiro — reclamou Silla, a voz baixa comparada à da irmã. — Eles combinam com a minha máscara.

— A máscara é a parte mais importante, já que vai esconder essa sua cara feia.

— Esqueceu que somos gêmeas? — rebateu Silla. — Temos a mesma cara, sua idiota.

Aquela disputa continuou por um tempo, como as brigas entre as irmãs costumavam ser, especialmente quando aconteciam apenas pela vontade de brigar. Sharon desceu mais uma vez e tomou três remédios para dormir de uma vez, e Ella mal pôde acreditar em sua sorte.

A madrasta dormiria igual uma pedra naquela noite. Ella poderia sair depois das gêmeas, pegar um pouco de dinheiro de seu pote, talvez até mesmo chamar um táxi. Então, voltaria como se nada tivesse acontecido.

Serviu o almoço, depois ajeitou as coisas na cozinha de novo. O jornal tinha chamado sua atenção. Leu a manchete só para descobrir que era outra história pavorosa sobre uma garota morta, assassinada e largada em uma casa abandonada perto da estação de trem, com o corpo meio queimado e sinistramente não decomposto. Fora encontrada apenas porque a casa tinha sido vendida. Estava morta havia quase um ano e meio. Sem identificação. As fotos abomináveis se esparramavam pela primeira página.

A garota não tinha feições muito marcantes, mas havia alguma semelhança estranha que Ella não conseguia identificar. Quando olhou com atenção, percebeu que tinha algo de familiar no blazer que ela estava usando.

A maior parte do bolso no peito tinha sido rasgada propositalmente para ocultar o que estivera ali antes, mas restava um único e elegante G bordado.

O brasão da Académie Grimrose.

O rosto de Ella ficou pálido, e ela correu para o andar de cima com o jornal. Retirou a tábua que escondia suas coisas, procurando pela foto antiga do ano que Ari chegara à escola. Aquela com ela e Penelope.

Passara tanto tempo pensando na lista, tentando descobrir qual conto de fadas estava ligado a quem, que não percebera algo óbvio. Ella nunca havia pensado no que acontecia com os contos depois que terminavam.

Pensou em mandar uma mensagem para Yuki, mas isso só causaria mais problemas. Além disso, tudo o que tinha era um palpite. Um bom palpite, mas ela precisava confirmar.

E precisava ser naquela noite.

Ella iria ao baile. Descobriria a verdade. Era a única solução, mesmo que não fosse ser simples assim. Mesmo que o medo já estivesse subindo por sua garganta.

Mas Yuki estava certa.

Ella não podia ficar no mesmo lugar, esperando alguém aparecer para salvá-la.

Estava cansada de esperar.

53

RORY

Rory não estava a fim de ir ao baile naquela noite.

Não que algum dia tivesse sentido vontade de ir a um baile na vida – nos que ela frequentava, as pessoas a enfiavam dentro de um vestido, ela não podia comer nada, precisavam dançar com pessoas que pisavam em seus pés e, no dia seguinte, ainda acordava dolorida por causa do corpete. Mesmo assim, não tinha outra coisa para se *fazer* no último dia de aula antes do recesso, porque todo mundo estava ocupado se preparando para o baile de máscaras.

Rory não aparecera aos treinos na semana depois de perder o prazo para o torneio, e cancelou seus encontros costumeiros com Pippa às sextas-feiras. Agora que elas tinham trocado números de celulares depois de três anos, Rory ficava conferindo o aparelho só para garantir que estava vendo certo, que o nome de Pippa aparecia mesmo quando ela abria a conversa. Ficava tocando na tela só para dar zoom na foto e fechar de novo, sentindo-se uma idiota. Demorou uma hora para tomar coragem e dizer que não estava a fim de treinar naquela semana.

Rory suspirou, jogando o celular na pilha de roupas sujas só para não ficar olhando para a tela. Estava escuro lá fora, mesmo não sendo nem dezoito horas. Precisava se aprontar. Procurou a caixa que Ella deixara ali, com o garrancho da amiga no cartão, a única coisa que Ella não fazia lindamente; sua letra era horrível.

Elas nem tinham olhado os vestidos depois da morte de Annmarie, as caixas esquecidas. Yuki levara a dela até a torre de Reyna para se arrumar e saíra do quarto sem dizer uma palavra. Rory encarou a dela, a tampa ainda fechada, perguntando-se que tipo de vestido a amiga teria costurado para ela, mesmo que não estivesse a fim de usar um.

Mas Rory usaria. Por Ella. Porque Ella tinha feito, ficando acordada até sabe-se lá quantas horas, usando a máquina de costura antiga da mãe, fazendo obras-primas.

Quando Rory abriu a tampa, viu que Ella não tinha feito um vestido. Ella tinha feito um terno.

A amiga não perguntara o que Rory queria, e Rory não disse nada porque aceitaria o que recebesse, mas Ella soube mesmo assim.

Rory o tirou da caixa com cuidado. O terno era ouro rosé, com detalhes em pink, e era a coisa menos discreta que já vira, e ela *amou*. O corte era perfeito, e, quando provou o blazer, serviu perfeitamente. Os botões eram em formato de rosas douradas, e a lapela, costurada com uma linha dourada que formava espinhos. A calça combinava com o blazer, e a camisa era sem manga, como ela gostava. Era meio transparente, um material fino que mudava com a luz.

Ella havia se superado.

Rory tomou banho depressa, seu cabelo caindo molhado e pesado nas costas enquanto vestia o terno, olhando-se no espelho, maravilhada. Observou o próprio rosto – a pele branca, os grandes olhos azuis e o longo cabelo de princesa. O cabelo que ela mantinha porque era a única coisa que seus pais sempre elogiavam quando a viam, o cabelo que a fazia parecer mais como uma princesa, o cabelo que as pessoas diziam que a deixava bonita.

Rory tirou o blazer e pegou a tesoura.

A lâmina se fechou no primeiro cacho, que caiu no chão de mármore. Ela teve um momento de completo pânico quando percebeu o que estava fazendo, e depois, gritando enquanto continuava o processo, cortou o resto do cabelo. Primeiro, ela o encurtou até os ombros, e aí começou a cortar todo o resto, chegando mais perto da cabeça, até que seu couro cabeludo fosse apenas uma bagunça de cabelo ruivo claro espetado, os fios curtos.

Estava horrível, mas Rory finalmente se reconhecia no reflexo.

Tudo que precisava era de uma pomada para dar uma ajeitada, e ficaria quase razoável. Rory sabia que havia algo na bolsa que ficara para trás, embaixo da sua cama. A bolsa de Ariane. A bolsa verde-água esquecida.

Respirando fundo, ela se abaixou ao lado da cama, enfiando-se entre a bagunça de roupas e sapatos, e puxou a alça da bolsa.

Hesitou antes de abrir. Aquelas coisas eram de Ariane, mas eram coisas cotidianas, e Rory não precisava fazer com que aquele momento fosse significativo. Não havia nada pessoal ali, nada que a faria sofrer por uma perda que já havia passado. Bem ou mal, Ari tinha partido. Ela podia muito bem usar as coisas que a amiga tinha deixado.

Ela procurou pela pomada que Ari carregava para pentear a franja. Jogou para o lado uma escova de cabelo, alguns batons, um frasco de perfume novo e enfim encontrou o que estava procurando. Algo ocorreu a ela. Outra pessoa sabia daquela bolsa.

Exceto que Penelope não tinha como saber da *bolsinha verde-água espalhafatosa*, porque Ari acabara de comprar no aeroporto quando voltou para a escola.

Ela não tinha como saber, a não ser que tivesse visto Ari levando a bolsa quando foi encontrar o assassino. Alguém tinha a chave do quarto delas. Alguém podia ter trazido a bolsa de volta, garantindo que parecesse um suicídio.

Rory deixou o conteúdo da bolsa cair no chão, procurando por algo que não tivesse percebido, mas não havia nada que parecesse estranho – recibos, um espelho, um óculos de sol.

E então, finalmente, ela viu. Uma prova.

Um único fio de cabelo dourado.

54

NANI

Nani não estava nem aí para o baile.

Ela passara a última semana sozinha em salas silenciosas do castelo, evitando entrar no próprio quarto e lendo livros na biblioteca. Os livros eram confiáveis. Eram seus amigos desde seu nascimento, e seu cheiro e os mundos que continham eram familiares. Livros não decepcionavam. Mesmo se o fizessem, Nani podia apenas jogá-los pela janela e pegar outro. Ela não podia fazer isso com pessoas.

Não podia fazer isso com as meninas que tinha começado a ver como amigas. Não podia fazer isso com Svenja, a quem tinha machucado.

Ela estava completamente infeliz, e só podia culpar a si mesma por isso.

Decidiu ir à biblioteca, direto ao local onde haviam escondido o livro. Felizmente, ainda estava lá. Ninguém tinha ido roubá-lo. Ela deu um passo adiante para tirá-lo da estante, e quando o fez, enormes olhos amarelos a encararam da escuridão.

Nani deu um gritinho quando Mefistófeles saltou, e ergueu o livro como se fosse um escudo para defender-se. O gato imenso bateu com a cara na capa dura e caiu de pé, sibilando.

– Jesus Cristo! – praguejou a garota, mas o gato preto não se mexeu.

Seus olhos amarelos estavam fixos no livro, a cara amassada ainda irritada, as orelhas eriçadas. Nani olhou ressabiada para o gato, mas ele não tentou atacá-la de novo.

– O que foi? Vai me dizer que é um gato mágico também? – perguntou Nani, com as sobrancelhas arqueadas e uma mão no quadril. – Se vai falar, é melhor começar agora.

Nani encarou Mefistófeles. Mefistófeles a encarou de volta.

Por fim, o gato miou e subiu na mesa, lambendo a pata da frente. Nani andou com cuidado ao redor dele, na ponta dos pés, mantendo os olhos no monstro caso ele se movesse.

Ela se apoiou sobre outra mesa, a uma distância segura, com os olhos ainda um pouco atentos ao gato, e ajeitou os óculos. Mefistófeles parecia mais do que satisfeito em fuzilá-la com o olhar do outro lado da sala.

Nani folheou as páginas e os contos. Àquela altura, havia decorado a ordem em que apareciam no livro. Tinha adivinhado a qual ela pertencia, embora não ousasse dizer em voz alta, por medo de torná-lo mais real. Ela era uma garota que amava livros e que estava presa em um castelo por causa do pai. Não tinha conhecido nenhuma fera, no entanto, muito menos se apaixonado por uma. Quando criança, teve uma paixonite em uma versão do Robin Hood raposa, mas tinha certeza de que isso era no mínimo comum, e no máximo a tornava uma *furry*.

– Queria não ter só um gato como companhia – disse Nani. – Se eu te beijar, você vai virar um príncipe?

Mefistófeles inclinou a cabeça. Nani imaginou que, se tentasse beijar o gato, ou ganharia um belo arranhão na cara, ou o transformaria no próprio Príncipe das Trevas.

Ela voltou a atenção para o livro, folheando as páginas.

Ariane, morta como sua equivalente no conto, se afogou. Molly e Ian, com as bocas cheias de doces, tinham seguido uma trilha inconfundível.

E havia Micaeli. Micaeli, a garota que falara para Ella sobre as mortes das outras. Micaeli, a garota que fazia fofocas, e até mesmo...

Nani parou de repente. Não pensara em Micaeli como uma aluna presente que morava no castelo, apenas como um corpo na escadaria.

Porém, Nani a vira mais de uma vez, inclusive na biblioteca, onde Micaeli lhe contara sobre outro livro igual ao dela.

Talvez Micaeli não tivesse morrido apenas para dar um recado, por ser parte daquela história trágica, e sim porque sabia demais.

De repente, Nani estava correndo pelas escadas da biblioteca. Todos ao seu redor já estavam se preparando para a festa, as garotas saindo dos quartos com seus vestidos de baile. Nani passou com dificuldade por elas, praticamente voando pelos corredores. Precisava falar com as meninas.

Ela entrou com tudo no quarto, onde encontrou Rory segurando a bolsa verde-água de Ari, o cabelo todo picotado, uma torrente de cachos ruivos cobrindo o chão do banheiro.

Rory abriu a boca para dizer algo, mas Nani ergueu a mão antes que fosse interrompida.

– Quem dividia o quarto com Micaeli?

Rory franziu a testa.

– Penelope – respondeu ela, travando a mandíbula, seus olhos sombrios.

Nani sentiu a respiração estabilizar, o choque não a surpreendendo. De alguma forma, ela já sabia.

– Tenho uma coisa para te contar.

– Eu também – disse Rory. – Eu sei quem matou Ariane.

55

ELLA

Ella se esgueirou pela porta da frente depois que as gêmeas saíram. Conseguira fechar as dezenas de pequenos botões azuis que tinha costurado em seu vestido, e então chamou um táxi, o coração acelerado durante todo o caminho até o castelo.

Estava frio lá fora. Vinha nevando a semana inteira, o branco ofuscando a paisagem. Tinha levado um casaco, mas tremia quando passou pelos portões com suas sandálias prateadas, a saia georgette azul-clara se arrastando atrás dela. O vestido era o mais simples dos que tinha feito – o corpete era um crepe de seda, e as alças caíam por seus ombros. Na saia esvoaçante, bordou centenas de pequenas borboletas amarelas e rosa pastel. A máscara também tinha asas de borboletas.

O coração dela estava na boca. A garota não sabia o que diria quando encontrasse Penelope. Exigir a verdade? Perguntar por que ela tinha feito o que fez?

Precisava encontrar Rory ou Nani. Talvez Yuki, mas Ella não tinha certeza de que sua melhor amiga acreditaria nela.

Quando entrou no salão de festa, estava ainda mais lindo do que imaginara. Havia galhos de cristal pendurados perto do candelabro e faixas azuis e prata pelas paredes; tudo parecia um sonho. O brasão da Académie Grimrose esvoaçava em estandartes perto das janelas, o G elegante contra o azul-escuro do veludo. Ella não conseguia passar pelo aglomerado de alunos e estava pensando no que faria a seguir quando alguém segurou sua mão.

Ao se virar para ver quem era, encontrou Frederick vestindo um *smoking* cinza e uma máscara preta simples sobre os olhos.

– Pensei que demoraria mais para me encontrar – disse Ella.

– Eu não queria passar nem mais um segundo sem você – falou Frederick, e as bochechas de Ella ficaram coradas.

Ela olhou em volta, tentando encontrar Penelope ou suas amigas, mas nenhuma delas estava por perto.

– Espero que não tenha esperado por muito tempo – disse Ella.

– Esperar por você vale a pena – respondeu ele, e estendeu a mão. – Dança comigo?

Ella hesitou. Dançar com Frederick era o motivo de ela querer ir ao baile, para começar. Passar uma noite longe de casa para se divertir, para se esquecer de quem era. Apesar de hesitante, queria muito aquilo. Ela podia reservar um tempo para uma dança.

Aquilo ainda era um baile, afinal.

Quando Frederick ofereceu a mão de novo, Ella aceitou.

Ele a guiou, com uma mão atrás de suas costas e a outra segurando os dedos dela com firmeza. Os olhos dele dançavam atrás da máscara, e Ella se viu sorrindo, apreciando a música. Imaginou o mundo cheio de longas danças e noites estreladas e outras coisas que não pertenciam a ela. Porém, naquela noite, pertenciam.

Os dois giraram pelo salão até que ela ficasse sem fôlego, e então Frederick a puxou para o lado, guiando-a para a sacada. Estava silencioso lá, a música abafada, e mesmo estando fresco, ainda sentia o calor por ter dançado. Eles se encostaram contra o parapeito de mármore, o lago e o jardim visíveis logo abaixo.

Por um instante, Ella se perguntou o que ele diria se ela tentasse contar suas suspeitas. Se ele acreditaria nela.

A garota balançou a cabeça, afastando aqueles pensamentos para focar no luar. Já tinha muito em mente naquela noite, coisas demais para deixá-la nervosa, para fazê-la se lembrar de que aquela parte de sua história estava chegando rapidamente ao fim. Ainda não tinha visto Rory, não tinha visto Nani. Também não tinha visto Penelope, então talvez estivesse com sorte.

— Eu queria falar com você — começou Freddie, bagunçando o cabelo com os dedos. — É algo que venho pensando desde o dia em que saímos… e talvez um pouco antes disso.

Todos os pensamentos desapareceram da mente de Ella, que só conseguia olhar para ele.

Freddie respirou fundo.

— Eu entendo se não for isso que você quer. Se preferir que eu pare de aparecer.

Ella sentiu o estômago revirar.

— O quê?

Os olhos dele encontraram os dela.

— Não quero estar em um lugar onde não me querem de verdade.

O coração de Ella bateu mais forte.

— Acha que não deixei você me levar em casa porque não queria você comigo?

Frederick abriu a boca, fechou, abriu de novo, como um peixe perdido.

— Eu quero você aqui. Minha vida é complicada. Eu só… não quero que ninguém veja onde eu moro, o que eu preciso fazer — explicou a garota.

Ela não podia contar toda a verdade, claro, e aquelas palavras nem chegavam perto de descrever a sua situação. Sentiu um nó na garganta, mas continuou, porque Yuki estava certa: Frederick não iria milagrosamente salvá-la, ninguém iria, e ela teria que encarar sua própria vida.

— Eu não queria sua pena — disse Ella. — É só isso o que as pessoas sentem por mim. Todos olham para mim como se eu fosse uma pobrezinha que não consegue se cuidar. Mas eu sou mais do que qualquer borralho na minha roupa.

Os olhos castanhos dele a observavam com carinho, e Ella podia ouvir o ritmo suave de sua respiração, o ar entrando e saindo tão perto dela.

— Eu sei, Ella.

— Sabe mesmo?

– Acha que eu seria seu amigo por pena? – perguntou Freddie. – Quis ser seu amigo porque vi alguém gentil e inteligente que todos subestimavam. Eu quero conhecer você, Ella. Não sentir pena de quem você é.

– Mesmo que a minha vida seja uma bagunça? – perguntou Ella, com a garganta apertada. – Mesmo quando for demais da conta?

– Mesmo assim – respondeu Frederick, as mãos deslizando pelas dela, apertando-as um pouco.

E então, antes que conseguisse se conter, Ella disse algo que não sabia se podia ser dito em voz alta.

– Eu *gosto* de você, Frederick.

Ele a encarou.

– Você gosta de mim?

– Achei que fosse óbvio – respondeu ela, corando ainda mais.

– Eu tenho dificuldade com coisas óbvias – admitiu Frederick. – Que bagunça.

– Sim – concordou, rindo.

– Mas o que eu quero dizer é que também gosto de você.

Os dois se encaravam agora.

– E agora? – perguntou ela.

– Acho que essa é a parte em que eu beijo você – disse ele, e a garota sentiu seu coração se agitar dentro do peito, como as asas das borboletas em seu vestido. – Posso?

– Não sei. Você *pode*?

– Na verdade – respondeu Freddie –, eu posso sim.

Ele se inclinou primeiro, e os saltos da sandália de Ella compensaram a diferença do restante do trajeto. Os dois continuaram se encarando por um momento, sem se tocar, as bocas próximas, e naquele espaço entre eles existia a eternidade.

Os lábios dele tocaram os dela, sua respiração quente contra a da garota, e ela pressionou seu corpo inteiro contra ele. Suas mãos puxaram a gravata de Frederick enquanto abria a boca, explorando o sabor dele. A única coisa que ela conseguia pensar era que queria mais.

A mão do garoto a agarrou e a puxou para mais perto, com mais força, o som da música os envolvendo enquanto se beijavam.

Frederick parou para respirar primeiro, e Ella pressionou a cabeça contra o peito dele, ouvindo um coração acelerado como o dela.

E então, o relógio começou a badalar. Ela contou as batidas. O soar da meia-noite. Quando Ella olhou para os jardins, viu o lampejo de um cabelo dourado.

Poderia tentar encontrar as outras no caminho, contar o que aconteceu.

Penelope estava indo sozinha para os jardins, e isso não podia ser bom. Ella não tinha muito tempo.

– Eu preciso ir – disse Ella baixinho.

Dessa vez, Frederick não perguntou o motivo nem pediu para que ela ficasse. Tinha aprendido a saber quando ela lhe daria respostas.

Ele a beijou na testa, seus lábios macios contra a pele dela, e então Ella se esgueirou para fora do salão de festa, com o relógio ainda soando.

56

YUKI

Yuki não conseguia se olhar no espelho. Nos últimos minutos, vinha tentando criar coragem.

Quando finalmente olhou, não havia olheiras sob seus olhos pela falta de sono. A pele de mármore estava perfeita, seus olhos escuros, seus cílios longos, seu cabelo caindo sobre os ombros em uma cascata sedosa. Não havia nenhum lampejo na imagem do espelho, nenhum sinal de histórias antigas tentando assombrá-la.

Yuki destrancou a porta do banheiro e encontrou Reyna esperando.

– Você está linda! – exclamou a madrasta, parecendo surpresa.

Era verdade. Ella fizera um vestido dos sonhos. De um branco simples, a peça se ajustava à silhueta de Yuki e se abria abaixo do quadril em uma saia de chifon completa. As mangas também eram de chifon, de um tipo mais leve e transparente, e a última camada do tule fino tinha sido bordada em vermelho-escuro e prata, formando cristais entrecruzados, losangos vermelhos pendendo como gotas de sangue sobre o branco. Quando ela andava, os cristais pareciam flocos de neve. Ela olhou de novo seu reflexo no espelho da sala de estar de Reyna e, naquele momento, Yuki confirmou o que Penelope tinha pontuado com tanta facilidade: ela era a garota mais bonita que já tinha visto.

Reyna continuava a encará-la, seus lábios pressionados.

– Senta, vou terminar sua maquiagem.

Yuki sentou-se obedientemente no sofá, os pequenos cristais tilintando com o movimento. Reyna usou rímel, e pediu para Yuki fechar os olhos enquanto fazia a linha do delineado preto. A madrasta era muito cuidadosa, e sua pele nunca tocava a de Yuki.

— Pode abrir os olhos agora — disse ela, e Yuki o fez.

Reyna estava a encarando, e havia lágrimas nos cantos de seus olhos.

— Você está chorando? — perguntou, em pânico.

— Não é nada — respondeu Reyna, balançando a cabeça e piscando rápido. — Só me dei conta de que este é o seu último ano na escola. Você cresceu tão depressa.

Yuki esticou a mão para segurar a de Reyna, por impulso, mas a madrasta recuou.

— Prometa que vai aproveitar esta noite — disse ela. Seu rosto parecia mais jovem do que o normal quando tentava não chorar. — Você é tão nova. Não será assim para sempre.

As palavras pareceram especialmente agourentas, e Yuki não queria ser lembrada da maldição.

— Leve o tempo que precisar — completou Reyna, piscando de novo, e Yuki sentiu algo contorcendo em seu coração; não sabia se a madrasta estava se referindo ao baile ou a crescer.

Reyna sabia muitas coisas sobre Yuki, mas a garota nunca sentiu que elas fossem próximas. Naquele momento, contudo, ela parecia algo que Yuki nunca tinha conhecido.

Reyna parecia uma mãe.

— Obrigada — disse Yuki, também piscando depressa, se controlando.

Ela pegou a máscara branca de seda bordada, com cristais semelhantes ao do vestido.

— Ah — falou Reyna, e então pegou algo da bolsa de maquiagem. Yuki projetou os lábios para a frente enquanto ela acrescentava um toque final. — Agora sim.

Quando se olhou no espelho de novo, seus lábios estavam vermelhos como sangue.

Ela foi em direção à porta, andando cuidadosamente com o vestido. Era tão confortável que não se sentia restringida.

– Yuki – chamou Reyna.

A garota olhou por cima do ombro.

– Que foi?

A madrasta umedeceu os lábios, depois balançou a cabeça.

– Nada. Aproveite a sua noite.

❁

Yuki chegou ao salão de festa com o coração tumultuado. As palavras de Reyna a acertaram de um jeito estranho, a mistura de tristeza e coração partido e talvez algo mais que não conseguia compreender, enquanto sua própria inquietação crescia. Quanto mais controlada parecia do lado de fora, pior se sentia por dentro, um desarranjo de sentimentos com a pergunta de Penelope repassando de novo e de novo em sua mente.

O que Yuki queria?

Ela mesma não sabia. Não sabia havia muito tempo, porque olhava apenas para os outros, imitando seus desejos, suas personalidades. Passara a adolescência tentando se transformar em uma perfeição até não ser mais capaz de reconhecer nenhuma parte de si mesma, e todas as coisas que podiam atrapalhá-la haviam sido presas bem fundo em seu coração, onde criaram raízes escuras, tomando seus membros e seu corpo até que tudo que restasse fosse aquele exterior perfeito.

Se Yuki se abrisse, todo aquele desejo, toda aquela escuridão, se derramaria.

Porque ela queria coisas; não sabia o que ou como ou por que, mas ela as queria, e queria *tudo*.

Estava *ávida* para sentir o sabor do mundo, para correr sem restrição, para se libertar das amarras nas quais havia se prendido, de todas as coisas que as pessoas esperavam quando olhavam para ela.

Yuki não era nenhuma daquelas coisas.

Ela não era gentil. Ela era *voraz*.

E se aquela voracidade a rompesse, ela deixaria o mundo se partir em dois.

Quando chegou ao salão, procurou por Penelope. A garota estava usando um vestido esmeralda que envolvia todo o seu corpo, com penas em volta da barra da saia e uma renda verde cobrindo seus olhos.

– Você está bem? – perguntou ela. – Parece que correu até aqui.

Yuki acalmou sua tremedeira.

– Quero falar com você.

– A música está alta demais aqui.

– É sobre a morte de Ariane.

Yuki não sabia o que estava fazendo.

Penelope franziu a testa.

– O quê? Agora?

– Você me perguntou sobre a magia, disse que Ariane falava sobre contos de fadas. Tem outra coisa que eu não te contei.

Os olhos de Penelope cintilaram.

– Tudo bem.

Yuki respirou fundo.

– Tem um motivo para eu ter esses poderes – disse ela. – Você falou sobre um ritual, e nós fizemos. Tem um livro, um livro que Ariane estava escondendo.

Penelope inclinou a cabeça.

– Do que está falando?

– Ele está ligado ao que vem acontecendo na escola – explicou Yuki. – Com as mortes, com todo o resto. Ele parece… prever como vão acontecer. Todas nós estamos conectadas. E, durante o ritual, acho que acabei pegando um pouco dos poderes do livro.

Penelope agarrou a mão dela, puxando-a para fora do salão de festa, para longe da música alta, para longe de tudo.

– Eu não estou entendendo – disse a garota.

– Vou te mostrar – falou Yuki. – Eu não sei mais o que pensar, mas está tudo lá, no livro. Você vai me ajudar?

O olhar de Penelope suavizou.

– Claro que vou.

Yuki respirou fundo.

– Tudo bem. Ótimo. Mas não posso te mostrar aqui. Preciso pegar o livro.

– Então vá pegar – disse Penelope. – Nós vamos resolver isso. Estou do seu lado.

– Nos encontramos perto do lago. A entrada dos fundos do castelo é mais perto.

Yuki não queria pensar sobre as promessas que estava quebrando por mostrar aquilo para Penelope. Não queria que nenhuma das outras garotas soubesse o que ela estava fazendo.

Penelope se virou para sair e Yuki respirou fundo, finalmente contente por ser capaz de dizer a verdade. Correu para a biblioteca, subiu as escadas e encontrou o lugar onde elas haviam escondido o livro.

Só que o livro não estava lá. Alguém o tinha roubado, retirado de onde elas o deixaram em segurança.

Pela janela da biblioteca, Yuki viu duas figuras indo em direção ao lago.

A primeira era Penelope, caminhando para o local de encontro delas.

Logo atrás estava Ella.

57

NANI

Nani não sabia como era possível se mover tão depressa usando um vestido, mas ainda assim, conseguia.

Rory dissera que elas não seriam capazes de entrar no baile sem o traje apropriado – se Alethea as visse, seria um "cortem as cabeças!" para todos os lados. Nani respondeu que não tinha um vestido para o baile.

– Claro que tem – dissera Rory, ajeitando o próprio blazer ouro rosé cintilante. – Está na caixa.

O vestido que Ella costurara para Nani era ao mesmo tempo estruturado e volumoso, feito de tafetá amarelo-escuro. A parte de cima se moldava perfeitamente ao seu busto e sua cintura, transparecendo um pequeno decote. As mangas deixavam os ombros à mostra, e a parte de baixo se estendia em uma saia redonda enorme e cheia, com uma abertura subindo pelo lado direito. O amarelo vívido havia sido bordado com uma linha dourada-escura, e quando Nani olhou com atenção, viu que as flores, que tinha confundido com padrões barrocos, na verdade eram jasmim-manga.

Nani teve medo de que o vestido não coubesse, e quando se olhou no espelho, mal conseguiu se reconhecer. Manteve os óculos no rosto, seus cachos recaindo suavemente pelos ombros, e apenas assentiu na direção de Rory.

E então, elas correram. Rory as conduziu até o quarto de Penelope pela séries de corredores, Nani segurando a saia com as mãos. Quase tropeçou algumas vezes, mas manteve a cabeça erguida, a sola dos tênis colidindo com o chão.

— É aqui — disse Rory, parando na frente de uma porta. Tentou torcer a maçaneta, mas ela não cedeu. — Lá vamos nós.

Rory jogou o ombro contra a porta, lançando todo seu peso, e ela abriu com um baque. A garota sorriu para Nani e as duas correram para dentro.

Nani não sabia exatamente o que esperava encontrar. Era um quarto normal de uma adolescente normal. Havia roupas na cama, sapatos fora do lugar. Uma das camas estava vazia. A cama de Micaeli.

— Não sei bem o que estamos procurando — disse ela enquanto remexia o guarda-roupa de Penelope. — Micaeli mencionou ter visto um livro igual o nosso. Essa é a pista que eu tenho.

— Se ao menos eu tivesse olhado naquela bolsa mais cedo — disse Rory, revirando as coisas, abrindo o armário.

— Não tinha como você saber.

Saber que Penelope era uma assassina. Ela matara Ariane, matara Molly e Ian, e talvez até mesmo Annmarie. Então, havia matado Micaeli, porque ela sabia demais.

Nani seguiu para o lado de Micaeli do quarto, e embora estivesse limpo, sem as coisas da garota, ela abriu o guarda-roupa e remexeu nas gavetas, e lá, na gaveta de cima, estava um livro. Não o livro delas, mas semelhante.

A capa era branca, revestida em ouro.

— Tem outro — disse Nani, mostrando para a amiga.

Rory assoviou baixinho.

— Será que ela sabe da maldição?

— Penelope prometeu a verdade para Ariane — falou Nani. — Ela deve saber alguma coisa.

Nani entregou o livro para Rory, que o pegou com cuidado.

— Vamos — disse Rory. — Temos que achar as outras. Elas devem estar na festa.

Rory apertou o livro branco com força contra o peito. Nani ainda estava com o livro preto, e elas foram depressa para o salão, parando quando viram o espaço tumultuado. Todos os alunos e professores de Grimrose estavam presentes, e a música bramia nos ouvidos de Nani. Ela teve a sensação vertiginosa de que centenas de pessoas se moviam de uma vez no mesmo espaço lotado, e tentou espiar entre elas para encontras suas amigas.

— Está vendo alguém? — perguntou Nani.

Rory esticou o pescoço.

— Nem sinal. Tem chance de estarem lá fora.

As duas trocaram um olhar, tentando não pensar o pior.

Penelope já tinha matado quatro pessoas. Mais uma não faria diferença.

— Temos que encontrá-las — insistiu Nani, e então avistou Svenja.

Os olhos de Nani se demoraram na garota, pensando nas coisas que queria dizer e não disse. Perguntando a si mesma se aquele seria o momento perfeito. Rory a viu observando, e seu olhar encontrou o da amiga.

— Vai — disse Rory. — Eu encontro as outras.

Nani hesitou.

— Tem certeza?

Rory olhou para o salão, e naquele olhar havia centenas de coisas não ditas. Um olhar que significava que Rory compreendia, que tinha prestado atenção, que, no fim, ela sabia mesmo sem Nani ter dito nada.

Era isso o que significava ser uma amiga.

— Vai — insistiu Rory.

Nani não perdeu tempo. Entregou o livro original para Rory, que o espremeu contra o peito, junto ao branco, e então correu na direção de Svenja.

A garota usava um vestido branco e parecia radiante no meio da multidão. Seu corpo era anguloso, adornado pelos músculos que ganhara dançando. Nani foi até lá antes que perdesse a coragem.

— Svenja — chamou, gritando mais alto que a música, ultrapassando as pessoas que dançavam ao redor delas.

Svenja se virou com espanto nos olhos castanhos. Seu cabelo descia em cascata de um lado do rosto, e um ornamento de pena prateado o mantinha no lugar.

Nani se perguntou se Svenja a deixaria falar, dizer o que queria dizer, então nem deu oportunidade para a garota respirar. Despejou as palavras de uma vez só.

— Você estava certa — disse Nani. — Eu não te dei uma chance. Eu não dei chance a ninguém.

Svenja a encarou, mas não lhe deu as costas, o que Nani achou que era um bom sinal.

— Eu não posso te contar o que está acontecendo — continuou ela. — Eu quis tratar todo mundo como inimigo porque, quanto mais tempo fico aqui, mais eu me esqueço do motivo de ter vindo e por que preciso ir embora. E você tornou fácil para mim não querer ir embora.

A voz vacilou, e Nani respirou fundo. As palavras nunca a tinham deixado na mão, mas, daquela vez, não parecia que seriam o bastante. Daquela vez, precisaria agir.

A aventura era mais do que apenas uma promessa.

Diminuiu a distância entre as duas. Assim que seus lábios tocaram os de Svenja, todo o resto desapareceu de sua mente.

O beijo foi lento, cuidadoso. Nani se inclinou para a frente, sentindo cada pedaço da boca de Svenja, roçando os dedos na pele dela, tirando o cabelo do rosto da garota, que repousou a mão na bochecha de Nani. A música não passava de um som distante no salão enquanto o mundo ao redor das duas girava, mas elas não; enquanto a magia se estendia de seus corações para seus lábios.

Nani se afastou primeiro, sentindo as bochechas quentes. Svenja ajeitou os óculos dela, colocando-os de volta no lugar apropriado e empurrando-os pelo nariz de Nani.

— Bom o bastante? — perguntou Nani.

— Foi ok. Mas sempre dá para praticar mais.

Desta vez, Nani se permitiu ser arrebatada como ondas contra rochas, se permitiu sentir a promessa finalmente ser cumprida. Ela agarrou Svenja pela cintura, segurando-a com firmeza. Nani não se conteve, e nem Svenja.

– Melhor agora – constatou Svenja, sorrindo.

– Eu preciso ir. Preciso fazer uma coisa. Mas vou voltar – prometeu Nani, com a voz decidida. – Desta vez, não vou embora.

– Ótimo – falou Svenja. – Vou esperar.

Nani saiu sem se despedir.

Porque não era uma despedida de verdade se estava apenas começando.

58

ELLA

A música da festa ainda ecoava na cabeça de Ella enquanto seguia Penelope pela trilha de neve no jardim, seus pés ficando gelados à medida que se aproximavam do lago. Seu coração batia mais forte a cada passo, e ela sentia a pressão fria do botão que costurara do lado de dentro do vestido contra a pele.

Penelope parou perto do lago. Dali, não era possível ver o salão; a festa parecia estar acontecendo em outro mundo. Um calafrio subiu por sua espinha quando se deu conta que Ariane devia ter percorrido o mesmo caminho no dia que morreu, dado os mesmos passos, parado naquela margem, exatamente como Penelope.

O lago não era fundo, e como o inverno chegara forte e determinado naquele ano, a superfície já estava congelada. A silhueta verde de Penelope se destacava em um contraste gritante com a paisagem invernal.

– Eu sei que você está aí. – A voz de Penelope soou clara pela margem do lago, onde não havia mais árvores e a trilha do jardim era nítida. – Consegui ouvir seus dentes batendo atrás de mim.

Ella engoliu em seco. Sentiu que poderia congelar, o vestido leve e inútil agora que estava sem a proteção do castelo.

– Oi, Penelope – disse Ella, saindo de onde estava escondida.

Penelope se virou ligeiramente para cumprimentá-la. Os olhos verdes ardiam nas cores brandas da noite, apenas a lua brilhando no escuro. Ela tirara a própria máscara, assim como Ella.

— Então, presumo que você me ouviu conversando com Yuki — disse Penelope. — Seja lá o que veio dizer, pode falar agora, a não ser que queira esperar para dizer na frente dela.

Ella franziu a testa.

— Talvez ela não precise ouvir essa conversa.

Penelope arqueou uma de suas sobrancelhas loiras.

— Você nunca gostou muito de mim, não é, Ella? Sempre achou que eu estava roubando suas amigas.

Ella sentiu a garganta apertar.

— Yuki pode escolher as próprias amizades.

Penelope riu com frieza. Ela estava usando o anel. Ella podia ver agora. A garota dissera que o ganhara no aniversário de 15 anos, mas Ella se lembrava de que a verdadeira Penelope tinha ganhado o dela aos 13. Ela estava usando o anel naquela foto antiga.

— Na verdade, isso não é sobre Yuki — disse Ella. — É sobre outra coisa.

Penelope aguardou, perfeitamente imóvel. Ella tentou achar sua voz, vocalizar suas teorias.

— Encontraram o corpo dela — disse Ella. — Apareceu no jornal hoje de manhã.

Penelope franziu a testa.

— Do que você está falando?

— Eles vão descobrir a verdade — continuou Ella. — A polícia. Vão fazer um teste de DNA no corpo, e vão saber quem é a verdadeira Penelope. Você não tem muito tempo.

Algo obscuro atravessou o rosto de Penelope. Ela era linda, mas havia algo perigoso naquela beleza, algo escondido ali embaixo.

— Vai me acusar de alguma coisa? — perguntou a garota. — Ella, a convencida. Ella, a que sempre oferece uma saída. É isso o que está tentando fazer? Está tentando me *perdoar*?

Penelope se aproximou. Ella não se permitiu sentir medo, mantendo-se firme. Cada célula de seu corpo queria correr, e ainda assim ficou ali, parada. Porém, enquanto Penelope se aproximava mais e mais, Ella percebeu que talvez aquela tivesse sido uma ideia estúpida, que deveria ter esperado por Rory ou Nani ou Yuki, que talvez ela não soubesse nem um pouco o que estava fazendo.

– Eu só quero saber a verdade – disse Ella.

– Quer mesmo? Ou só quer fazer acusações? – perguntou Penelope. – Você ama ter a superioridade moral. Você já sabe a verdade, não sabe, Ella? Só quer que eu confirme. Para ouvir que estava certa por nunca ter confiado em mim.

– Como sabia do livro? Por que você o quer?

Penelope estreitou os olhos.

– Você não compreende no que esbarrou.

– Por que é tão importante? Eu sei que estou nele. Sei que todas estamos.

– Você não entende – respondeu Penelope, dando um passo em frente. – Não é sobre eu ou você. É bem maior do que nós, muito mais antigo, e eu não posso...

Ella pensou em gritar ou fugir. Imaginou se essa também tinha sido a reação de Ari naquela noite fatídica. Se tudo o que importava para ela era a verdade, se ela sequer pensara nas consequências. Ella estava tão determinada a chegar na resposta sobre o que estava acontecendo em Grimrose que nunca parou para pensar no que poderia acontecer consigo mesma.

– Diga o que veio dizer – desafiou Penelope.

– Você não é ela – respondeu Ella. – Você não é a Penelope. A verdadeira Penelope está morta em uma casa abandonada perto da estação de trem, esteve lá durante o último ano e meio. Você só tomou o lugar dela.

A verdadeira Penelope estava morta, substituída por alguém que era praticamente idêntica a ela, que desfrutaria de sua vida, e ninguém perceberia. O conto original terminava com a garota real falando a verdade, mas é claro que aquilo não terminaria do mesmo jeito, não com o livro as condenando a finais infelizes.

Penelope abriu um sorriso.

– Até que demorou para você perceber – disse a garota, com as mãos no quadril. – Do que mais veio me acusar?

– Você matou Ariane – acusou Ella. – E talvez as outras. Foi você que arrumou a armadilha para mim.

Ella escutou um ruído atrás das duas. No momento em que se virou para olhar, Penelope se mexeu, o braço esquerdo envolvendo Ella, a mão direita segurando uma faca contra seu pescoço. A garota a arrastou pela superfície congelada do lago.

Ella se debateu, os pés deslizando sobre o gelo.

– Não se mexa – sibilou Penelope. – Ou vai afogar nós duas.

A lâmina afundou mais em seu pescoço, e Ella não ousou se encolher. *Eu vou morrer*, pensou ela, e aquilo não a incomodou como pensou que iria. *O ciclo vai chegar ao fim.*

E eu nem perdi um sapato, acrescentou tardiamente.

– Não chegue mais perto! – gritou Penelope. – Não se aproxime, ou juro que vou matá-la.

Das sombras do jardim, Yuki surgiu.

59

YUKI

Yuki levou um segundo para entender o que estava acontecendo. Penelope e Ella estavam sobre a fina superfície de gelo do lago. Penelope segurava uma lâmina prateada e afiada contra o pescoço de Ella. Havia um único filete de sangue escorrendo pelo pescoço e desaparecendo dentro do vestido da amiga, os olhos cor de mel a encarando aterrorizados.

– Não se mexa – repetiu Penelope, e seu rosto tinha mudado.

Ali não estava a garota charmosa de uniforme, com sorriso fácil e olhos verdes brilhantes. No lugar dela, havia outra coisa, uma versão mais feroz da menina que Yuki achava que conhecia. A versão que não se escondia atrás de uma máscara.

Yuki não sabia se deveria se sentir traída ou aliviada.

– O que está fazendo? – perguntou Penelope, com um brilho ferino e perigoso no olhar. – Achei que você ia trazer o livro.

Os olhos de Ella se arregalaram.

– Não estava lá – explicou Yuki. – Alguém deve ter roubado.

A faca foi pressionada com mais força contra o pescoço de Ella.

– Desde quando você sabe? – perguntou Penelope.

– Eu não sabia – respondeu Yuki, com clareza, embora agora, olhando para trás, não pudesse dizer que estava chocada.

Todos os pequenos toques de Penelope, todas as formas como ela a empurrara para a direção errada.

Ela estava atrás do livro esse tempo todo.

Era culpa dela Ariane estar morta.

De repente, Yuki só conseguia sentir alívio.

Alívio por não ser culpa dela. Alívio por existir uma explicação. Alívio por tudo estar chegando a um fim.

A faca, no entanto, não saiu do pescoço de Ella. Yuki observou Ella ficar mais pálida. Pela primeira vez naquele ano, Yuki estava completamente no controle de si mesma.

– Me traga o livro – disse Penelope –, e talvez eu solte Ella. Talvez.

– Para que você o quer? – perguntou Yuki. Ela se aproximava aos poucos da margem do lago, alguns centímetros de cada vez.

– Achei que você tinha descoberto tudo – disparou Penelope. – Não foi isso o que falou? Que a sua magia veio dele?

Penelope pressionou mais a faca, e Ella soltou um gemido minúsculo. Penelope era mais alta que sua refém e estava armada. Yuki queria dizer algo reconfortante, mas, à medida que se aproximava, ela compreendia o que estava sentindo.

Raiva. Uma raiva pura e ofuscante.

Uma raiva que nunca sentira antes, um ódio passional que queimava intensamente, percorrendo seus membros, alimentando-a como carvão.

Alguém tinha colocado uma faca no pescoço de Ella. Ella, que Yuki amava. Ella, de quem Yuki sentia inveja e queria ser igual. Ella, que ainda acreditava na amiga, mesmo depois de tudo que Yuki fizera.

Penelope queria saber quem era Yuki.

Penelope havia libertado Yuki de sua jaula. Agora, ela lidaria com as consequências.

– Solte a Ella – disse Yuki, calmamente. – Você ainda pode fugir. Desaparecer.

– Não ouviu o que Ella disse? Agora é tarde demais para mim. Eles vão descobrir a verdade em alguns dias. – Penelope riu. – Você não vai a lugar nenhum, Ella. Você é a mais irritante de todas, sabia? Foi divertido armar para você encontrar os irmãos. Uma pena que a armadilha não tenha funcionado.

– Você matou todos eles – disse Ella, com lágrimas embaçando seus olhos. – Por quê?

– Ah, não todos – disse Penelope, dando de ombros. – Annmarie foi um acidente de verdade. Você leu o livro, conhece a maldição. No fim, todo mundo teria morrido de qualquer forma. Se for ver, eu não matei ninguém. Só dei uma apressada no destino.

Yuki avançou um pouco mais, o vestido branco deixando um rastro na neve, o corpo imóvel como o de um predador, esperando o momento certo.

– Por quê? – choramingou Ella.

– Se vocês conseguirem seus finais felizes, eu não fico com o meu – respondeu Penelope. – É assim que funciona. Algumas garotas conseguem seus felizes para sempre, enquanto eu sofro o final horrível de vilã. Então, decidi abraçar isso. – Ela ergueu o olhar, sorrindo para Yuki. – Você conhece a sensação. Você não me engana, Yuki.

Yuki sentia a raiva crescer enquanto tudo começava a se encaixar. Penelope matara as outras para conseguir o livro. Tudo havia sido feito para impedi-las de descobrir a verdade.

Penelope já tinha conseguido o que queria.

– Você também não sabe o que está acontecendo – disse Yuki. – Nos conte o que sabe e nós trocamos as informações.

Penelope riu baixinho.

– Vocês não sabem nada.

– Nós temos o livro.

– Vocês têm *um* livro – Penelope a corrigiu. – Como acha que eu sabia que Ariane estava com um livro se eu não tivesse o seu companheiro? Como acha que eu sabia com o que Ariane estava mexendo se eu já não soubesse antes dela? Como acha que eu fiquei um passo à frente de vocês esse tempo todo? Vocês só precisavam me entregar o livro. Deixá-lo em algum lugar, e tudo teria dado certo. Quer dizer, não para vocês. Vocês logo vão morrer.

– Então a maldição é real – disse Ella, em voz baixa.

– Claro que é real – rosnou Penelope. – Isso faz você se sentir melhor? Ariane também sabia, e ela descobriu quem eu era. Ela nunca deveria ter encontrado o livro, mas até aí, eu também não. Ainda assim foi o que garantiu a minha segurança. Eu sabia da verdade, e enquanto garantisse que a maldição funcionasse, que as mortes acontecessem, meu segredo estava a salvo. Eu podia ser feliz aqui.

– Ela não é a Penelope de verdade – conseguiu dizer Ella, sua voz estrangulada, a lâmina ainda a pressionando, ameaçadora.

Yuki encarou Penelope de novo.

– "A pastorinha de gansos" – disse Ella, e Yuki compreendeu.

Penelope era uma substituta. A história já tinha terminado, e a vilã, triunfado.

– Eu menti – disse Penelope. – Estou mentindo desde o instante que cheguei aqui. Eu vim para cá sem nada. Sentei na frente dessa garota no trem, e tudo que fiz foi ouvir ela falar e falar e falar sobre o quanto ela odiava os pais, sobre como eles a estavam mandando para uma escola interna na Suíça como punição. Ela tinha acesso ao melhor ensino no mundo, tinha tudo, e só reclamava, enquanto eu estava sentada na frente dela, faminta.

As palavras tropeçavam umas nas outras, sua voz tremia, mas suas mãos nunca vacilavam.

– Eu estava com tanta fome – disse Penelope –, e tudo o que eu conseguia pensar era como essa garota tinha tudo, e eu não tinha nada. Quando descemos do trem, eu a matei e tomei seu lugar. Me tornei uma versão melhor dela do que ela jamais conseguiria ser. Ela não teve seu final feliz, mas eu tive o meu. Era o único jeito.

– Não é o único jeito – disse Ella. – Você ainda pode fugir. Ainda não acabou.

– Não vão me deixar – disse Penelope.

– Largue a faca, Penelope – ordenou Yuki, com a voz calma, analisando todas suas opções, mesmo sem entender sobre quem a garota estava falando. A maldição era maior do que ela. Maior do que todas elas. Havia mais coisas acontecendo. – Podemos te ajudar.

– Não podem, é tarde demais – disse Penelope. – Eu fiz um acordo. Eu podia viver como Penelope contanto que mantivesse a maldição em andamento. Eu encontrei um livro, mas preciso do livro de Ariane para continuar segura. Agora todo mundo vai saber quem eu sou. Bem, quem eu *não* sou.

Penelope deu um passo para trás e Yuki sentiu um enjoo nas entranhas ao vê-las seguindo para o meio do lago, Ella sendo arrastada pelo gelo cada vez mais fino.

— Não faz diferença — alegou Penelope. — Eu disse isso a Ariane. Ela ia contar para todo mundo, e eu não podia deixar. Eu tinha acabado de conseguir o que queria, e ela ia estragar. Você tem que entender, minha história já acabou. Vocês não têm chance contra essas pessoas.

— De quem está falando? — insistiu Yuki. — O que mais sabe sobre a maldição?

Penelope balançou a cabeça.

— É tarde demais — murmurou Penelope. — Todas essas mortes foram em vão. Se eu pudesse ficar com os livros, então ninguém mais descobriria quem eu sou. Não contariam para ninguém contanto que eu ajudasse, e eu fiz exatamente isso. Eu matei para sustentar meu segredo, minha vida. E enquanto vocês tiverem seus finais felizes, eu não posso ficar com o meu. E eu *já* estou com o meu.

— Se todas nós morrermos, que diferença isso faz? — perguntou Yuki.

Penelope riu, e não parecia acuada. Ela sabia exatamente o que estava fazendo. Penelope fez o que fez porque sabia quem era.

— Eu já disse, Yuki — disse ela, sorrindo. — Somos mais parecidas do que você pensa.

Penelope estava certa sobre Yuki desde o começo — sobre quem ela era, quem estava tentando ser. Yuki precisava deixar a máscara cair.

Ela sentiu seu poder correndo pelas veias, aquele formigamento querendo explodir, não importava a que custo, e, pela primeira vez, Yuki não lutou contra ele.

Porque aquilo fazia parte de quem ela era. Sua magia, liberta, era ela. Yuki só precisava deixar fluir, e sua falta de controle seria sua arma.

Seu olhar encontrou o de Ella, e Yuki pensou no que precisava fazer. Ella assentiu muito de leve. Penelope não sairia impune por machucá-la, não enquanto Yuki estivesse ali.

Yuki se moveu depressa, tão depressa que Penelope não a viu se aproximando. Estava segura de seu corpo, segura de suas mãos, segura de seu poder. Quando pisou no lago congelado, estendeu as mãos, direcionou todo seu poder contra a camada de gelo onde as garotas estavam, e o gelo abaixo delas rachou.

Tudo aconteceu de uma vez.

Penelope soltou um grito, e com um giro, Ella empurrou o braço da garota para longe, derrubando a faca. Abaixo delas, a rachadura no gelo crescia a cada segundo. Penelope empurrou Ella para longe, tentando pegar impulso para escapar. Ella tropeçou e desapareceu no buraco, tragada pela água.

Yuki observou enquanto Ella desaparecia, o choque e o medo de repente atingindo seus ossos. Penelope se afastou do buraco, mas Yuki se jogou sobre ela tão rápido que a garota não conseguiu reagir.

Yuki agarrou a faca que Penelope deixara cair e a enfiou bem fundo no coração da outra.

Penelope engasgou, com sangue saindo pela boca. As mãos de Yuki continuaram na faca, o vestido branco ficando manchado de sangue, do mesmo vermelho nos seus lábios. Yuki segurou Penelope quando ela cambaleou.

Penelope a encarou, com os olhos arregalados.

– Por quê? – Foi tudo o que conseguiu dizer.

Yuki respirou fundo, respondendo com um sussurro que apenas Penelope pôde ouvir.

– Você me perguntou o que eu queria – disse Yuki. – Eu quero que você morra.

Penelope sorriu, e seu corpo ficou inerte.

60

RORY

Rory viu tudo se desenrolar enquanto corria até o lago, carregando os dois livros. Penelope com uma faca no pescoço de Ella, Yuki conversando calmamente com a garota, não ousando se mexer. E então tudo aconteceu muito depressa.

Um lampejo da magia de Yuki no gelo, quebrando a superfície, e Ella caindo na água fria, enquanto Penelope parecia cair nos braços de Yuki.

– Ella! – gritou Rory.

A faca estava cravada no peito de Penelope agora, e Yuki tinha as mãos e o vestido cobertos de sangue.

Ella, caída no lago.

Como se tivesse sido acordada de um sonho, o olhar de Yuki disparou na direção da rachadura. Antes que Rory pudesse impedi-la, ela mergulhou no buraco que sua magia havia aberto.

Rory prendeu a respiração quando a amiga desapareceu. Parou na margem do lago, seus pés cuidadosamente buscando estabilidade enquanto tentava encontrar algo para puxá-las para cima. Não fazia muito tempo que Ella estava submersa, mas a água era fria o bastante para causar um choque. Rory viu um galho comprido em uma árvore e o quebrou em dois. Ela derrapou pela superfície, tentando não causar mais rachaduras, e também evitando olhar para a mancha verde que era o corpo sem vida de Penelope.

Elas não podiam ficar lá embaixo.

Não como Ariane. Rory não perderia outra pessoa para aquele lago maldito, não perderia outra pessoa na escola, e pronto. Ela se recusava.

Rory deslizou pelo gelo até parar o mais perto possível do buraco.

– Vamos! – berrou ela, olhando para a água escura, imóvel como a morte. – Vamos!

Longos segundos se passaram, e Rory estava quase perdendo a esperança quando a superfície da água ondulou. Primeiro, uma pequena perturbação, depois outras. Arfando, Yuki emergiu, segurando um corpo imóvel em um vestido azul.

– Me ajude – disse Yuki, ainda sem fôlego, tremendo.

Rory esticou o galho e ela o agarrou, mas não conseguiu sair da água. Estava segurando o corpo inerte de Ella, as roupas molhadas deixando-as ainda mais pesadas.

– Segura – ordenou Rory.

– Estou segurando! – gritou Yuki. – Não consigo…

Rory puxou, mas suas mãos se soltaram, uma câimbra surgindo naquele momento. Não. Não. Agora não. Não quando tanto dependia dela. Não quando suas duas melhores amigas que ainda restavam estavam no lago, lutando por suas vidas. Rory precisava tirá-las dali.

Lágrimas brotaram de seus olhos, e ela segurou o galho de novo. Yuki tentava continuar flutuando, tossindo e cuspindo enquanto se agarrava ao galho com uma mão e, com a outra, segurava Ella com firmeza.

Rory respirou fundo, se acalmando. Conhecia a própria dor. Conhecia o próprio corpo. Sabia como ele funcionava, mesmo quando parecia traí-la, tentando torná-la mais fraca. Rory não era fraca por causa de sua dor, por causa do que seu corpo estava passando.

Era uma sobrevivente. Cada noite sem dormir, cada manhã que se levantou e pensou que não conseguiria andar, cada dia que achou ter chegado ao seu limite.

Ela sempre superou todos seus limites.

Mesmo quando seu corpo cometia traição, Rory ainda era forte. Era forte apesar disso, talvez por causa disso, porque ela iria sobreviver.

Aquele corpo era dela.

– Segura firme! – gritou, e então puxou o mais forte que conseguiu.

Yuki deslizou para fora da água, arfando e trazendo uma Ella inconsciente junto. Rory sentiu os braços protestarem enquanto puxava cada vez mais, desesperada para aumentar ao máximo a distância entre elas e o buraco.

Ella estava pálida, com os lábios azuis, e o corpo inteiro de Rory tremia de medo.

– Melhor tirar ela do gelo – disse Rory, e Yuki apenas assentiu, seu rosto mais pálido que o normal, os vestidos sofisticados das duas completamente encharcados. O de Yuki já tinha mudado de cor, o vermelho mais escuro sobre o coração da garota, como se seu próprio peito tivesse sido dilacerado.

Rory colocou Ella na margem do lago, onde havia menos neve, quando outra pessoa chegou correndo pela trilha. Um vestido dourado, cachos flutuando ao vento. Nani parou quando viu Ella apagada no chão. Rory segurou o pulso da amiga, tentando sentir sua pulsação, mas não encontrou nada.

– Vamos – sussurrou Yuki, ajoelhando-se ao lado delas. – Vamos, Ella.

Nani também se ajoelhou, sua saia ondulando ao seu redor. Yuki segurava Ella com força, e colocou uma mão ensanguentada sobre o peito da amiga inconsciente.

– Sua história ainda não acabou – disse Yuki. – Você não pode partir desse jeito.

A mão de Nani deslizou para a de Rory, que a apertou com força enquanto buscava, com a outra, a mão de Yuki, que também a segurou. Rory nunca tinha sentido algo tão forte antes, e então Nani levou a mão até o peito de Ella, exatamente no lugar certo.

O efeito foi imediato.

O corpo de Ella sacudiu em um choque, e Rory não teve certeza se era ciência ou magia. Ella tossiu e vomitou água até conseguir respirar de novo, tremendo de frio.

Rory tirou seu blazer rosa e envolveu a amiga trêmula.

Ella olhou em volta, para cada uma delas.

– Você me puxou de lá? – perguntou para Rory.

– Sim – respondeu a garota, sorrindo aliviada. – Claro que sim.

– E fez uma coisa horrível com o seu cabelo.

O sorriso de Rory desapareceu.

– Ah, beleza, da próxima vez deixo você morrer no lago, caralho.

Ella riu, depois tossiu, e de repente todas estavam rindo também. Rory bateu nas costas de Ella para ajudá-la a terminar de colocar a água para fora, e até mesmo Nani estava sorrindo, aliviada.

Elas tinham sobrevivo àquela parte.

Então, o riso delas morreu, e o silêncio da noite recaiu sobre as garotas como um cobertor quente.

Yuki fungou, depois sussurrou, tão baixo que Rory quase não conseguiu escutar:

– Não me abandone.

– Eu não vou – respondeu Ella, baixinho.

Rory olhou para o lago, para o cadáver por cima do gelo. Elas tinham sobrevivido por enquanto, mas aquilo estava longe de terminar.

Ela seria forte o bastante para o que viria a seguir. Precisava ser.

61

ELLA

Ella sonhou com aquilo mais de uma vez. Afundar-se, igual Ariane. Demorou um tempo para perceber que não era um sonho daquela vez. Era real.

Mas Yuki tinha ido atrás dela, uma visão de branco, mergulhando na água. Yuki a segurou, e não estava nem um pouco machucada, nem tinha engolido água. Ela parecia intacta, se não fosse pelo sangue em suas roupas.

Porém, nem todas elas estavam intactas. Ella podia ver o corpo de Penelope na superfície do lago, com a faca cravada no peito.

– O que rolou, hein? – perguntou Rory, sentando-se no chão gelado.

– Eu… – Ella começou a dizer, sem saber como continuar.

Porém, foi Yuki quem falou, com a voz calma.

– Penelope estava mentindo sobre quem era. Essa era uma impostora. Ela era uma de nós.

Uma das personagens dos contos de fadas.

– E então? – perguntou Nani.

– Penelope ameaçou Ella – respondeu Yuki, simplesmente.

A falsa Penelope tinha ameaçado Ella, e Yuki a matara por isso.

Ella estremeceu, respirando fundo, e encolheu-se sob o blazer de Rory.

– Ela matou Ari – disse Rory, com a voz rouca. – Lembra da bolsa verde-água? Penelope disse que tinha voltado para a escola só depois da morte de Ari, mas ela sabia da bolsa. Ari deve ter carregado a bolsa quando encontrou Penelope no primeiro dia na escola. E Penelope deve ter entrado no nosso quarto e escondido de volta lá, e a gente nem percebeu.

— E ela tinha outro livro – falou Nani.

— Ela contou – disse Ella, com a voz espessa. – Ela matou Micaeli, Molly e Ian.

Nani balançou a cabeça, mordendo as bochechas por dentro. Ella olhou de novo para o corpo, para o cabelo dourado no meio do lago congelado.

— Ela falou mais alguma coisa?

Os olhos de Yuki encontraram os de Ella, e a garota balançou a cabeça. Elas contariam para as outras sobre a conexão de Penelope com a maldição pela manhã.

— Meu Deus. — Nani suspirou. — E a gente nem quebrou a maldição.

— Ainda – acrescentou Ella.

Elas se encararam, solenes, e a única coisa que preenchia Ella era determinação.

Não haveria mais cadáveres.

Penelope, ou quem quer que ela fosse, seria o último.

— O que a gente faz agora? – A pergunta de Rory ecoou no silêncio, o pânico sobressaindo em sua voz. – Como é que vamos explicar isso?

— Ninguém vai saber.

Rory e Yuki viraram-se bruscamente para Ella, como se a garota tivesse sugerido algo impossível, mas não era. Ninguém podia vê-las do castelo, e a noite estava congelante. Não haveria evidências se Ella se livrasse delas.

— Vão identificar o corpo da verdadeira Penelope – disse Ella. — E então a notícia será divulgada. Vão achar que ela apenas sumiu para não ser pega.

Era a melhor saída.

— Ninguém vai saber – repetiu Ella, olhando para Yuki, assegurando de novo.

Yuki era a imagem da calma, plácida, mas seus olhos estavam tempestuosos e obscuros.

— Vão considerar as mortes na escola como acidentes – completou Nani. – Não vão suspeitar de nada.

— Só nós saberemos a verdade – concluiu Ella tremia em seu vestido molhado, mas sentir frio naquele momento parecia insignificante. Ela olhou para as outras meninas. – Estamos de acordo?

Yuki não respondeu, apenas encarou as próprias mãos. As mãos que haviam apunhalado Penelope, colocando uma adaga em seu coração sem nem hesitar.

— Sim – falou Rory.

— Dou a minha palavra – respondeu Nani.

— Ótimo – disse Ella. – Agora, vamos ao trabalho. Precisamos de roupas novas. Estou tremendo, e tenho que me livrar do vestido de Yuki. Vocês duas podem voltar ao castelo e espalhar um boato de que Yuki vomitou no banheiro ou algo do tipo, e tragam pijamas para nós duas.

Rory olha de esguelha para o lago, e então novamente para Ella.

— Tem certeza de que só precisa disso?

— Não. Vocês precisam entrar no quarto de Penelope, fazer uma mala e trazer para cá. Ela levaria suas coisas se fosse fugir.

Então, Nani e Rory desapareceram pela trilha no jardim.

— Vou rasgar seu vestido – disse Ella a Yuki. – Tem tecido suficiente aqui para embalarmos o corpo.

— Tudo bem – respondeu a garota, como se fosse a coisa mais normal do mundo.

Ella rasgou o chifon que costurara com tanto cuidado. Quando toda a saia de Yuki estava rasgada, pegaram o tecido e seguiram até o lago congelado.

Primeiro, Ella tirou a adaga, deslizando-a para fora das costelas de Penelope. Os olhos verdes da garota, feito bolas de gude, encaravam a noite, a sombra de um sorriso perpassando seus lábios. Ella lavou a adaga na água fria do lago, depois a deixou de lado com cuidado no gelo. Então, pegou os pedaços de chifon e começou a envolver Penelope no tecido branco, pegando pedras na margem do lago e colocando-as sobre o corpo, enrolando tudo para que afundasse. Yuki observava, tremendo, enquanto Ella trabalhava, enquanto terminava de envolver o corpo inteiro de Penelope no chifon, enquanto as feições da garota desapareciam por trás da mortalha branca. O gelo ainda estava fino na superfície do lago, mas as mãos de Yuki emanavam frio, fortalecendo a barreira entre elas e a água.

Quando Ella terminou, não restara mais nada.

Ela fez o que foi preciso, porque era isso que podia fazer.

Penelope a ameaçara, e Yuki matara a garota para proteger Ella.

Agora, Penelope estava morta, e isso era uma ameaça para Yuki, então Ella fez o que foi preciso para proteger a amiga dessa vez.

– Vamos – disse Ella. – Me ajude a empurrar.

Yuki ajudou, e as duas rolaram o cadáver em direção ao buraco na superfície. Ella não pensou na escuridão do lago. Não pensou em como Ariane deve ter se sentido quando Penelope a segurou lá embaixo, até que seus pulmões se enchessem de água.

Ella não pensou em nada além de Yuki.

– As pessoas não vão perguntar sobre o meu vestido? – questionou Yuki quando as duas estavam paradas ao lado do buraco.

– Eu vou consertar – respondeu Ella, porque era a única coisa na qual conseguia se concentrar; caso contrário, tudo se tornaria surreal. Mas ela podia consertar aquilo. – Vou lavar para tirar o sangue. Vou fazer uma saia nova para parecer que não rasgamos essa.

Porém, o lago em algum momento apodreceria o tecido, e aquilo não ficaria certo para sempre. O corpo de Penelope poderia até aparecer quando o lago derretesse na primavera, mas elas teriam tempo para consertar o resto. O plano tinha defeitos, mas ela fez o melhor que pôde. Sua cabeça conseguia resolver um problema de cada vez. Se ela parasse, a mente se alinharia ao corpo, aos seus dedos trêmulos, às manchas de sangue que tinha acabado de limpar do gelo, esfregando-as com os restos do vestido de Yuki.

Ella enterrou o pecado de Yuki como enterrara seu pai, exceto que, daquela vez, não se arrependia de nada.

Rory e Nani voltaram com as roupas limpas e elas tiraram as suas, vestindo-se de novo. Ella pegou o que restara do vestido ensanguentado de Yuki e o colocou em um saco para levar para casa. Também pegou a bolsa de Penelope e a faca, que esconderia bem longe, onde ninguém pudesse encontrá-las.

As quatro olharam para a água, o corpo fora de vista. Sem sangue nas mãos, com tudo limpo, a única pista agora era o vestido.

– Vão ver o buraco no lago – pontuou Nani.

Sem dizer uma palavra, Yuki se agachou e tocou o gelo. A camada se espalhou mais espessa dessa vez, cobrindo o buraco e as rachaduras até que o lago estivesse liso de novo.

Ella virou-se para as meninas, a cabeça erguida, a respiração calma.

– O que tem no outro livro? – perguntou. – Eles são semelhantes, certo?

Nani assentiu, pegando o volume para mostrar a Ella. Os dois tinham capas com o mesmo desenho.

Um era branco; o outro, preto.

Quando Ella abriu o livro, esperava encontrar os contos com finais felizes. Um equilíbrio. As quatro formaram um círculo, as cabeças inclinadas na direção das páginas abertas. No fim de cada conto, havia o retrato de uma garota, e algumas elas reconheceram.

Ella.

Yuki.

Rory.

Nani.

As quatro, pintadas em uma página. Ella folheou o livro e viu outros rostos familiares da escola. Micaeli. Molly e Ian. Annmarie. Rhiannon. Alethea. A verdadeira Penelope.

Quando chegou em "A pequena sereia", o rosto de Ariane estava lá.

Ela já estava esmaecendo, a tinta não tão preta e vívida quanto a dos retratos das outras. A garota passou a mão sobre a imagem da amiga.

– Por isso Penelope sabia – disse Nani. – Ela sabia quem éramos desde o começo.

Yuki olhou para as próprias mãos; que ainda tremiam, mas estavam limpas agora. Ella as segurou e apertou carinhosamente. Yuki aceitou o toque, e Ella não permitiu que seu coração vacilasse. Não podia fracassar naquele momento.

– E agora? – perguntou Rory. – Ainda precisamos quebrar a maldição.

– Sim – concordou Nani. – E descobrir como fazer isso antes que nossos próprios finais horríveis se tornem reais.

Yuki umedeceu os lábios, e sua voz soou mais firme.

– Então, como vamos nos salvar?

Ella olhou para o livro, para as histórias trágicas de tantas outras que vieram antes. Para os tantos rostos que reconhecia, outros que não. Fotos esmaecidas, imagens recentes nas páginas como se tivessem acabado de serem pintadas.

– Não vamos salvar apenas uma garota – disse Ella. – Nós vamos salvar todas elas.

AGRADECIMENTOS

É estranho publicar um livro sobre estar de luto por uma amiga quando ainda se está de luto por um amigo. Itamar, queria que estivesse aqui para poder recomendar vídeos horríveis do YouTube e dividir uma Coca-Cola quando não deveríamos estar tomando refrigerante durante a semana. Sua lembrança segue sendo uma benção.

A todo mundo que perdeu alguém nesses últimos anos – amigos, família, entes queridos: você pode estar de luto. Você pode chacoalhar o mundo inteiro por isso.

À Sarah LaPolla, que segurou minha mão no início dessa jornada de publicação e ficou até que eu pudesse caminhar sozinha. À Kari Sutherland: sou incrivelmente grata por ter achado você. Encontrar uma boa agente é dar sorte; encontrar duas é como ganhar na loteria. Obrigada pela paciência, pelo trabalho duro e pelo encorajamento.

À minha equipe na Sourcebooks, que acolheu as meninas de Grimrose com tanto entusiasmo. Annie Berger, minha editora, pelos comentários. Zeina Elhanbaly, por sempre ser tão gentil e atenciosa com meus e-mails. Nicole Hower e Ray Shappell, pela capa que captura perfeitamente a essência do livro. Dominique Raccah, Todd Stocke, Cassie Gutman e Beth Oleniczak, por fazerem esse livro acontecer.

Solaine Chioro, eu devo tudo a você. Você pegou esse livro quando era apenas uma ideia e me disse: "É isso que você deveria estar fazendo", sobre escrever em outro idioma que não o meu. Obrigada por acreditar nessas garotas e por ler o que parecem ser umas trezentas mil palavras de cenas na biblioteca.

Franklin Teixeira, obrigada por todas as setenta e seis páginas de anotações separadas por cor sobre este livro. Seu entusiasmo com Nani me motivou a continuar.

À minha família, que sempre me encorajou a ir atrás dos meus sonhos. Especialmente minha irmã, por todas as histórias sem fim de princesas. Meus pais, que tornaram tudo possível e me ajudaram a me mudar para minha própria casa – eu sei que vocês só queriam se livrar de todos os meus livros na casa de vocês, mas sou grata mesmo assim. A Paz, por continuar perguntando sobre o livro mesmo quando minhas respostas eram apenas grunhidos altos e incoerentes.

Samia, Rafael e Emily – tudo que eu disser aqui não será o bastante. Bárbara, eu nunca fui de acreditar em destino, mas às vezes ter conhecido você faz parecer que há magia de verdade no universo. Iris e Mareska, amo vocês até o fim.

Sense 5 (por sobreviver aos anos escolares comigo e além); AFB (amo nosso clube do livro que nunca lê); New Year Studio (pelo melhor lugar para reclamar já inventado), Sisterhood of Quarantined Evil Gays (pelas boinas); Save Ben Solo (pelos dois anos de trauma, e contando); Mayra, Lucas, Gih, Luisa e todos os outros amigos que não estão em grupos enormes, mas são tão importantes para mim.

Spell Check, vocês são o motivo de eu esperar ansiosamente pelas noites de segundas, o que não é pouca coisa. Vocês são demais. Linsey, obrigada por todos os gritos. Dana e Deeba, vocês são as mais verdadeiras. Ainda estou esperando o dia que todas vamos estar na mesma prateleiras de livros. Para todos os autores que conheci nessa jornada, que elogiaram este livro, que conversaram, que fizeram chamadas de vídeo e trocaram memes comigo: obrigada.

Vina, você não é tão má quanto o Mefistófeles (acho). Contudo, eu não apostaria que ele ganharia uma briga contra você.

Sofia, o que são palavras??? Como escritora, era de se esperar que eu já tivesse desvendado isso. Obrigada por comprar pizza para mim, por me ouvir por cinco horas seguidas enquanto eu trabalhava no enredo deste livro e por me encorajar a fazer a Penelope ser absolutamente horrível. Obrigada por oferecer um espaço onde me sinto amada e onde ser *queer* é o melhor que posso ser.

E aos leitores antigos e novos, obrigada por escolherem este livro. Vocês são o motivo de eu conseguir viver esse sonho. Pode ser uma história muito antiga, mas isso não significa que não pode ser contada de um jeito novo. Espero que gostem dessa história cheia de gays e heroínas de contos de fadas perturbadas, e prometo que os guiarei em segurança até o felizes para sempre. Isso é só o começo.

Este livro foi composto com tipografia Adobe Garamond Pro e impresso em papel Off-White 70 g/m² na Formato Artes Gráficas.